Lena Christ
Mathias Bichler

Lena Christ

Mathias Bichler

Roman

rosenheimer

Im Weidhof

Meine Kostmutter hat mir gesagt, dass ich am vierten Sonntag nach der Erscheinung des Herrn, also gerade an dem Tag auf die Welt gekommen bin, da in Sonnenreuth der erste Viehmarkt im Jahr ist.

Wer meine Mutter ist, hat sie gesagt, das weiß sie nicht; und von meinem Vater hat sie bis auf den heutigen Tag nichts gesehen. Ich auch nicht; und ich glaube fast, dass es wahr ist, was die alte Irscherin, die Waldhexe, gesagt hat: Nämlich, dass ich ein Wechselbalg bin, bei dem die Nachtgeister und Unholde Gevatter gestanden sind.

Das aber ist einmal gewiss: Ich habe an dem oben genannten Tag abends nach dem Gebetläuten vor der Haustür der alten Weidhoferin gelegen und habe durch mein jämmerliches Wimmern die Leute erschreckt. Denn wie der Weidhofer, der Messner von Sonnenreuth, vom Gebetläuten heimkam und zu der Haustür hinein wollte, lag was am Boden. Er stieß mit dem Fuß daran hin, da fing es an zu wimmern. Der Weidhofer machte das Kreuz; dann aber hob er das Päcklein auf und trug's hinein in die Stube.

Und wie sie den ganzen Haderlumpen auseinander gewickelt haben und haben geschaut, da war's ich.

Und auf einem Zettel ist es gestanden: dass ich heute Nacht zur Welt gekommen und noch nicht getauft bin, und dass die Gemeinde schon für mich zahlen wird.

Da hat die Messnerin gesagt: »In Gottes Namen; zieht man ihn halt auf, den Wurm!«

Und sie hat mich am andern Tag aus der Taufe gehoben und hat mir eine Wiege in ihre Schlafkammer gestellt und an ihre Bettstatt gerückt.

Und einen Namen hat sie mir gegeben, nach ihrem Sinn und Stand, und ich heiße: Mathias Bichler, der Weidhoferbalg. Denn da man keinen Vater noch eine Mutter gewusst hat, die mir hätten ihren Namen geben können, so hat halt die alte Weidhoferin den ihrigen hineingesetzt ins Taufbuch und hat gemeint: »Alt ist er und gut auch, und er wird schon auskommen damit und vielleicht einmal ein rechtschaffener Bauer werden, wie der alte Bichler, Gott hab ihn selig, einer gewesen.«

Aber es ist wohl ein wenig anders gekommen; und ich habe schon von klein auf zu allem andern mehr Lust und Geschick gezeigt als zu einem Bauern.

Auch bin ich nicht, wie andere Bauernkinder, stundenlang auf dem Stubenboden oder im Hausflur gehockt, zufrieden, wenn man mir einen leinenen Schnuller in den Mund steckte und den Stiefelzieher auf den Schoß legte als Spielzeug. Ich begann vielmehr, kaum dass ich vier, fünf Jährlein alt und Herr über den Gebrauch meiner Glieder geworden war, allerlei Wünsche und Neigungen zu betätigen, die wenig zu einem genügsamen und geraden Bauernwesen passten.

Am liebsten schlich ich mich in die Kinikammer, die beste Stube des Hauses, in der seit Menschengedenken aller Prunk und Glanz des Weidhofs angehäuft wurde.

Da wühlte ich in den Truhen und Schränken, behängte mich mit seidenen und blumendurchwirkten Tüchern, silbernen Ketten und schimmernden Flachszöpfen, setzte die alte, hohe Pelzhaube des seligen Weidhofergroßmütterls auf und stellte mich so herausgeputzt vor den Spiegel des Glaskastens und betrachtete und beschaute mit viel Ergötzen meine Herrlichkeit. Sodann kletterte ich auf Tisch und Stuhl, nahm die alten, vergoldeten Heiligenbilder von den Wänden, lehnte sie der Reihe nach rings um die Ofenbank und begann, vor diesen auserlesenen Zuschauern die wunderlichsten Tänze und Sprünge auszuführen.

Oder ich trieb mich auf dem Dachboden herum und trug dort alles zusammen, dessen ich irgendwie habhaft werden konnte: Decken, Schüsseln, Messer, Mäusefallen, Weihwasserkessel, Gebetbücher; ja sogar das Vogelhaus samt dem Hansl und die Blumenstöcke vom Söller schleppte ich da hin.

Dabei hatten alle diese Dinge in meinen Spielen ihre Bestimmung; sei es nun, dass der Vogelkäfig zum Weidhof und die Blumenstöcke zum Obstgarten wurden, oder dass aus den Gebetbüchern ein ganzes Bauerndorf erstand, indem ich sie halb geöffnet auf den Boden stellte, die Messer als Bewohner dieses stillen Orts in die Ritzen des Fußbodens steckte, während ich den Käfig bald zur Kirche, bald zur Schule machte und der flatternde, kreischende Vogel bald zum Schulmeister, Pfarrer oder gar Herrgott erhöht wurde.

Rings um dieses Dorf hing ich dann die Decken über altes Gerümpel und nannte sie das Gebirge, während ich in die Schüsseln von den Bergen aus Quellen, Teiche oder gar Seen erschuf, welche Tat mir freilich einmal eine Tracht Prügel eintrug, als der Weidhofer, der schon überall nach mir gesucht hatte, mich, als ich es eben regnen ließ, in dieser seltsamen Gegend fand.

Nun hat mir einmal der Bürgermeister im Zorn darüber, dass ich in seinem Garten die schönsten Frauenbirnen vom Baum gepflückt und in den eigenen Sack gesteckt hab, nachgeschrien, dass ich ein Zigeunerbalg und von teuflischen Gauklern sei.

Auch sonst wies allerlei darauf hin, dass ich kein Bauernblut im Leib gehabt, vielmehr ein loser Vogel und von abenteuerlichem Wesen war, auch jede Kameradschaft mit andern Kindern meines Alters vermied und mich, weiß Gott wo, herumtrieb, daher meine Ziehmutter auch viele Kümmernisse mit mir ausstand.

Sie war ein ruhiges und gottesfürchtiges Weib und hatte das Haus voll Kinder, ohne selber jemals eins geboren zu haben. Es waren lauter fremde, die sie um ein Vergelts Gott und etliche Kreuzer Kostgeld aufzog. Sie fragte nie lange, woher oder von welchen Leuten so ein Wurm kam; mit gutem Herzen nahm sie ihn in die Arme und war ihm eine rechte Mutter.

Wenn ich an den langen Winterabenden in der Stube hockte und mit dem Ziehvater Besen band oder der Mutter das Garn vom Spinnrocken verzwirnte, da erzählte sie oftmals den Mägden von ihren Eltern und deren Schicksalen.

Lebendig steht er noch vor mir, der selige Weidhofer, wie ein knorriger, trutziger Baum, mit allen Bauerntugenden, die seine einzige Tochter, meine Kostmutter, von ihm rühmend berichtete.

Er hatte den Weidhof schon als junger Bursch übernehmen müssen, nachdem ihm der schwarze Tod über Nacht die Eltern und das Gesinde weggeholt hatte. Er war damals gerade im Tirolerland gewesen bei einem Vetter, als ihm flüchtende Bewohner des Heimatdorfes die Hiobsnachricht zutrugen.

Kurz darauf holte er sich eine Bäuerin aus der Umgebung, die ihm neben dem stattlichen Brautschatz auch einen sparsamen Sinn und ein Paar tüchtige Arme mitbrachte. Mit ihr hauste er fünfunddreißig Jahre und war zufrieden und angesehen. Und als er ihr nachmals ein verschnörkeltes Grabkreuz und den alten Efeustock auf ihren Hügel setzen musste, half ihm eine einzige Tochter trauern und den Hof versorgen. Diese Tochter aber war meine Ziehmutter.

Sie war damals ein hageres, gelbhaariges Mädchen, das nüchtern und gelassen alle Dinge nahm, wie sie kamen. Daher sagte sie auch ohne viel Besinnen Ja, als der Messnerkaspar, ein ungeschlachter, aber gutmütiger Mensch, um sie anhielt.

Der alte Weidhofer hätte es nun freilich anders im Sinn gehabt, und der Antrag des mageren Freiers war nicht nach seinem Willen; doch brachte er es nicht über sich, seinem einzigen Kinde dies zu sagen, und so wurde bald still Hochzeit gehalten.

Nach Wunsch und Willen des Weidhofers blieben beide im Haus; denn obschon der immer noch rüstige Alte nicht um alles den Weidhof bei Lebzeiten seinem Schwiegersohn übergeben und sich ins Austragstüblein gesetzt hätte, wollte er doch nicht, dass seine Barbara als Messnerin in einem einfachen Häuschen ein kümmerliches Brot äße.

Und nachdem er sich als fast siebzigjähriger Greis zu seiner seligen Bäuerin in die Grube gelegt hatte, übernahm der Messnerkaspar den Hof und nannte sich von nun an Weidhofer.

Seine Ehe mit der immer hagerer und bleicher werdenden Barbara blieb kinderlos, obschon diese die vielfältigsten Gelöbnisse und Wallfahrten unternahm. Schließlich tröstete sie sich und begann, ein innerliches, gottseliges Leben zu führen, las fleißig den Thomas von Kempes und andere fromme Werke und hielt im Haus auf Zucht und Gottesfurcht.

Da hätte sie es denn freilich gern gesehen, dass ich, nachdem ich die ersten paar Hosen auf der Schulbank zerrissen hatte und anfing, ein ziemlich wohlgestalteter kleiner Bursch zu werden, auch zugenommen hätte an

Weisheit; denn mein Ziehvater, der Messner, jammerte um einen Ministranten. Wohl waren unter den sieben Kostkindern, die sein Weib aufzog, vier Buben; allein, er konnte keinen für dieses Amt gebrauchen. Der lange Ambros war so dumm, dass er das Glöcklein nicht einmal bedienen konnte bei der Messe, geschweige denn dem Pfarrer antworten. Der Fritz war noch im Flügelrock, und Hans und Hausl mussten schon aufs Feld.

Da sagte die alte Mutter oft zu mir: »Mathiasl, schau, dass du gescheiter wirst!«, oder: »Mathiasl, guck, unser lieber Herr braucht einen Knecht!«

Und der Weidhofer, mein Ziehvater, setzte sich mit mir auf die Hausbank und lehrte mich das Konfiteor, das Deo gratias und noch gar vieles.

Oft nahm er auch ein paar alte Milchkännlein und wies mir, wie man den Priester beim Amt bedient und bei der Messe.

Dies alles hätte mir wohl gefallen, und ich begriff schnell und mit gutem Verstand, was er mir zeigte; allein, die Leute sagten, dass es eine Sünde sei, wenn so ein hergelaufener Balg am Altar des Herrn bediene. »Wer weiß«, sagten sie, »von wem er stammt und was für ein gottloses Gewerbe vielleicht seine Eltern getrieben haben!« Und etliche Bauern sagten: »Wir haben selber Buben; wir brauchen keinen gelegten!«

Also durfte ich nicht in die Kirche und zum Altar, und der Weidhofer schickte mich nun mit dem Vieh auf die Weide, und ich wurde der Hüterbub.

Das war freilich keine harte Zeit für mich, und ich hatte viel Zeit für allerhand Dinge, die meinem Sinn damals noch näher lagen als Gebetläuten und Kirchendienen.

Aus Weidenstäbchen schnitt ich mir kleine Pfeifen und brachte es dabei auf eine solche Anzahl, dass ich mit ihnen das Tedeum blasen konnte. Sie lagen alle, den Tönen nach geordnet, auf einem Felsblock, und ich vergnügte mich viel mit ihnen.

Oder ich machte Wasserspritzen und Luftpistolen aus Holunderholz und verhandelte sie sonntags nach der Kirche am Friedhofseingang gegen alte Silbergroschen, Glaskugeln, Adlerfedern oder andere Sachen, von denen ich in einem Felsenloch schon ein gutes Häuflein beieinander hatte.

Darinnen saß ich oft stundenlang und unterhielt mich mit diesen leblosen Dingen, als seien sie meinesgleichen.

Ich stellte etliche wunderlich geformte Wurzelstöcke an die Felswand, dass sie die Bauern wären; und die kauften oder verhandelten alsdann die Kostbarkeiten, wobei ich jedem eine andere Stimme lieh und ein anderes Temperament, gerade so, wie ich es an den Festtagen auf dem Kirchplatz von Sonnenreuth gesehen und gehört hatte.

Die Wallfahrt

Zu meiner Kinderzeit hat man in Sonnenreuth den Schulzwang noch nicht gekannt; daher holte auch der Weidhofer, mein Kostvater, seine Pfleglinge, um an Schulgeld zu sparen, kaum sie ein paar Tafeln zerschlagen hatten, wieder von dieser gelehrten Stätte weg und spannte sie an die Arbeit. Da musste denn ein jeder, sei es nun im Stall oder draußen in Feld und Wald gewesen, aus sich selber die Bildung des Verstandes und der Seele vollenden. Zum besseren Gedeihen dieses Werkes gab mir die Ziehmutter eine zerschlissene Fibel, eine alte Legende und das Evangelienbuch mit auf die Alm, daraus ich dann oftmals meinen hölzernen Freunden in der Höhle vorgelesen und gepredigt habe.

Da geschah es wohl bisweilen, dass das Vieh, während ich in dem Verstecke mit mir selber Jahrmarkt oder Christenlehre hielt, auf und davon ging, so dass ich großen Fleiß brauchen musste, es wieder zusammenzubringen.

Dabei ist es auch einmal geschehen, dass sich eine Kalbin, die, vielleicht aus irgendwelcher Ursache erschreckt, geflüchtet war, so sehr verstiegen hatte, dass ich nimmer glaubte, sie lebend wieder zu erlangen. Sie stand blökend auf einem kaum armbreiten Felsvorsprung des Schwarzenbergs und konnte nicht vor noch zurück; ich weiß beim Himmel nicht, wie sie dahin gekommen.

In meiner Not fiel mir ein, ich könnte mich zu Unserer Lieben Frau vom Birkenstein verloben, und ich versprach ihr sechs von meinen alten Silbergroschen, wenn ich meine Kalbin heil und unverletzt herunterbrächte. Ich weiß aber nicht, wie es kam oder ob sie half: In diesem Augenblick kamen ein paar fremde Gesellen aus einer Felsenrinne hervor und halfen mir das Vieh herunterschaffen.

Es waren aber Schwarzhändler oder Schmuggler, die das Revier auskundschafteten; und sie fragten mich lang und breit über alle Wege und Stege aus. Gern und willig gab ich ihnen über alles Aufschluss, froh, dass ich die Kalbin wieder hatte; denn mein Ziehvater, der Messner, war ein strenger, jähzorniger Mann, der in der ersten Hitze oft manches tat, was ihn nachher reute.

Also hatte Unsere Liebe Frau von mir ein Gelöbnis erhalten, und mich dünkte, dass ich es nun auch bald ausführen müsse, wenn ich ihr gefällig sein wollte.

Und ich begann sodann, mein Felsloch auszuräumen und die Schätze im Sonnenlicht auszubreiten; es war ein ansehnliches Häuflein. Aber es wurde mir nicht leicht, mich so ohne weiteres von den schönen, funkelnden Silberstücken zu trennen; immer wieder drehte ich sie zwischen den Fingern, legte sechs in die linke Hand, wog sie, schüttelte sie und schob sie endlich schnell wieder in den Sack, indem ich halblaut vor mich hin sagte: »Nein, diese nicht! Ich suche andere aus!«

Doch auch mit diesen ging es mir nicht besser, bis ich endlich unvermittelt das ganze Häuflein zusammenraffte und wieder in die Höhle steckte.

So trieb ich es acht Tage lang; da kam das Fest Mariä Himmelfahrt. Für diesen Tag hatte ich mir von der Weidhoferin Urlaub zur Wallfahrt erbeten, und sie schickte mir den langen Ambros, dass er für mich zwei Tage den Viehhüter mache.

Der brachte mir in einem Bündel ein Stück Käse, Brot und die Nagelschuhe, dazu meine gute Jacke und den Rosenkranz. Auch eine Kerze und eine dicke Silberkette legte er mir hin und sagte: »Das sollst Unserer Lieben Frau mitnehmen von der Weidhoferin. Und du sollst ein paar Vaterunser für sie beten und Unserer Lieben Frau kundtun, dass dies nur grad eine Drangabe ist zu dem Versprechen, das die Weidhoferin gemacht hat. Und sie kommt schon noch selber, dieses Jahr, zum Danken!«

Da gab es mir einen Riss. Meine Kostmutter hatte mir hier ihren kostbarsten Schmuck, ihre Brautkette, für die Liebe Frau geschickt, weil sie kurz zuvor bei dem scharfen Hagelschauer ihre Felder wunderbar beschützt hatte; wie durfte ihr nun ich, dem sie nicht weniger wunderbar geholfen hatte, meine paar Silbergroschen verweigern!

So eilte ich denn in die Höhle, steckte eine Hand voll Münzen in meine lederne Hose, schob die übrigen in die dunkelste Ecke und dachte, dass die Himmelmutter wohl mächtig genug sei, mir das Opfer, welches ich ihr hierdurch brachte, hundertfach zu vergelten.

In diesen Gedanken zog ich die Schuhe an, hing die

Jacke über die Achsel und sagte: »Ambros, jetzt geh ich halt in Gottes Namen. Pfüat dich Gott!«

Und zum Vieh sagte ich noch, dass ich ihnen einen besonders großen, kräftigen Segen mitbringen wolle und dass ich sie schon einschließen würde in die Andacht.

Dann nahm ich das bunte Sacktuch, in welches das Opfer der Messnerin eingewickelt war, hing es an meinen Stecken, lupfte mein Hütl und machte mich auf den Weg.

Obgleich ich erst etwa zwölf Jahre zählte und noch nicht über unsere Alm hinausgekommen war, fehlte es mir nicht an Mut; es war mir genug, dass die Nandl, unsere Sennerin, einmal mit der Hand gegen den Wendelstein gewiesen und dabei gesagt hatte: »Siehst, Mathiasl, dort hinten is Unser Liebe Frau vom Birkenstein. Grad unterhalb vom Wendelstein!«

Darum wandte ich mich sogleich gegen diesen, suchte mir einen Weg, der in die Richtung führte, und trabte frisch dahin, indem ich wohlgemut ein Frauenlied ums andere hinaussang.

Dabei schaute ich immer wieder hinter mich, ob mir keine Kuh oder Geiß nachkäme, und horchte auf das immer ferner klingende Geläute des Viehs. Doch bald lag alles weit hinter mir in bläulichen Dunst und Nebel eingehüllt, und ich stieg langsam auf einem einsamen Waldweg, zu dessen Seiten ein kleines Wasser talab floss, bergan.

Eine große Stille war rings um mich her; nur der Schrei des Hähers, das Singen der Waldvögel und das Summen der Hummeln und Wespen tönten an mein Ohr. Kein Mensch begegnete mir; nur ein paar Rehe sprangen erschreckt davon, als sie mich so unvermerkt vor sich sahen. So stieg ich weiter, bis ich, den Wald hinter mir lassend, über eine Almwiese wanderte, mit großen, erstaunten Augen hinabschauend auf eine weite Welt, von deren

Größe ich mir keine Vorstellung machen konnte. Wohl an die zehn Kirchtürme erblickte ich da, die bald spitzig wie ein Griffel, bald rund wie unsere Edelbirnen oder sonst wunderlich geformt im Sonnenlicht glänzten.

Ich blieb stehen, stützte das Kinn auf den Stock und sah unverwandt hinab und dachte, was das wohl für schöne Orte sein möchten, und ich wäre gern einmal in jedem gewesen. Da erhielt ich plötzlich einen heftigen Stoß von rückwärts, dass ich rittlings über meinen Stecken fiel; und da ich aufsah, stand ein Bauer zürnend und schimpfend hinter mir und schrie, dass es mir durch alle Glieder fuhr, ich solle schauen, dass ich aus seinem Grund und Boden hinauskäme; und wenn er noch einmal so einen verdammten Ellbacher Lumpen in seinem Rain fände, könnt es schon sein …!

Ich erwiderte ihm zwischen Zorn und Schreck, dass ich gar kein Ellbacher sei, ja, dass ich diesen Ort gar nicht wisse. »Ich bin doch der Weidhoferbalg von Sonnenreuth!«, sagte ich; »und ich geh nur grad wallfahrten auf Birkenstein!«

Da schaute er mich erst zweifelnd, dann lachend an und meinte: »Wie, sagst? Vom Weidhofer zu Sonnenreuth?«

Und als ich, wieder aufstehend, nickte, sagte er, dann solle ich nur da weitergehen: »Gleich da hinten bei dem Zwiebelturm ist Fischbachau; wennst dich ein wenig beeilst, nachher gehst es leicht in zwei Stund!«

Ich nickte wieder, und nachdem ich ihm noch mürrisch »Pfüat Gott« gesagt, lief ich davon.

Der schmale Wiesenpfad führte wieder in einen Wald, und ich eilte nun, ohne zu rasten, dahin, bis ich auf eine breite Straße kam, an der ein Wegweiser nach Ellbach und Durham zeigte. Indem ich nun bald auf den Weg, bald auf die Tafel blickte, donnerte ein Schuss durch die

Berge und gleich darauf noch mehrere. Ich dachte, dass es gewiss Böller sein möchten, und hörte aufmerksam auf die Richtung, woher sie kamen. Da drang plötzlich, erst verworren, dann immer deutlicher, lautes Beten an mein Ohr, ich blickte mich um, da sah ich eine große Schar Männer und Frauen die Straße heraufkommen, Fahnen und Kreuze tragend und den glorreichen Rosenkranz betend. Voran gingen zwei Priester im Chorhemd; etliche Ministranten mit roten, goldverzierten Schulterkrägen folgten ihnen und trugen kranzgeschmückte Statuetten der Heiligen auf langen Stangen, und dahinter reihten sich die Beter. Sie schritten alle gebeugt, und der Schweiß stand vielen auf dem Gesicht, doch hielten sie eine schöne Ordnung; und es gingen auf der rechten Straßenseite die Frauen und auf der linken die Männer hintereinander, so dass die ganze Straßenbreite leer zwischen ihnen blieb. Ein Mann im Chorrock lief mit einem langen, silbernen Stab beständig den Zug entlang und schrie mit großem Nachdruck immer die ersten Worte eines jeden Ave Maria hinter sich, worauf die Beter alle zu gleicher Zeit einfielen; und es war die Ordnung so, dass die Männer den Gruß vorbeteten, die Frauen aber mit der Bitte nachkamen.

Ich zog mein Hütlein, ließ sie an mir vorüber und folgte ihnen, überzeugt, dass es Wallfahrer seien, die gleich mir die Mutter vom Birkenstein aufsuchten.

So war es auch; und wir zogen unter dem Geläute der Glocken durch die Orte, und es kam mir vor, als trabte eine große Schafherde vor mir her, der ich als ein junges Hündlein oder wie ein krumm gehendes Lamm folgte. Doch zog ich auch meinen Rosenkranz aus dem Sack und schrie mit vieler Kraft mein »Gegrüßt seist du, Maria« hinter den Betern, so dass sich endlich die Letzten umsahen und mir ganz freundlich und ermunternd zunickten.

Immer noch krachten die Böller; und ich dachte, dass es nun nicht mehr weit sein könne bis zu dem Ort, wo sie abgefeuert wurden; denn sie donnerten hart, und ihr Schall brach sich unmittelbar an allen Wänden.

Langsam bewegte sich der Zug bergan, vorüber an kranzgeschmückten Häusern, und von allen Seiten strömten Pilger herbei und schlossen sich ihm an. Und während ich, neugierig einen voll besetzten Wirtsgarten betrachtend, gedankenlos noch meine Ave Maria schrie, verschwanden droben allmählich die Fahnen und Statuetten hinter den Birken eines von Menschen dicht umlagerten Felsens, von dem das Geläute silberner Glocken tönte, der Glocken der Kapelle Unserer Lieben Frau vom Birkenstein.

Allmählich zerteilte und löste sich der Zug in Gruppen, und ich schob mich behände durch die Versammlung vor dem Kirchlein; denn ich wollte meine Aufgabe vollbracht haben. Darum stieg ich sogleich die schmale Holztreppe hinauf, die zu einem Wandelgang führte; der zog sich rings um das Kirchlein und war an Decke und Wänden mit Votivtafeln und Gemälden dicht behangen. Ein niederes Tor stand weit geöffnet, und der Duft von Weihrauch und Kerzen drang heraus. Ich zwängte mich durch ein dichtes Knäuel von Bäuerinnen und schlüpfte ungeachtet ihrer erzürnten Mienen und Reden hinein in die Kirche.

Eine tiefe Stille war hier trotz der großen Zahl der Betenden, und man hörte nichts als das Fallen der Rosenkranzperlen und das Knistern seidener Schürzen und Kopftücher. Nur manchmal begann irgendein Weiblein zu seufzen oder zu hüsteln, oder es entstand ein kleines Geräusch durch eine tropfende Opferkerze. Ich empfand diese Stille und die Schwüle in dem winzigen, voll gepfropften Raum ganz beängstigend und versuchte, da mir zudem auch jeder Blick auf den Altar durch die Erwachsenen unmöglich war, in die Nähe desselben zu gelangen. Ich schob mich daher bald hier, bald dort an einer seidenen Schürze vorbei, trat wohl auch manchmal dem einen oder dem andern auf die Zehen, bat diesen oder jenen Bauern, mich durchzulassen, und brachte es am Ende zu Stande, dass ich mich an der Stufe des Hochaltars befand.

Heißa! Riss ich da die Augen auf! In einem magischen roten Licht, umgeben von goldgeflügelten Cherubinen und kleinen Engeln, die auf rosenrot leuchtenden Wolken schwebten, stand die Mutter mit dem Kind. Beide trugen goldene, steingeschmückte Kronen und reich verzierte Prunkmäntel; besonders der schwere, weit ausgebreitete Purpurmantel Unserer Lieben Frau erregte in mir Staunen und Verwunderung. Das Bild schien mir zu schweben, und bei dem unsteten Schein der vielen Kerzen glaubte ich fast, es lebe; denn es stand frei, hoch über dem Altar, und hielt ein Zepter mit so lieblicher Gebärde, wie nur ein lebendes Wesen dies tun kann. Und ich dachte, wie es doch möglich gewesen wäre, ein solch köstliches Werk zu schaffen und aus dem unförmigen Holz zu schneiden; denn der Weidhofer hatte mir erzählt, dass es holzgeschnitzt und bemalt sei. Und mit einem Male trat ein Wunsch auf meine Lippen, an den ich noch nie zuvor gedacht: Ich möchte ein solcher Meister werden, wie der dieses Bildes einer gewesen. Inbrünstig sagte ich ihn drei-, viermal vor mich hin, und das letzte Mal muss ich es wohl laut getan haben; denn eine Stimme hinter mir flüsterte erzürnt: »Bist net gleich still!«

Ich wandte erschreckt den Kopf, und es war mir, als sei ich aus einem Himmel gerissen worden; die ganze

Andacht war dahin, und ich dachte an nichts mehr, als wie ich am schnellsten aus den Augen dieser Menschen käme. Da trat eine dicke Bäuerin vor und legte mit vielen Kniebeugen und ehrfürchtigen Gebärden eine dicke Kerze und ein verschnürtes Päcklein auf den Altar. Sogleich folgten noch etliche, und ich erinnerte mich dabei, dass ich nun auch mein Opfer hinlegen müsse.

Also holte ich erst meine Silbergroschen aus dem Sack und legte sie abseits von den andern Gaben auf den Altar; sodann band ich das Tuch auf und wollte schon die Kerze herausnehmen. Aber da fiel mir ein, dass ich auch etwas zu beten hätte, und ich sagte nun, indem ich das Tüchlein geöffnet mit beiden Händen hielt, was mir meine Kostmutter aufgetragen; dann leerte ich es zu meinen Groschen aufs Altartuch und drückte mich hierauf durch die Menge wieder dem Ausgange zu.

In diesem Augenblick krachten wieder die Böller, läuteten die Glocken, und ein Chor sang das Pange lingua, begleitet von Posaunen und Geigen. Auf dem freien Platz hinter der Kapelle waren ein Altar und eine Kanzel errichtet worden, und eben gab der Pfarrer den Segen mit dem Allerheiligsten.

Nun strömte alles herbei; die Kapelle und der Wandelgang leerten sich, und die Menge lagerte sich auf Felsblöcken oder im Grase und hörte auf die Worte des Evangeliums. Da dachte ich bei mir, dass es nun wohl besser sein möchte, wenn ich wieder in die Kapelle ginge; denn ich verstand damals noch nicht gar viel von Predigten und musste nicht selten dabei dem Schlaf wehren. Also trat ich abermals ins Kirchlein und setzte mich betrachtend und staunend in die vorderste Bank ganz nahe der Mauer, die mit Gemälden und Bildern überreich geschmückt war.

Und wieder überkam mich dieses seltsame Gefühl,

und ich betete und wünschte, dass ich immer in einem solch heiligen Haus weilen könne. Dabei schaute ich starr auf das Bild der Mutter, deren liebliches Gesicht durch das flackernde Licht bald zu lächeln, bald zu trauern schien; und ich merkte nicht, wie eine verborgene Tür sich drehte und ein Arm sich herausstreckte.

Da klirrten meine Silbergroschen am Altar; ich blickte hin und sah, wie eine rote Hand sie zusammenraffte und mit ihnen verschwand. Gleich darauf erschien sie wieder und packte auch das Übrige; ich stieß einen Schrei aus und stürzte aus der Kirche und davon, fest überzeugt, dass der Teufel leibhaftig der Mutter Gottes ihre Gaben geraubt.

Mein Entsetzen war so groß, dass ich ohne Besinnen die Holzstiege hinablief, mitten durch die andächtig der Predigt lauschende Menge, und weder sah noch hörte, als etliche mich anschrien und versuchten, mich aufzuhalten.

Durch ein felsiges Tal sprang ich dahin und hielt nicht inne, bis ich, schweißbedeckt auf einer einsamen, sumpfigen Wiese angelangt, bei jedem Tritt tief in dem nassen Moor versank. Das bestärkte mich noch in dem festen Glauben, dass hier der Böse umgehe und besonders mir Verderben bringen wolle; und ich begann, mich zu bekreuzigen und Unsere Liebe Frau anzurufen. Der Frost schüttelte mich, und es peinigte mich ein großer Durst, während ich langsam einen Fuß um den anderen durch den Morast zog.

Nach geraumer Weile wurde der Boden wieder fester, und ich kam endlich auf einen breiten, viel betretenen Wiesenweg, dem ich, in trübe und abenteuerliche Gedanken versunken, nachging. Alle Geschichten aus der Heiligenlegende fielen mir ein, in denen der Teufel sein unheimliches Handwerk getrieben, die gottseligsten

Personen geschüttelt, in die Höhe geworfen, geschlagen und zertreten hatte, wie er den Bauern das Vieh im Stall verzaubert, dass es blutige Milch gab, und aus frommen Frauen die ärgsten Hexen und Unholde gemacht hatte, so dass sie von Stund an Mensch und Vieh nur noch übel wollten. Ja, der alte Pfarrer von Sonnenreuth hatte ihn selber leibhaftig gesehen damals, wie ihn der hochwürdige Herr Bischof aus einem krummbeinigen, buckligen Menschen hinausgetrieben hatte; wie eine feurige Katze sei er aus dem Maul des Besessenen herausgefahren, hätte gar jämmerlich geschrien und sei mit einem schrecklichen Fluch verschwunden.

Die Haare hatten sich mir damals gesträubt, und gar, als uns der Herr Pfarrer aus einem Buch vorlas, wie es drunten in der Hölle zuginge und was für greuliche Arbeit die Teufel und Oberteufel daselbst zu verrichten hätten, da schüttelte es mich wie einen Hollerstrauch im Wind; denn da stand es schwarz auf weiß, wie die armen Verdammten in Öl und Pech gesotten, in glühende Feueröfen geworfen, mit Nattern und Klapperschlangen zusammengesperrt und auch sonst gezwickt und zerschunden werden, ohne dass sie jemals einen Augenblick Ruhe oder Erleichterung in dieser Pein haben. »Und es sind aber sieben Kreise in der ewigen Hölle«, heißt es weiter in diesem Buch, »die gleich sieben unendlichen Ringen den Pfuhl des obersten Teufels Luzifer umschließen. Und ein jeglicher Ring ist bewohnt von einer Legion Unterteufel, über welche ein Oberteufel die Herrschaft führt. Und es sind aber die Ringe so, dass in jedem eine besondere Art von Sünde gestraft und gepeinigt wird. Die Hoffart mit Zwicken und Brennen und in Kot treten; der Geiz mit Nattern und Schlangen und sonst allerhand schädlich Gewürm; die Unkeuschheit mit großen Hagelsteinen und brennendem Pechregen; der Neid mit Stoßen und Schmeißen in siedendes Öl und Darinniederdrücken mit teuflischen Gabeln; die Völlerei mit Hunger und großer Kälte, so dass die blutigen Tränen, so der Verdammte weinet, ihm an den Leib gefrieren, und sein Bauch knurret aus übergroßem Verlangen nach Speis; der Zorn mit Geißeln und Verschließen in einen Kessel, allda Pech mit Hanfgarn gesotten und mit teuflischen Besen verzwirnet ist, und kein End nicht hergehet aus aller Wirrnis und Pein; die Trägheit mit großen Steinen, so ihnen von den Teufeln auf den Rücken gebunden, und die sie schleppen müssen durch ihren Höllenring ohne Rasten und Absetzen in alle Ewigkeit.«

Ein Böllerschuss riss mich aus der Betrachtung; vom Birkenstein klang Läuten herüber und mahnte, den Mensch gewordenen Gott bei der Wandlung anzubeten.

Ich schlug das Kreuz und lief danach meinen Weg dahin, etliche Bauern grüßend, ein paar Dirnen, die mit ihren feuerroten Unterröcken prangten, auf den Weg nach dem Wallfahrtsort weisend und an nichts denkend, als dass ich wieder bei meinem Vieh und meinen Schätzen sein möchte. Gegen Abend kam ich wieder an die Weidhoferalm und ging sogleich in die Hütte; da mich aber die Nandl, unsere Sennerin, erblickte, ließ sie erschreckt den Melkeimer fallen und schrie: »Maria und Joseph! Der Mathiasl! Ja, Bua, wo kommst denn du her?«

»Vom Birkenstein«, sagte ich und erzählte ihr mein Erlebnis. Da glaubte auch sie nicht anders, als dass hier der Teufel einmal wieder ein böses Werk getrieben habe, und meinte, dass ich mich nun wohl hüten und vorsehen müsse, denn das sei klar, dass er es auf mich abgesehen hätte.

Indem wir noch miteinander sprachen und ich in ein Haferl voll Milch ein gerechtes Stück Brot einbrockte, kam der lange Ambros zur Tür herein; aber kaum dass er mich gesehen, tat er einen halblauten Fluch und lief wieder hinaus. Ich schrie ihm nach, doch hörte er nichts mehr, auch war er nirgends mehr danach zu sehen.

Da fiel mir mein Felsenloch ein, und zugleich dachte ich an meine Schätze; ich lief hin, griff in alle Ecken und fand nichts mehr. Es war alles weg. Starr vor Entsetzen konnte ich nichts denken und sagte nur das Wort »Teufel« etliche Male stumpfsinnig vor mich hin.

Ein Lachen hinter mir erschreckte mich; ich sah mich um und in das höhnische Gesicht des langen Ambros. »Da suchst umsonst«, rief er voll Spott und verschwand. Da packte mich ein Grimm; ich stürzte hinaus, ihm nach und packte ihn, gerade als er sich von einem verwachsenen Kiefernbaum in eine Felsenrinne hinablassen wollte. »Wo sind meine Sachen?«, schrie ich voll Wut und schüttelte ihn, dass er Mühe hatte, sich zu halten. »Was weiß ich«, sagte er höhnisch und gebot mir, ihn loszulassen.

Ich ließ ihn frei und wiederholte meine Frage; in diesem Augenblick aber sprang er vom Baum, ergriff mich und begann mit mir zu ringen und mich gegen die Felsrinne zu schieben. »Wart, ich werd dir's gleich zeigen, wo sie sind!«, knirschte er und trat ein wenig zurück; noch ein kurzes Ringen, ein Stoß, und nach einem heftigen Schmerz am Kopf wusste ich nichts mehr.

Rings um mich war es Nacht, als ich die Augen wieder öffnete; ich lag hart, und Steine und Gestrüpp bedeckten mich. Meine Hände tasteten im Dunkeln matt herum, und ich fühlte, dass ich durchnässt war; doch wusste ich nicht, ob es Wasser war oder mein Blut, in dem ich lag. Ein dumpfer Schmerz wühlte mir im Haupt, und ich schloss die Augen wieder, indem ich abermals meinte, in eine Tiefe zu fallen.

Als ich wieder klar denken konnte, war es heller Tag,

und ich sah, dass ich in einem seichten Wasser lag, welches über Felsen und Geröll talab floss. Brombeerstauden stachen und zerkratzten mich, meine Glieder schmerzten, und mein Mund war verschwollen und verklebt. Es dürstete mich, und ich versuchte, meine Lippen zu benetzen, aber meine Arme gehorchten dem Willen nicht mehr und fielen kraftlos herab, so oft ich versuchte, sie zu erheben. Da begann ich, um Hilfe zu seufzen und Gott anzurufen, denn ich glaubte, dass mein Ende nahe sei. Ich verlieh meinem inbrünstigen Gebet Stimme und stöhnte laut und lauter: »Herrgott hilf! Maria hilf!«, bis mein Haupt, abermals der Sinne beraubt, zurückfiel ins Wasser.

Im Waldhaus

Da ich wieder erwachte, sah ich über mir einen bemalten Betthimmel; die gekrönte Jungfrau blickte auf mich hernieder, und lustige Engel umschwebten sie und hielten ihr Gewand. Geblümte Vorhänge hingen zusammengeschoben von dem Baldachin herab, und ein rothaariges Mädchen band sie eben an den gedrehten Säulen des Lagers fest.

Ich blickte verwundert bald auf das Mädchen, bald auf mein Bett, und es war mir, als träumte ich; aber das Mädchen redete mich, da es meine Augen offen sah, sogleich an und fragte: »Hast du Durst? Liegst du gut?«

»Ja«, sagte ich bloß; da brachte sie mir ein Krüglein mit einem Trank und meinte: »Gut schmecken tut's ja nicht; aber die Hitze nimmt's!«

Ich trank gierig, und sie stützte mir dazu mein Haupt mit dem Kissen, indem sie ihren Arm darunter schob.

Dann legte sie mich wieder hin, holte sich das Spinnrad aus der Ecke, in der ich auch einen alten Hausaltar erblickte, setzte sich neben das Bett und spann.

Da überkam mich eine große, wohlige Ruhe; meine Wunden brannten nicht mehr wie vordem, und ich fühlte, dass ich nun wieder lebte und gesund würde.

Nach einer Weile, während der ich nur das Schnurren des Spinnrads, das Summen der Fliegen und das hackende Ticktack der hohen Standuhr vernahm, tat sich die Tür auf, und ein altes, runzliges Weib trat lautlos ein und ging auf mein Lager zu.

»Er ist munter!«, meinte sie, da sie meine offenen Augen sah; »jetzt muss er aber essen, der Bursch!«

Ich versuchte zu reden und fragte, wo ich denn sei. Da sagte sie: »Gut aufgehoben. Frag nicht und sorg dich nicht; du musst wieder werden.«

Darauf nahm sie mir meine Kopfbinde ab, tauchte sie in eine Schüssel und legte sie mir wieder an; auch strich sie etliche Pflaster auf leinene Lappen und beklebte damit meine Wunden und sagte dazu: »Eine gute Konstitution hast schon, Bub! Das hält der Zehnte nicht aus! Ich hab schon gefürchtet, dass ich dem Totengräber das Maß bringen müsst für deine Grube; aber jetzt hast du's gewonnen!«

Darauf kniete sie sich an das Bett und betete dieses Gebet:

»Es reiten siebenundsiebzig Diebe hinaus,
sie reiten für eines Menschen Haus.
Gott der Herr sprach: Ihr Reiter, wo wollt ihr
hinaus?
Wir wollen in eines Menschen Haus
und wollen ihm nehmen sein Fleisch und sein Blut.
Und wollen ihm nehmen seine Freud und seinen
Mut.

Gott der Herr sprach: Siebenundsiebzig Fürsten,
das sollt ihr nicht tun,
ihr sollt ihn lassen liegen und ruhn.
Ihr sollt ihm lassen sein Fleisch und sein Blut
und sollt ihm lassen seine Freud und seinen Mut.
Es gehe über dich bald der Segen Gottes des Vaters,
der Segen des Sohnes und der Segen des heiligen
Geistes. Amen.
Es sollen vergehen deine siebenundsiebzig Fieber im
Namen des höchsten Gottes. Amen.«

Sodann stand sie auf und besprengte mich mit einem geweihten Wasser und machte das Zeichen des Kreuzes über mich.

Nun brachte das rote Mädchen ein Schüsselchen mit Milch und brockte ein weißes Brot hinein. Danach setzte sie sich an mein Bett und gab mir löffelweise zu essen.

»Guck«, sagte sie; »unser Vogel frisst wieder! Gilt's, er lernt auch wieder fliegen, Mutter?«

»Wenn ihm die Flügel wieder geleimt sind, kann's schon sein«, meinte die Alte und mischte ein Pulver und rührte es ins Wasserkrüglein; »das hitzige Fieber darf er freilich nimmer kriegen, der Bursch, sonst wachsen ihm andere Fittiche, glaub ich!«

Und dann gab sie mir wieder zu trinken und wünschte mir eine ruhige Zeit und eine baldige Gesundheit. Hierauf setzte sie sich in den Lehnstuhl hinter dem bläulichen Kachelofen, steckte sich eine Hornbrille auf die Hakennase und las in einem alten dicken Buch, während das Mädchen wieder zu spinnen begann.

Ich lag ganz still und sah den Fliegen zu, wie sie ihren Reigen um die bunte Perlenampel tanzten, die am Fenster hing und in der Abendsonne glänzte, bis mich ein guter Schlaf übermannte.

Den andern Morgen, da ich eben erwachte, trat ein bleicher Bursch zur Tür herein und blickte sich um in der Kammer; und da er mich in meinem Bette liegen sah, fragte er mich, ob ich die Jungfer Kathrein nicht gesehen hätte. Ich wusste nicht, um was es galt, also sagte ich ihm: Nein, und ich kenne niemand dieses Namens.

Da trat das rothaarige Mädchen mit meiner Morgensuppe zur Tür herein; doch kaum sie jenen erblickte, tat sie einen Schrei und lief sogleich wieder hinaus.

Der Bursch schaute ihr lachend nach und rief: »Lauf nur, Jungfer, ich erwische dich ja doch noch!«

Dann ging er aus der Kammer, und ich hörte ihn draußen noch rufen und schreien und merkte daraus, dass er die Jungfer hätte haben mögen, dass sie aber nicht willens war, ihm zu Eigen zu sein.

Da sie nun nach einer geraumen Weile mit roten Augen wieder hereinkam und mir meine Schüssel Milch eingab, begann ich, sie eindringlich zu betrachten.

Sie war wohl an die fünfzehn Jahre alt und hoch und schlank gewachsen, hatte ein milchweißes Gesicht und ein Paar feine, rote Lippen. Ihre Augen sahen mich freundlich an; doch an dem unruhigen Blick des Mädchens erkannte ich, dass sie sich fürchtete und in Sorge war.

Also fragte ich sie: »Warum hast du denn geweint?«

Sie sagte: »Weil ich ein Unglück hab.«

Ich fragte wieder: »Wer ist der Bursch gewesen?«

»Dem reichen Ödhofbauern sein Bub«, erwiderte sie; »er hätt mich freien mögen.«

»Bist du denn die Jungfer Kathrein?«, fragte ich wieder.

»Ja«, sagte sie; »und ich mag ihn nicht, weil er heut die und morgen die hat als Gspusi.«

Ich freute mich, dass sie ihn nicht mochte, und sagte: »Du bist brav, weil du bei mir bleibst. Ich mag dich.«

Zugleich wollte ich mich aufsetzen und ihr meine Zärtlichkeit bezeigen; aber ich konnte nicht. Da sagte ich zu ihr: »Heb mich auf, ich möcht dich streicheln!«

Dies gefiel ihr so gut, dass sie sich über mich neigte und ihr Gesicht auf meine Wange legte, mich einen lieben Tölpel hieß und mit ihren feinen Händen über meine Finger strich, dass mir ganz wohl und warm dabei wurde.

Ich hielt den Atem an und rührte mich nicht und dachte nichts weiter, als dass es so gut sei. Und da sie gehen wollte, bat ich: »Bleib noch da!«

Aber sie musste fort, und ich lag wieder allein, bis die Alte im Kirchengewand und Kopftuch in die Kammer trat.

»Ei!«, sagte sie zu mir, während sie ihre gute Schürze abband und eine raue, alte dafür umtat; »hat der Bursch schon aufgehört zum Schlafen! Hast du schon was gegessen?«

»Ja«, sagte ich; »die Jungfer Kathrein hat mir schon was gegeben.«

Da fuhr sie in die Höhe: »Was tausend! Jungfer Kathrein! Wer hat dir das geschafft, dass du die Dirn so benennen sollst?«

»Niemand«, sagte ich; »aber es ist einer da gewesen, der sie so geheißen hat; und dann hat er geschrien und sie hat geweint.«

Da lachte sie kichernd und meinte: »Ja, ja! Sie wär ihm wohl gut genug aufs Stroh! Aber ...«

Das andere murmelte sie in sich hinein und machte dazu ein böses Gesicht, warf die Sachen in der Kammer durcheinander und fuhr mit den Händen herum, dass ich mich vor ihr fürchtete und plötzlich fragte: »Wer seid Ihr? Bei wem bin ich?«

Da lachte sie wieder, wehrte mir mit beiden Händen kopfschüttelnd ab und lief hinaus.

Nun überfiel mich eine große Angst, und ich schrie, so laut ich konnte, nach der Jungfer. Sogleich kam diese herein und fragte nach meinem Begehr.

»Ich möcht heim zu meiner Ziehmutter!«, sagte ich; »ich fürcht mich bei euch. Deine Mutter ist wie eine Hexe ...«

Das Letzte flüsterte ich nur und sah ängstlich nach der Tür, wo die Alte zuvor verschwunden war.

Kaum aber waren die Worte meinem Mund entkommen, da schrie das Mädchen laut auf und weinte und klagte: »O, Unglück! O, Schande!«

Ein heftiges Mitleid mit der Jammernden erfasste mich, und ich bat sie, doch aufzuhören mit dem Weinen, und ich hätte ihr nicht wehtun wollen.

Aber sie ließ sich nicht mehr trösten und schwor, dass sie dies Haus verlassen werde und fremd wohin gehen. Und dann sagte sie mir, dass sie gar nicht die Tochter der Alten sei, sondern nur ein hergelaufenes Mädchen, das die Pflegemutter wohl einmal irgendwo aufgelesen hätte. Eigentlich sei ja die Ziehmutter das beste Weib unterm Himmel; die gäbe gewisslich ihr Leben für ihr Pflegekind; aber – sie sei halt doch eine verrufene Waldhexe.

Ich erschrak bei diesem Namen auf das Heftigste, denn ich gedachte meiner Ziehmutter und ihrer Erzählungen von der alten Irscherin, der Waldhexe, von der es hieß, dass sie Kindern die Hände abhaue und diese an Räuber und Diebe verkaufe als ein Zaubermittel gegen Verfolger, und dass sie auch sonst viel schändliche Dinge treibe.

Stockend fragte ich: »Wie heißt denn deine Ziehmutter?«

»Sie ist die alte Irscherin!«, sagte sie und meinte, da ich erblassend ihren Arm ergriff: »Du brauchst aber keine Furcht vor ihr zu haben; sie tut niemandem was, am wenigsten dir. Wenn du das gespürt hättest, wie sie dich damals in dem Felsenloch auf die Schultern genommen und hergebracht hat, wie sie dich in ihr eigenes Himmelbett gelegt und gewartet hat und gepflegt, wie sie die vielen Tage und Nächte bei dir gewacht hat und dein hitziges Fieber gekühlt und dich besänftigt hat, wenn du in deinen unsinnigen Träumen gerungen hast mit einem andern und getobt und geheult; wenn du das alles gespürt hättest, sag ich, du könntest dich nicht fürchten vor ihr!«

Staunend vernahm ich alles dies und fragte: »Wie lange bin ich denn schon hier?«

»Sicherlich schon an die vier Wochen oder fünf!«, erwiderte sie und kühlte mir die heiße Stirn mit einem nassen Tuch und gab mir zu trinken. »Wir wissen nicht«, fuhr sie danach fort; »woher du kommst, und auch nicht, wer du bist, und niemand in der Gegend hat bis heut nach dir gefragt. Du bist ohne Sinnen und ganz ohnmächtig dagelegen bis gestern und wirst wohl noch eine Weile stillhalten müssen, bis du wieder richtig bist. Aber das ist einmal gewiss: Die Mutter macht dich wieder gesund. Und du sollst dich nicht mehr vor ihr fürchten!«

Sie strich mir über die Wangen; da sagte ich: »Wenn du sagst, dass sie so gut ist, dann fürcht ich mich nimmer.«

»Wie heißt du denn?«, fragte sie wieder; »und wie konnte dir das Unglück so ankommen?«

Da sagte ich ihr, dass ich der Weidhoferbalg sei und Mathias Bichler heiße. Auch von meiner Wallfahrt berichtete ich und von meinem Kampf mit dem langen Ambros; doch tat ich es nur stockend und fühlte eine Schwäche beim Reden. Da meinte sie: »Schweig nur wieder still und denk nicht mehr daran! Ich bleib schon bei dir!«

Dessen war ich von Herzen froh und tat von da ab alles, was sie mir zu meiner Gesundung empfahl, und war auch gegen meine alte Pflegerin dankbar und zutraulich.

Und als sie meiner Ziehmutter, der alten Weidhoferin, zu wissen machte, dass ich bei ihr sei, und da diese voller Schreck den Hausl zur Irscherin sandte mit der Botschaft, sie hätte das Bett schon aufgedeckt für mich und ich bräuchte mich bloß hineinzulegen, da sagte ich zu dem Buben: »Sag der Mutter, dass es mir bei der Irscherin ganz gut geht, und dass auch auf dem Stroh von der Waldhexe gut schlafen ist, und ich glaube, dass sie gar keine ist.«

Da ließ sie mich noch liegen und schickte nur ab und zu einen Boten, dass er ihr einen Ausspruch brächte, wie es mit mir stand; denn um keinen Preis hätte sie, die fromme Messnerin, es über sich gebracht, das Haus der verschrienen Alten zu betreten; es wäre denn ein Pfarrer vor ihr hergegangen und hätte den Teufel mit Weihrauch und Benediktion gebannt und verscheucht.

Ich selber spürte nun allerdings nichts von dem unholden Wesen, das man der alten Irschermutter nachsagte; sie pflegte mich Tag für Tag mit einer gleichmäßigen Freundlichkeit, riet mir dies und gab mir das, und noch ehe ein Monat um war seit dem Tag, da ich zum ersten Mal wieder klaren Verstand gezeigt hatte, konnte ich schon mit ihr am Waldrand entlanghinken oder hinter dem Haus auf dem Anger in der Sonne liegen und die Geißen hüten.

Auch lernte ich allmählich das Haus der alten Mutter, das Stüblein der Jungfer Kathrein und noch allerhand kennen; auch wusste ich nun, dass die Alte eine große Kunst kannte, Leute und Vieh von Krankheiten und

Gebrechen zu heilen, Menschen auf kommendes Unheil vorzubereiten oder selbiges von ihnen abzuwenden, wenn sie sich ihr freundlich erzeigten. Sie konnte wundersame Tränke mischen und denen helfen, die durch unholde Zauberei liebeskrank, unglücklich oder arm geworden waren.

Auch bereitete sie auf eine geheimnisvolle Weise Glücksmännlein oder Mandragoren.

Da las sie erst eifrig in ihrem alten Handbuch, schrieb mit der Kreide allerhand geheime Zeichen an die Stubentür und blickte jeden Abend aufmerksam zu den Sternen. Endlich hatten diese eine glückliche Stellung zum Monde, und nun ging sie mit einem Tuch hinaus an den Saum des Waldes. Dort grub sie etliche seltsam geformte Wurzeln aus, die sie Hundswurz oder auch Alraunen nannte, und trug sie in dem Tuche heim. Nun beschnitt sie alle Ausläufe der Wurzeln, holte aus einer alten Truhe ein Leichentuch, in das, wie mir die Jungfer Kathrein berichtete, einst ein heiliger Mönch des Zisterzienserordens gehüllt gewesen, und trug sie so verwahrt nach dem Friedhof. Hier steckte sie die Wurzeln in die Grabhügel verstorbener reicher Leute und ging danach heim.

Am andern Morgen durchsuchte sie den Dachboden nach Fledermäusen, fing drei derselben und ertränkte sie in den Molken der Kuhmilch; darauf begann sie laut zu beten und heilige Sprüche herzusagen und goss die Milch in ein kupfernes Weihwassergefäß.

Jeden Morgen vor Sonnenaufgang ging sie nun laut betend ums Haus, nahm danach etwas von den Molken und begab sich zum Friedhof, die Wurzeln mit dieser Milch zu begießen. Hierauf ging sie in den Wald und sammelte Farn- oder Natternkraut sowie auch Eisenkraut, dörrte es und legte es danach in die Truhe.

Nach etlicher Zeit, es mochte wohl eine Woche oder zwei vergangen sein, grub sie die Wurzeln wieder aus, trug sie im Leichentuch wieder nach Hause, heizte den Ofen mit dem gedörrten Kraut und trocknete die Alraunen an diesem Feuer. Dann schnitt sie von dem Leichentuch kleine Stücklein ab und wickelte die Wurzeln, welche jetzt gerade so aussahen wie winzige, vertrocknete Zwergmännlein, darein und nähte sie in leinene Säcklein.

Solange man eine solche Mandragora bei sich trug, schlugen einem nach dem Ausspruch der alten Irschermutter alle Geschäfte und Händel zum Glück aus, und sie gab mir Beispiele, wie dieser und jener Bauer, der vordem ein armer Schlucker gewesen, plötzlich zum glückhaften und wohlhabenden Mann geworden sei, nachdem er eine solche wunderbare Mandragora von ihr erhalten habe.

Sie wusste auch allerlei Mittel, um einem eine geliebte Person hold zu machen, und hatte eine gute Kundschaft von solchen Leuten, denen sie dann um gute Worte allerlei gab: dem einen ein gepulvertes Schwalbenherz oder das einer Taube, das musste er der Liebsten in den Wein streuen; der andern ein Stück Lilienwurz und ein Ringlein, woran die Verliebte etliche von ihren Haaren binden musste und es dem Liebsten in das Gewand stecken, ohne dass er es merkte; wieder einem gab sie ein Wachsbild, das eine Frau darstellte, und sie sagte ihm, dass er dies Bild in ein Stücklein seines Hemdes wickeln und der Verehrten unter das Kopfpolster ihres Bettes legen müsse, worauf sie ihm ewig zugetan sei.

Auch Liebestränke braute sie aus Johanniskraut und starkem Met und gab dies denen, die sich über große Kälte der geliebten Person beklagten.

Doch auch Gegenmittel wusste sie zu geben, wenn durch irgendwelchen Zauber jemand von einer unsinnigen Liebe für eine Person ergriffen war und wieder davon geheilt sein wollte.

Da ließ sie dem Kranken einen Magneten auf die Brust hängen, Ipericon mit Melissenwasser trinken oder destilliertes Enzianwasser und riet Bäder aus Johanniskraut und Dorant.

Auch verstand sie eine uralte Kunst, das Schnurknüpfen, um einem Bauern oder Burschen die Mannbarkeit auf lange oder kurze Dauer zu nehmen, und das Gürteldrehen, was den gleichen Zweck hatte.

So strafte sie auch den Ödhofer für seine unvernünftige Liebeshitze zur Jungfer Kathrein; sie knüpfte, als er wieder einmal kam und ungestüm nach der Jungfer rief, eine uralte, rote Schnur hinter seinem Rücken und gab ihm ein Glas Wein, in dem sie Sauerampfer destilliert hatte, worauf er sich nicht mehr sehen ließ im Hause; doch weiß ich nicht, ob er wegen der geknüpften Schnur oder wegen des bitteren Weins ausblieb; wo er aber hinkam, schalt er laut über die Hexe.

Lieb und Tod

Die Zeit ging hin, und ich war unversehens so ein halb, drei viertel Jahr im Haus der alten Irscherin gewesen und hatte dort vieles gesehen und auch gar manches gelernt, was mir nachmals im Leben nützlich und zur Wohlfahrt wurde; hatte auch eine innige und feste Zuneigung zur Jungfer Kathrein gefasst und, obschon ich erst ein gut zwölfjähriges Bürschlein war, bei mir beschlossen, sie einmal zu ehelichen.

Das sagte ich ihr auch ganz frei, und sie lachte dazu und ließ mich gewähren, wenn ich sie stürmisch umschlang, ihr die roten Haare zauste oder sonst zärtliche Späße mit ihr trieb. Da hieß sie mich ihren närrischen Buben oder ein Nachtei, ein dummes, und, wenn ich es etwa gar zu unsinnig trieb, ihren tollpatschigen Ritter. Dazu gab sie mir einen zärtlichen Backenstreich und zuweilen wohl auch einen Kuss.

Meine Liebe für sie wurde immer heftiger, und ich erschrak bei dem Gedanken, dass ich nun doch bald von ihr scheiden müsse und wieder zurückkehren zur Weidhoferin.

Und da nun der Knecht meiner Ziehmutter wirklich kam und mich holen wollte, lief ich, kaum ich ihn von weitem gesehen hatte, davon und in die Kammer der Jungfer. Dort verkroch ich mich unter ihre Bettstatt und ließ mich nicht mehr blicken, bis das Kathreinl spät am Abend hineinkam und ich sie weinen hörte. Da kroch ich eilig hervor und fragte sie: »Was weinst du denn, Kathrein?«

Sie erschrak heftig und wollte davon; doch ich sprang auf sie zu, umschlang sie und bat sie flehentlich zu bleiben. Nun erst erkannte sie mich und rief: »Mathiasle! O, du Luderbub, du schlechter! Das ganze Haus, alles hab ich nach dir abgesucht! Die Mutter ist noch draußen im Holz und schaut und schreit nach dir, und sie meint, du bist wieder in die Klauen von dem Unhold gefallen, der dich selbiges Mal in die Felsenschlucht gestoßen hat!«

Danach seufzte sie und fuhr fort zu reden: »Ach, Bub! Jetzt ist's halt wieder vorbei! Die Weidhoferin hat geschickt, und du musst heim! Jetzt bin ich halt wieder allein.«

Und sie begann aufs Neue zu weinen und setzte sich aufs Bett und drückte die Schürze an die Augen.

Da sprang ich auf ihren Schoß, halste sie und streichelte sie und gab ihr die zärtlichsten Namen, um sie zu trösten. »Kathreinl!«, bat ich; »sei doch wieder gut! Ich geh ja gar nicht fort! Ich bleib halt da bei dir und lass der Mutter sagen, dass du es nimmer ohne mich aushältst!«

Und da sie mir nichts antwortete, küsste ich sie auf die Lippen, Augen und Wangen und geriet in eine solche Liebeshitze, dass ich selbst darüber verwundert war, ohne jedoch der Natur zu wehren. Vielmehr verstieß ich mich zu den tollsten Versprechungen: Dass ich jeden totschlage, der mich von ihr wegbringen wolle, und dass ich, wenn es sein müsste, für sie die peinlichsten Martern leiden wolle.

Sie hörte schließlich auf zu weinen und wurde durch meine unsinnige Raserei ebenfalls munter und zärtlich und erwiderte am Ende meine Küsse und gab mir allerlei süße Namen und liebkoste mich zärtlich.

Der Kienspan, den sie aufgesteckt hatte, war abgebrannt, und sein letzter, glimmender Stumpf bog sich und sprang verlöschend ab, so dass wir im Dunkeln saßen. Da stieg ein seltsam heißes Gefühl in mir auf; ich spürte, dass meine Wangen wie mit Blut übergossen wurden, und fiebernd presste ich meinen Mund auf den des Mädchens. Sie drückte mich fest an sich, ihre Brust hob sich stürmisch; plötzlich seufzte sie tief auf, schob mich von sich und sagte mit fremder, rauer Stimme: »Geh jetzt, Bub, geh jetzt!«

Wieder, wie damals in der Kapelle der Mutter Gottes, als mich der Bauer zurechtgewiesen, packte mich ein Gefühl, als hätte mich jemand aus einem schönen Himmel gerissen, eine große Übelkeit bemächtigte sich meiner, und ich lief ohne ein Wort hinaus aus der Kammer und vor das Haus.

Da saß die alte Irschermutter auf der Hausbank, hielt ihren Krückenstock zwischen den Händen und stieß damit von Zeit zu Zeit auf den Boden.

Ich rief sie an; da wandte sie langsam den Kopf und sagte: »Da bist du ja, du Donnersbursch! Wo steckst denn alleweil?«

Ich tat, als überhörte ich ihre Frage, wies auf die schwarzen Wetterwolken am Himmel und sagte: »Kommt ins Bett, Mutter! Ein Wetter steigt auf!«

Dann lief ich in meine Kammer und legte mich zu Bett, ohne eine Spur von Schlaf zu fühlen. In meinem Kopf sauste und hämmerte es, und in den Gliedern empfand ich eine seltsame Schwere. Meine Gedanken weilten bei der Kathrein, und ich versuchte, mir ihr Gebaren zu erklären, dass sie mich plötzlich so rau von sich gewiesen hatte.

Da begann es zu blitzen und zu krachen, und ein furchtbares Gewitter tobte daher. Der Sturm heulte und pfiff ums Haus vom Wald herüber, und Regen und Hagel schlugen an die Fenster.

Ich hörte draußen die Irscherin den Riegel der Haustür aufstoßen und sah sie beim Aufleuchten eines Blitzes an den Fenstern meiner Kammer vorübergehen.

Gleich darauf öffnete sich die Tür, und das Kathreinl kam herein und sagte: »Mathiasle, lass mich zu dir kommen; es tut grauslich draußen, und ich fürcht mich.«

Ein bläulicher Blitz flammte auf, und ich sah das Mädchen im dünnen Nachtgewand und mit offenen Haaren vor mir. Ein leichtes Tuch hatte sie um die Schultern gelegt und hielt es mit beiden Händen vorn über der Brust zusammen.

»Setz dich zu mir her«, bat ich und rückte zur Seite, während das Haus erbebte von dem Donnerschlag.

»Heiliges Kreuz«, rief sie und bekreuzte sich; »jetzt hat's eingeschlagen!«

Und sie lehnte sich fröstelnd an mich. »Die Mutter ist noch fort«, sagte sie dann; »sie ist so eigen; wenn es draußen am ärgsten tut, dann geht sie ums Haus und schwingt die Sichel und lässt kein verständiges Wort mit sich reden …«

Wir fuhren beide zusammen: Ein grelles, blaues Leuchten ging durch die Kammer, und zugleich tat es einen Krach, dass wir uns umschlangen.

Bebend kroch das Kathreinl zu mir ins Bett und drückte ihren Kopf fest an meine Schulter, dass sie nichts mehr sah, während sie flüsterte: »Aus ist's! Das wird das Ende!«

Ich bettete sie aufs Kissen, schob meinen Arm unter dasselbe und legte mich ganz nahe neben sie. Da schlang sie ihre Hände um meinen Hals, und wir hielten uns ganz still. Das Wetter entfernte sich, und der Sturm ließ nach; nur der Regen fiel noch und sammelte sich in der Dachrinne und plätscherte vor dem Fenster in das Fass nieder, das die Irschermutter aufgestellt hatte, um in dem Regenwasser die Wäsche zu waschen.

Das Kathreinl war an meinem Hals eingeschlafen, und ihre Hände lösten sich langsam und fielen herab.

Ich zog leise meinen Arm unter ihrem Haupt weg, nahm ihre Hände in die meinen und schlief am End gleichfalls ein. Brummend schlug die Uhr eben vier, als ich erwachte und mich einen Augenblick besinnen musste, ehe ich Traum und Wirklichkeit voneinander scheiden konnte; denn ich hatte im Schlaf das Kathreinl weit fortgeführt in ein hohes Haus und hatte dort Hochzeit gemacht mit ihr. Da war die Irschermutter gekommen und hatte die Sichel geschwungen und geflucht, und im selben Augenblick stürzte das ganze Haus über uns zusammen.

Nun sah ich das Mädchen schlafend neben mir, und ich besann mich auf den Abend und die Nacht. Ein ruhiges Glücksempfinden überkam mich, und ich betrachtete mit großer Lust das feine Gesicht, die halb offenen Lippen und die langsam auf- und niedergehende Brust.

Endlich rührte sie sich; ihr Kopf wühlte sich unruhig ins Kissen, ihre Hände fuhren etliche Male im Gesicht und auf der Brust herum, sie tat einen Seufzer und öffnete die Augen. Da sie mich erblickte, schloss sie dieselben wieder, rieb sich mit beiden Fäusten den Schlaf daraus und öffnete sie weit, indem sie sich aufrichtete.

»Kathreinl!«, sagte ich und küsste sie.

Aber sie war ganz traurig und meinte: »Ach weh! Jetzt hab ich wohl kein Glück mehr! Ach, Mathiasl! Jetzt ist's Jungfernkrönl weg und dahin!«

Und sie weinte leise.

Da sagte ich: »Sei still und klag nicht! Mir deucht, es liegt noch in deiner Kammer drüben! Bei mir ist's nicht!«

Dann suchte ich scheinbar eifrig in meinem Bett, während sie, wieder lächelnd, langsam aufstand und hinauslief.

Nun hielt es mich nimmer auf meinem Lager, und ich erhob mich und machte mich zurecht. Dann trat ich hinaus auf den Flur und wollte den Riegel der Haustür öffnen, um hinauszugehen; doch die Tür war nicht verschlossen, und der Schlüssel steckte nicht, wie sonst, im Schloss.

Ich ging verwundert hinaus vors Haus; doch mit einem Schrei fuhr ich zurück: Die Irschermutter lag tot auf der Erde – erschlagen vom Blitz.

Sie war ganz schwarz und ihre Kleider verbrannt. In den Händen hielt sie noch krampfhaft den verkohlten Sichelgriff und den Krückenstock.

Ein Schauer schüttelte mich, und ich musste mich an den Türstock lehnen, um nicht zu wanken.

In diesem Augenblick hörte ich drinnen das Kathreinl

in seiner Kammer singen, und ich wurde wieder fest und überlegte, wie ich es machen sollte, um dem Mädchen das Schwere auf eine Weise darzutun, die es am wenigsten traf.

Aber ich fand keinen rechten Ausweg; endlich dachte ich, dass es das Beste sei, wenn ich vorerst noch schwieg und alles dem Himmel überließ; der würde es schon recht machen.

Ich ging also wieder ins Haus und verriegelte leise die Tür. Danach blickte ich in die Kammer zum Kathreinl und bat sie um eine Morgensuppe, obgleich mir zu allem andern eher zu Mute war, denn zum Essen. Sie sang noch immer und lachte mich lustig an, während sie den Stubenboden mit einem Besen aus grünen Tannenreisern auskehrte. »Gleich, Mathiasl«, sagte sie und fegte mir über die Schuhe; »schau derweil, was die Mutter macht; sie scheint das Aufstehen heut ganz zu vergessen und das Melken auch. Die Viecher brummen schon, hör ich!«

Ich nickte bloß und sah nach dem kleinen Stall, in dem eine Kuh und zwei Geißen standen und nach dem Morgenfutter riefen. Rasch holte ich einen Korb voll Klee und gab ihnen zu fressen, nahm darauf den Melkeimer und das Stühlchen und begann, sie zu melken.

Dabei traf mich das Kathreinl, als es eben nach dem Rechten schauen wollte, und es dämmerte die Wahrheit in ihr auf, und sie fragte mich ängstlich: »Bub! Warum in aller Welt musst heut du das Vieh melken? Was ist mit der Mutter?«

»Sie wird noch schlafen«, sagte ich und steckte den Kopf tief unter den Körper der Kuh, damit das Mädchen nicht sah, wie mir die Augen nass wurden.

Aber sie sagte gar nichts mehr darauf, lief in die Kammer der Mutter und kam, da sie dieselbe leer und das Bett unberührt fand, ganz bleich und still wieder in den Stall, legte ihre Hand auf meine Schulter und sagte tonlos: »Sie ist nimmer da. Sag mir's nur, ich weiß schon: Sie ist tot.«

Und als ob sie alles schon wüsste, ging sie ganz ruhig wieder hinaus, schob den Riegel zurück und trat unter die Haustür.

Ich stellte den Eimer weg und lief ihr nach; aber sie kniete schon neben der Toten und war ganz still und gefasst.

»Ich hab's schon gewusst, dass es so ist«, sagte sie bloß, als ich auf sie zutrat und sie wegführen wollte; »es war ja ihr Wunsch, so durch die Gewalt der Elemente zu sterben. Feuer oder Wasser, sagte sie immer, müssen mich umbringen; lang leiden und siechen mag ich nicht.«

Sie nahm ihre Schürze ab und deckte sie über die Tote. Dann ging sie hinein und ordnete das Haus, wobei ich ihr half und mit ihr beredete, was zu tun sei.

»Wir müssen sie begraben lassen«, sagte sie, und sie machte sich, nachdem sie noch ein wenig Milch getrunken hatte, auf den Weg nach Sonnenreuth, um den Tod der Mutter beim Bürgermeister, beim Doktor und beim Pfarrer anzuzeigen.

Bis dahin hatte sie keine Träne geweint, keine Klage laut werden lassen; doch da sie wieder aus dem Dorf zurückkam, schluchzte sie laut und klagte: »Armes Mütterl! So muss alles kommen!«

Tröstend strich ich ihr über die nassen Wangen. Da schrie sie laut auf: »O, die Christen! Die frommen Pfarrherrn! Nicht aussegnen will man sie! Den Friedhof verweigert man ihr, weil sie eine Hexe war! Der Herr Pfarrer sagt, das sei augenscheinlich, dass Gott ihren Frevel bestraft und der Teufel sie geholt hätte, und er verweigert die letzten Segnungen der Kirche.«

Starr hörte ich ihr zu; dann sagte ich: »Lass es nur gut sein, Kathreinl! Ich geh zum Weidhofer, dass er dem Herrn Pfarrer ein gutes Wort gibt!«

Aber sie sagte: »Das hilft dir nichts. Dein Ziehvater, der Messner, ist selber dabeigestanden, wie der Pfarrer so über die Mutter geschimpft und sie eine gottlose und unholde Person genannt hat; und er hat genickt zu der Rede vom Pfarrer und hat gesagt: Ganz recht! Meinen Buben, den Mathiasl, hat sie so auch schon behext gehabt, dass er nimmer heim will in den Weidhof.«

Dabei fiel sie mir um den Hals und weinte bitterlich, bis ich sagte: »Komm, sei fest und hör auf zu jammern! Was brauchen wir denn einen Pfarrer! Wir graben sie halt selber ein. Draußen am Weg unterm Feldkreuz geben wir ihr die Ruh. Unser Herrgott wird schon zufrieden sein damit!« Also nahmen wir Hacke und Schaufel und gingen hinaus auf den Weg und arbeiteten den halben Tag, um der Toten ein gutes Bett zu machen.

Dann gingen wir heim, ließen die Kuh und die Geißen aus dem Stall auf den Anger und tranken wieder ein wenig Milch und aßen ein Stück Brot.

Die Sonne stand gerade über uns, als wir den Schubkarren mit Laub und Blumen geschmückt und die Tote in Leinlaken gehüllt und darauf gelegt hatten.

Das Kathreinl nahm nun einen Rosenkranz, das alte Buch, in dem die Mutter so gern gelesen, und ein Kästlein, in dem sie ihre wunderbaren und geheimen Dinge immer verwahrt hatte, legte sie zu den Füßen der Toten, und dann fuhren wir sie zum Grab.

Wir streuten Gras und Blumen in die Grube, beteten das Vaterunser und senkten den Leichnam weinend hinab. Danach legten wir die Kostbarkeiten zu ihr, bedeckten sie mit Blättern und Blüten und machten das Grab wieder zu, indem wir dazu beteten: Herr, gib ihr die Ruhe, dein Licht leuchte ihr, lass sie ruhen in Frieden. Amen.

Darauf fuhren wir unseren Karren wieder heim, verschlossen alle Türen des Hauses und setzten uns auf das Bett und hielten uns wortlos bei den Händen.

Endlich stand ich auf und ging hinaus, um dem Kathreinl etwas zu richten; denn sie sah so bleich und elend aus, dass ich dachte, sie hätte gewiss Hunger. Aber sie lief mir sogleich nach und sagte: »Es hungert dich etwa, Bub?«

Und sie holte etliche Eier aus der kleinen Speiskammer und den Schmalztopf und schlug für mich drei und für sich zwei Eier in die Pfanne, und wir hielten auf der Ofenbank, während das Reisigbüschel am Herd verglimmte, ein trauriges Totenmahl.

Plötzlich sagte das Mädchen mit einem schwachen Lächeln: »Jetzt fehlt nur noch der Leichentrunk und der Totentanz! Wir müssen der Mutter doch die letzten Ehren schenken!«

Damit lief sie hinaus und kam nach einer Weile mit einem Krüglein sauren Mosts und einem schwarzen Holzkasten wieder.

»Trink«, sagte sie und nahm eine alte, abgegriffene Zither aus dem Kasten und legte sie auf die Knie.

Ich sah ihr mit Schaudern und Staunen zu und wollte diesem Empfinden eben Worte geben; da griff sie in die Saiten, schlug etliche Akkorde an und spielte einen alten, harten Landler.

»Den hat sie am liebsten gehört«, sagte sie danach, »den hat ihr schon ihr Vater immer aufgespielt; es ist ein Zwiefacher und geht gut zum Platteln. Früher hat die Mutter noch manchmal ein paar Burschen und Dirndln auf Besuch geladen, und sie haben da getanzt und gesungen; aber seit der Pfarrer einmal von der Kanzel gesagt hat, wen er noch mal bei der alten Waldhexe antrifft, den absolviert er bei der Beichte nimmer, seit der Zeit hat sich keiner mehr auf Besuch zu kommen getraut außer dem Ödhoferbuben; aber der ist nicht wegen der Musik gekommen und auch nicht wegen einer von den Dirndln. Ich glaub auch, dass kein anderer dem Pfarrer was gemeldet hat von dieser Tanzmusik als wie der Ödhofer. Er hätt halt gern allein sein mögen zum Zuhören.«

Sie lachte plötzlich spitzbübisch auf, trank hastig und spielte danach wieder weiter.

Ich fand mich nicht ganz wohl bei dieser ganzen Sache und meinte, indem ich ein leises Grausen abzuschütteln suchte: »Jetzt reicht's schon, Kathreinl! Ich mein, die Tote möcht jetzt lieber ihre Ruh haben!«

Aber das Mädchen schüttelte bloß den Kopf, trank wieder, nahm die Zither in eine Hand, stand auf und begann mit derselben einen tollen Tanz aufzuführen, indem sie mit voller Hand Akkorde griff und die Zither schwang. Das klang bald wie fernes Glockengeläute, bald wie wilde Orgelmusik, und ihre Füße stampften dazu, und sie wirbelte herum, dass ihre roten Zöpfe lose wurden und herabfielen. Da erhaschte ich einen, als sie eben wieder an mir vorbeistampfte; ich hielt sie daran fest und umspannte, als sie aufschreiend stillhielt, ihren Leib.

Ganz elend bat ich sie flehentlich, doch aufzuhören, und ich drohte ihr, sogleich aus dem Haus zu laufen, wenn sie den Teufelstanz nochmals beginnen würde.

Sie stand erschöpft vor mir, und ihre Brust ging stürmisch auf und nieder. »Ja, ja; ich bin schon wieder still«, sagte sie heiser und verschloss sodann die Zither und lehnte den Kasten hinter den Ofen. Dann strich sie sich das Haar glatt, trank gierig und setzte sich, mich neben sich niederziehend, wieder aufs Bett.

Ich folgte ihr widerstrebend. Eine seltsame Scheu vor dem wilden Wesen des Mädchens hatte mich ergriffen und wich auch nicht, als diese plötzliche Wildheit einem stumpfen Vorsichhinstarren Platz machte.

Stumm saß ich neben ihr und spielte nachdenklich mit dem Ende ihres Zopfes und wickelte ihn gleich einem Ring um die Finger, als draußen heftig an die Haustür gepocht wurde.

Wir sprangen beide zugleich auf und sahen uns erschreckt an; da pochte es wieder.

Das Kathreinl sagte: »Nicht aufmachen! Sei ganz still! Ich schau, wer's ist!«

Und sie schlich ganz leise über die Stiege hinauf und sah vom Söller durch eine Luke hinab auf den Einlassbegehrenden.

Gleich darauf kam sie mit unhörbarem Schritt wieder herab und flüsterte mir zu: »Halt dich still! Der Schnepfenlucki, der Leichenbeschauer, ist's! Der soll nur wieder gehen!«

Da hielten wir uns ganz still und horchten, bis wir ihn wieder fortgehen hörten; das Kathreinl lief in die Speiskammer und sah durch das dichte Fliegengitter hinaus nach dem Weg, dann sagte sie: »Er geht schon wieder heim. Heut lass ich keinen Menschen mehr ins Haus, und morgen ...«

Sie schwieg plötzlich und sah mich ganz traurig an, so dass ich fragte: »Was ist morgen?«

»Morgen müssen wir halt fort – hinaus aus dem Haus«, sagte sie gepresst, »der Bürgermeister hat mir befohlen, dass ich alles gut verschließen solle und ihm die Schlüssel bringen, damit er nicht selber herausgehen müsse wegen der Verlassenschaft.«

»Und du?«, fragte ich erstaunt und erschrocken.

»Ich muss halt schauen, wo ich unterkomme derweil«, sagte sie, »ich bin ja bloß ein Balg, eine Hergelaufene; da muss erst die Verlassenschaft entscheiden, was mit mir geschieht.«

Da stieg ein großer Zorn gegen die von der Verlassenschaft in mir auf, obgleich ich das Wort nicht verstand; ich brachte es aber mit dem Begriff Verlassensein in enge Verbindung und dachte, dass das Kathreinl nun niemanden mehr habe auf der Welt, außer mir.

Darum sagte ich entschlossen zu ihr: »Da hat gar niemand was zu entscheiden wegen dir, als wie ich; und du musst mit mir zu der Weidhoferin gehen, und sie muss dich nehmen. Und dann bleibst du bei mir.«

Ich war, obgleich ich noch gar nicht wusste, ob alles so hinausginge, so erfreut über die Lösung, dass ich das Mädchen ganz fidel mit mir in der Stube herumzog und mit vielen Worten mein Glück pries, dass sie bei mir bliebe.

Wir brachten den übrigen Tag ziemlich nutzlos zu und gingen fast nicht aus der Kammer.

Und da wir das Vieh eingetrieben und gemolken hatten und es allmählich dunkel wurde in der Stube, begann sich das Kathreinl zu fürchten und sagte, dass sie sich nicht in ihre Kammer traue, worauf ich wieder mein Bett mit ihr teilte und die halbe Nacht mit ihr redete und sie unterhielt, bis uns endlich beiden die Augen zufielen.

Die Hexenjungfer

Es war schon heller Tag, als ich erwachte und mich nach dem Kathreinl umsah; doch ihr Platz war leer, und ich hörte sie schon draußen vor dem Haus am Brunnen werken und waschen. Da stand ich gleichfalls auf und half ihr, das Tägliche zu verrichten. Wir fütterten das Vieh und gaben ihm frische Streu, darauf machte ich mich ans Melken, während das Mädchen die Morgensuppe kochte, mein Bett richtete und den Hausflur mit dem Tannenbesen auskehrte. Und nachdem wir das Vieh auf den Anger getrieben, unsere Suppe verzehrt und das Haus verschlossen hatten, machten wir uns auf den Weg nach Sonnenreuth.

Das Kathreinl hatte sein bestes Gewand angelegt und prangte in einem rot schillernden Kleid und einer leuchtend blauen Schürze mit schwarzen Seidenspitzen. Ihr kunstreich abgenähtes Mieder wurde von einem reichen Silbergeschnür zusammengehalten, und den Hals zierte eine mehrreihige Silberkette mit schwerer Schließe. Um die Schultern trug sie ein bunt gesticktes Seidentuch, und ihre Füße staken in weißen Strümpfen und feinen, lederbesetzten Leinenschuhen mit großen Schnallen.

Diese Tracht trugen zu jener Zeit alle Mädchen und Frauen der Sonnenreuther Gegend, und dazu setzten sie schwarze Filzhüte mit langen Goldquasten und reicher Goldverschnürung auf.

In einem rot bestickten Taschentuch trug das Kathreinl die Schlüssel des Hauses, eine grobe Schürze und ein Stück trockenen Brotes.

Da wir unter das Kreuz kamen, wo die Mutter lag, blieben wir eine Weile still und wünschten der Toten mit Andacht die ewige Ruh und den Frieden. Dann gingen wir weiter drauflos und kamen gegen zehn Uhr in der Früh nach Sonnenreuth und an das Haus des Bürgermeisters. Dem übergab das Mädchen die Schlüssel, sagte, dass die Mutter schon eingegraben sei und dass die Kuh und die Geißen auf den Abend wieder Melken bräuchten; darauf fasste sie mich bei der Hand und ging rasch und ohne dem Alten auf seine Fragen etwas zu erwidern mit mir hinaus.

Wir hielten uns auch beim alten Schnepfenlucki, dem Leichenbeschauer, nicht lange auf; das Kathreinl klopfte rasch an seiner Tür und rief hinein: »Die Irscherin ist schon eingegraben!«

Dann liefen wir wieder davon und kamen gegen den Weidhof.

Meine Ziehmutter wollte eben den Hennen Futter streuen, da traten wir Hand in Hand durch das Haus in den Hof.

Erschreckt schüttelte sie den ganzen Topf voll Körner unter die Hühner, beschattete die Augen mit der Hand, um besser zu sehen, und schrie: »Dass es Gott segne! Unser Bub! Und mit der Hexenjungfer!«

Und sie bekreuzigte sich und wollte rasch ins Haus; aber ich zog das widerstrebende Mädchen hinter mir her und vertrat meiner Ziehmutter den Weg: »Haltet ein, Mutter! Bleibt noch ein wenig! Ich bring wen mit – eine Waise, die Ihr aufnehmen mögt! ...«

Aber sie erhob abwehrend beide Hände, wandte das Gesicht weg und lief ins Haus, während dem Kathreinl langsam eine Träne nach der andern über die Wangen rollte.

Das gab mir einen Stich ins Herz, und ich lief der Mutter nach und fasste sie am Gewand und schrie sie an: »Ihr sollt sie nicht weinen machen, Mutter! Ihr sollt gnädig sein und gut, weil sie auch gut ist!«

Und da sie nicht hören mochte, drohte ich: »Wenn Ihr sie nicht nehmt, dann geh ich auch wieder, und Ihr habt die Schuld, wenn was geschieht ...!«

Damit lief ich wieder hinaus und fand das Mädchen, als es eben aus dem Hof gehen und das Tor hinter sich schließen wollte.

»Kathreinl!«, schrie ich, »was willst du denn tun? Warum kehrst du um?«

»Weil ich nichts verloren hab da drin!«, erwiderte sie rau und schlug das Tor zu.

Da eilte ich hinaus, packte sie am Arm und schrie: »Und ich will haben, dass du dableibst! Du gehörst zu mir! Sie müssen dich aufnehmen!«

In diesem Augenblick kam der Messner, mein Ziehvater, vom Gottesacker daher und ging auf uns zu und sah, wie ich das Mädchen zurückhielt. Da sagte er: »Wo aus, Jungfer? – Hast ihn jetzt wiedergebracht, den Racker? – Wohin denn schon so früh in dem Putz?«

»Eine Heimstatt suchen«, sagte das Kathreinl und wollte sich von mir losmachen. Da rief ich: »Nehmt sie doch Ihr derweil, Vater! Sie soll nicht allein rumtappen! – Gelt, Vater, Ihr behaltet sie derweil, bis sie nimmer verlassen ist!«

Der Weidhofer sah wohlgefällig auf mich nieder, betrachtete das Kathreinl eine Weile und meinte dann: »Wenn sie mit dem Strohsack zufrieden ist in deiner Kammer? Du kannst ja im Ambros seiner Bettstatt schlafen, so lang er auf der Alm ist. Von mir aus kann sie schon dableiben; Arbeit gibt's bei uns für jeden, der sie nicht scheut!«

Herrgott! Wie wurde ich froh! Ich bedankte mich jubelnd beim Vater und sagte danach zum Kathreinl: »Jetzt musst du doch bei mir bleiben! Jetzt mach nur geschwind, dass wir's der Mutter sagen!«

Da sagte sie denn Ja und dankte dem Weidhofer und ging mit uns.

Die Ziehmutter war schon eine Weile unter der Haustür gestanden und hatte auf uns herübergeschaut; da sie uns aber nun alle drei eintreten sah, schüttelte sie den Kopf und verschwand im Haus.

Ich führte nun das Mädchen in meine Kammer und meinte, da ich das Bett sah, nachdenklich: »Du musst halt schauen, wie du liegst; ich bring dir schon alles, was du brauchst und gern haben möchtest!«

Ihr Stübchen war ein viel schöneres und ihr Bett ein viel besseres gewesen, und ich sah ängstlich und unruhig auf das Mädchen.

Scheu blickte sie an den kahlen Wänden entlang, betrachtete stumpf den verstaubten Wandherrgott in der Ecke und die große Spinnwebe daneben und setzte sich schließlich seufzend und fröstelnd auf die Truhe, die unter dem niederen Fenster stand und meine paar Habseligkeiten in sich verschloss.

Plötzlich sagte sie: »Wie kalt es in diesem Christenhaus ist! Bei uns daheim ist's viel wärmer gewesen! – Wer wird wohl jetzt das Hexenhäusl kriegen? – Es ist schad drum!« Ich versuchte ihr die Kammer ein wenig behaglicher zu machen und lief hinaus, durchsuchte das Haus nach allem Möglichen und schleppte es hinein zum Kathreinl: einen alten, wackligen Tisch vom Dachboden, einen geschnitzten Stuhl aus der Kammer des Ambros, das Kopfkissen aus dessen Bett, zwei Blumenstöcke vom Söller und ein altes, blau bedrucktes Betttuch als Tischdecke.

Darauf holte ich aus meiner Truhe etliche Heiligenbilder und nagelte sie alle über das Bett.

»So, Kathreinl, jetzt passt es schon eher für dich!«, sagte ich danach befriedigt; »jetzt bring ich dir noch einen Spiegel und das Spinnrad von der Mutter, dass du eine gute Zeit und was zu tun hast.«

Nach langem Suchen fand ich einen alten, bemalten Spiegel, in einem Kasten hängend; den brachte ich dem Mädchen und auch etliche Zöpfe Flachs zum Spinnen. Das Spinnrad stand verstaubt am Heuboden, und ich musste es erst mit dem Staubwedel reinigen, ehe ich es dem Kathreinl in die Kammer stellen konnte.

Derweil ich noch immer nach Neuem suchte, um dem Mädchen das Stüblein gut herzurichten, läutete es zu Mittag, und ich hörte Türen schlagen, Tritte poltern und Männerstimmen reden und lachen. Der Weidhofer kam über die Stiege herauf und rief: »Mathiasle, was ist – zum Essen! Bring deine Jungfer auch gleich mit!«

Da holte ich geschwind einen schönen Teller und einen neuen Löffel aus der Kinikammer, damit das Kathreinl nicht mit den Knechten in eine Schüssel zu langen bräuchte, und stellte einen Lederstuhl neben die Bank, auf der ich sonst gesessen war; danach holte ich die Jungfer hinunter. Die große, bemalte Schüssel mit den Knödeln stand schon auf dem Tisch, als wir eintraten. Knechte und Mägde standen darum, und der Weidhofer betete eben um Gottes Segen zu Speis und Trank und um Gnade und Gedeihen dazu.

Der Weidhoferin ihr Platz war noch leer, und alle blickten nach dem Tischgebet noch unschlüssig, ob sie sich setzen könnten, da es gemeiniglich die Sitte bei den Bauern ist, dass erst der Bauer und die Bäuerin sich niedersetzen und auch als Erste in die Schüssel langen.

Der Messner setzte sich endlich und sagte: »Fangts nur derweil an; die Mutter wird schon kommen.«

Nun zog ich das Kathreinl, welches glühendrot geworden war, mit mir an den Tisch und nötigte es an den von mir bestimmten Platz; darauf wollte auch ich mich setzen.

In diesem Augenblick sahen alle neugierig auf das Mädchen; die Oberdirn warf den Löffel mit dem Ruf weg: »Maria und Josef! Die Hexenjungfer!«, bekreuzigte sich und lief weg; und sogleich standen auch die andern alle auf, murmelten Verwünschungen und entfernten sich, ohne auf den Unwillen des Weidhofers zu achten. Das Mädchen aber saß starr und ganz schneebleich auf seinem Stuhl, sah einen nach dem andern gehen und seufzte tief auf, als der Vater mit der Faust fluchend auf den Tisch schlug und schimpfte: »Gesindel, verdammtes! Sollens bleiben lassen, wenn sie nicht mögen! – Iss, Mädel, und lass dich nicht verdrießen!«

Ich war ihm von Herzen dankbar für seine Worte und rief: »Ihr seid brav, Vater, das Kathreinl tut niemand was.«

Fürsorglich legte ich alsdann dem Mädchen, das stumm zum Fenster hinaussah, einen Knödel auf den Teller, reichte ihr das Schüsselchen mit der Tunke für die Semmelschnitten und bat sie, doch zu essen.

Erst hörte sie nicht auf mich; endlich nahm sie, aß aber nur etliche Bissen und stand danach mit einem leisen »Vergelts Gott« auf. Auch ich brachte kaum ein wenig Speis in mich, erhob mich gleichfalls und ging mit dem Kathreinl wieder in meine Kammer, während der Messner für uns drunten dem himmlischen Vater Dank sagte für alle Wohltaten.

Eine Weile später, während das Mädchen das Mieder und Geschnür ablegte, seine raue Schürze umband und sich zum Spinnen rüstete, fiel mir ein, dass drunten im Wandschränklein der Wohnstube eine alte Legende mit vielen wunderlichen Abbildungen liege; ich ging also hinab, sie zu holen, damit das arme Kathreinl Kurzweil dran hätte. Wie ich nun in die Stube trat, saßen die andern erst beim Essen mitsamt der Weidhoferin und blickten unmutig auf mich. Da sagte ich ganz laut und keck: »Die Hexenjungfer kommt! Wer nicht schnell verschwindet, wird verwunschen!«

Da entstand ein großer Tumult: Die Mägde kreischten furchtsam auf, schlugen das Kreuz und wollten fliehen; die Mannsleute fluchten und gaben mir grobe Namen, und die Weidhoferin, meine Ziehmutter, stand auf, dass ihr Stuhl umfiel, wies mit der Hand nach der Tür und schrie mit hochrotem Gesicht: »Marsch, weiter, sag ich! Unser Herr hat lange Arm; der trifft dich schon noch für dein Gespött!«

Ich lachte, nahm das Buch aus dem Schränklein und ging hinaus; doch sagte ich dem Kathreinl nichts von der Sache, um sie nicht noch trauriger zu machen; denn sie weinte ohnedies schon, dass ihre Augen ganz rot wurden.

Sie band eben den Flachs ans Spinnrad und rückte sich den Stuhl dazu, indem sie die Schürze vors Gesicht hielt, damit ich nicht sähe, wie sie weinte. Ich empfand tiefen Schmerz, als ich sie so sah, und auch große Reue, dass ich sie hierher gebracht; doch war es mir unmöglich, dem Mädchen dies zu sagen, noch, sie zu trösten. Es war, als sei etwas Fremdes, Kaltes in mein Herz gekommen, das meine große Liebe für sie zurückschlug, so oft sie daraus emporkommen wollte; und obschon ich immer noch an unser Zusammensein im Haus der toten Irscherin mit stiller Freude dachte, so tat ich doch nichts, um dies Schöne noch einmal zu erleben.

Also saß ich auf der Truhe und beschaute die Bilder der Legende, bis ich, von Müdigkeit übermannt, einnickte.

Das Spinnrad schnurrte wieder, als ich erwachte, wie einstmals, und das Kathreinl saß wieder in dem flimmernden Licht der untergehenden Sonne, und ihr rotes Haar glänzte wie reines Gold. Sie sah nicht um sich; gedankenvoll hielt sie ihr Haupt über das Spinnrad gebeugt und drehte mechanisch am Faden, dabei von Zeit zu Zeit die Finger an den Lippen netzend.

Eine geraume Weile sah ich ihr zu und hielt, damit sie es nicht bemerkte, meine Augen halb geschlossen; da aber die Sonne hinter den Bergen verschwunden war und nur noch ein dämmernder Schatten von ihr ganz oben an der Wand zitterte, richtete ich mich auf und sagte: »Jetzt hätt ich bald den Feierabend verschlafen; geh, hör auf zu spinnen, Kathreinl, dann hol ich dir dein Nachtessen.«

Ich ging also hinab in die Kuchel des Hauses, suchte den Teller des Mädchens und den Löffel und trug beides hinauf in die Kammer.

Die Ziehmutter stand derweil am Herd, hatte die große, rußige Eisenpfanne auf dem Dreifuß, unter welchem ein lustiges, offenes Reisigfeuer prasselte, und kochte den Abendschmarren, ein deftiges Gericht aus Mehl und Kartoffeln. Sie schaute mich unfreundlich an, sagte aber nichts und gab mir, als ich ein weißes Schüsselchen vor sie hinstellte und sagte, dass ich dem Mädchen zu essen bringen wolle, sogleich ein ansehnliches Häuflein Schmarren und einen kleinen Topf voll süßer Milch.

Dies brachte ich, nachdem ich mich bei der Mutter dafür bedankt, dem Kathreinl, das bei meinem Eintreten am Fenster lehnte und in den nebligen Abend hinaussah. Gemeinsam verzehrten wir darauf diese Mahlzeit, ohne etwas dabei zu reden; danach wünschte ich ihr eine geruhsame Nacht und trug das Geschirr hinab in die Kuchel.

Der Messner wusch sich eben am Brunnentrog Gesicht, Hals und Brust, als ich nach diesem vors Haus ging und mich auf die verwitterte Holzbank setzte; da er mich sah, fragte er, indem er sich einen Strahl Wasser auf den Scheitel pumpte: »He, Racker, wo ist denn deine Jungfer? Sag ihr, der Bürgermeister hätte das Vieh vom Waldhaus geholt und in die Gemeindeställe gewiesen, bis es auseinander geht mit der Verlassenschaft. Er hat mir's zu wissen gemacht und fragt, wo die Waldhäuslerin eingegraben ist.«

»In Gottes Erdboden«, erwiderte ich und lief hinauf, alles dem Mädchen zu berichten; doch sie hatte ihre Tür schon verriegelt und gab mir auch auf mein Rufen und Pochen keine Antwort, so dass ich endlich ging, drunten »Gute Nacht« wünschte und hierauf die Kammer des Ambros aufsuchte und mich zu Bett legte. Mitten in der Nacht, als ich endlich nach langem Denken, Betrachten und Sinnen eingeschlafen war, fuhr ich plötzlich empor. Unter meinem Kammerfenster wurde eine Leiter angelegt, ich hörte jemand keuchend emporsteigen, und im nächsten Augenblick erschien im Rahmen des geöffneten Fensters die Gestalt des langen Ambros. Er hielt sich einen Augenblick ganz still, horchte und schwang sich dann rasch in die Kammer herein. Ich gab keinen Laut von mir und hielt beide Fäuste an die Brust gepresst, um mein heftiges Herzklopfen zu beruhigen, während ich daran dachte, was ich täte, wenn er mir abermals übel wollte.

Aber er schaute gar nicht auf das Bett; mit größter Hast schloss er eine kleine Truhe auf, warf eine Menge silbern klirrender Münzen hinein und verschloss sie danach wieder sorgfältig. Darauf nahm er die Truhe auf die Schulter und wollte sie nun durchs Fenster forttragen; doch brachte er sie nicht durch den Rahmen und fluchte deswegen ganz wütend.

Indem er sich vergebens abmühte, kam mir ein Gedanke; ich tat plötzlich einen gellenden Pfiff, sprang aus dem Bett und lief aus der Kammer, laut rufend: »Ein Dieb, ein Dieb!«

Als gleich darauf der Weidhofer mit einem Kienspan aus seiner Kammer lief und mir in die des Ambros folgte, lag die Truhe auf dem Boden, die Leiter aber und der Bursch waren verschwunden.

Da schloss der Vater das Fenster und meinte: »Nachlaufen hat keinen Wert; der ist jetzt doch schon Gott weiß, wo. Aber wissen möcht ich doch, wer es war.«

Ich sagte: »Der Ambros selber war's«, und berichtete, was ich gesehen, worauf der Vater erwiderte: »Dem komm ich schon drauf, was er hätte wollen, wenn er's war; und die Truhe trag ich derweil zu mir.«

Damit hob er sie auf und ging, sie unter dem Arm haltend, wieder schlafen.

Am anderen Morgen schickte er sogleich einen Knecht auf die Alm mit dem Befehl, dass er den Ambros vor ihn bringe. Dies geschah, und ich stand dabei, als der Hausl mit ihm eintrat. Kaum hatte mich der Bösewicht erblickt, als er auch schon weiß wie der Kalk an den Wänden wurde; seine Augen weiteten sich und sahen unstetig und angstvoll von einem zum andern. Da trat der Vater herzu und sagte: »Wo ist der Schlüssel zu deiner Truhe?«

»Droben in der Kammer«, erwiderte der Bursch stockend und sah wieder ängstlich nach mir, so dass der Vater unwillig fragte: »Was scheust dich denn vor dem Buben so? Hat er dir vielleicht was getan, heut Nacht?«

Da kam eine furchtbare Bewegung über mich; bebend trat ich vor den langen Ambros hin und schrie ihm ins Gesicht: »Hast wohl nicht gehofft, dass ich noch da bin – dass ich noch einmal abrechnen könnt mit dir, du Mordbub!«

Wie ein Hieb war mir das Wort entfahren – wie ein Hieb traf es alle, am ärgsten aber den, welchen es anging. Der bleiche Schelm wankte und musste sich anlehnen, um nicht zusammenzufallen; aber seine bläulichen Lippen murmelten: »Was bin ich? – Willst das zurücknehmen, du ...«

»Zurücknehmen!«, schrie ich da in höchster Wut; »zurücknehmen soll ich was! – Nachhelfen tu ich dir lieber, wenn du's nimmer weißt: Droben an der Bergrinne, beim Weidhofer seiner Alm hat einer einen hinunter … jawohl … zuerst den Räuber gemacht, danach den Mörder!« Ich streckte den Finger nach ihm aus, und ein hartes Weinen schüttelte mich, indem ich mich an die Umstehenden wandte: »Der war's; meine Red ist wahr. Lasst die Kathrein von der Irscherin reden!«

Heiser brüllte der Bursch und beteuerte seine Unschuld und wand sich doch vor Ängsten; da trat die Jungfer, welche schon eine Weile im Flur gestanden war, herzu, ganz bleich, und sagte mit bebendem Mund: »Es ist wahr, er lügt nicht.«

Und sie berichtete allen, wie die Irscherin mich in der Bergrinne beim Wasserfall gefunden hätte, wie ich in meinem Fieber mit dem Burschen gerungen und dabei den Namen Ambros gerufen hätte, und er solle mich doch schonen und mir meine Sachen wiedergeben …

Sie gab also allen Zeugnis von der Übeltat des Schelmen, so dass dieser nicht mehr vermochte, eine Ausrede oder Widerrede zu finden, vielmehr als ein feiger und furchtsamer Bösewicht plötzlich sich aufrichtete und, derweil wir alle auf die Jungfer hörten, einen Sprung nach der offenen Haustür tat und verschwand, obgleich ihm der Vater und der Knecht auf dem Fuße folgten. Am End sagte der Vater, man solle ihn nur derweil laufen lassen, der käme schon von selber noch da hin, wohin er gehöre. Darauf ging man ins Haus, sprengte die Truhe und fand darin nicht nur meine Groschen vor, sondern auch noch einen großen Haufen Geldes, Silberzeugs und sonst kostbarer Dinge, die er alle geraubt hatte und die teils in den Weidhof, teils andern Leuten zu Sonnenreuth gehörten.

Der Weidhofer übergab alles dem Pfarrer, und dieser forderte am darauf folgenden Sonntag in der Predigt alle jene, denen etwas abhanden gekommen war, auf, sich ihre Sachen bei ihm zu holen; doch blieb noch mehreres liegen und wurde später Unserer Lieben Frau zu Birkenstein auf den Altar gelegt. Ich aber schenkte meine ganzen Silbergroschen dem Kathreinl und bat sie, dieselben zu nehmen als eine Verehrung und ein Andenken. Von dem Schelmen, dem Ambros, aber war nichts mehr zu hören und zu sehen, und es schien, als habe er die Gegend verlassen.

Das Vermächtnis

Etliche Tage nach diesem Ereignis erschien der Gemeindeschreiber oder, wie er zu Sonnenreuth hieß, der Aktenlippel, im Weidhof und fragte nach dem Kathreinl von Amts und wichtiger Ursach wegen. Ich stand gerade unter der Haustür und sah ihn mit weiten, gewichtigen Tritten daherstiefeln, stand ihm Rede und holte das Mädchen zu ihm herunter.

»Ist Sie die Jungfer Maria Kathrein Paumgartner?«, fragte der Alte und betrachtete sie über seine Hornbrille hinweg mit zwinkernden Augen.

»Ja, die bin ich«, erwiderte das Mädchen; »was will man von mir?«

Der Lippel nahm eine Prise, rieb sich danach die Nase mit dem Daumen und stellte sich in strammer Haltung vor sie hin: »Also, Sie ist die genannte Person; also. Dann hab ich Ihr von Amts wegen kund und zu wissen zu machen, dass die ehrenwerten Testamentsvollstrecker durch meine Person aus Anlass der Verlassenschaft, Siegelabnahme und Testamentsvollstreckung den obrigkeitlichen Befehl erlassen haben: Ich solle Sie, die Jungfer Paumgartner, ins Waldhaus bestellen. Also. Kann Sie gleich mitkommen, he?«

»Ja, ich geh gleich mit«, sagte das Kathreinl und bat mich, ich möge ihr die gute Schürze und den Hut herunterholen.

»Geh nur derweil, ich trag dir's nach!«, rief ich, während der Aktenlippel erst das Mädchen, dann mich mit einem väterlich-würdevollen Blick maß, noch einmal schnupfte und danach aus der Haustür trat.

Eilig lief ich in die Kammer, holte den feinen Filz und die Schürze und lief ihnen damit nach, ohne dass sich jemand um uns bekümmert hätte, wohin wir gingen. Tagein, tagaus saß ich ja beim Kathreinl und vergnügte mich, während sie mit flinken Fingern den Flachs zum Faden drehte, mit groben Holzschnitzereien: Tieren, Gottheiten, Bilderrähmlein und Madonnenstatuetten, die ich ihr dann mit Stolz als Geschenk überreichte. Die Ziehmutter sah weder mich noch das Mädchen mehr mit einem Blick an, und der Weidhofer hatte den ganzen Tag zu werken und zu schaffen und kam nur selten in unsere Kammer. Betrat er diese aber wirklich einmal, so hatte er immer etwas für uns dabei: Sei es nun ein Fliedersträußlein, eine rote oder blaue Kerze, einen Ablasspfennig oder einen Lebkuchen; denn es bedrückte ihn in seiner Redlichkeit, dass man das Mädchen um seiner Herkunft willen so schlecht achtete, wenngleich er der Irscherin stets Feind gewesen.

Nun, da ich den zweien nachgelaufen war, übergab ich dem Kathreinl seine Sachen und bat, dass sie mich mitnehmen möchten; und da es ihr und auch dem Schreiber recht war, lief ich also mit ihnen.

Vor dem Waldhaus standen schon der Lindlschneider und der Staudenweber, zwei angesehene Männer aus der Gemeinde, und warteten auf den Schreiber. Nach kurzem Gruß der beiden Bauern und tiefen Bücklingen des Lippel holte dieser umständlich einen Bund Schlüssel aus der hinteren Tasche seines braunen Amtsrockes und probierte einen nach dem andern, bis am Ende das Kathreinl bat, ob nicht sie den rechten Schlüssel zeigen dürfe, worauf der Lippel zwar giftig sagte: »Da hat Sie nichts zu zeigen! Das ist Sache der Obrigkeit!«, auf Anraten der Männer aber doch dem Mädchen die Schlüssel übergab.

Sie schloss nun Tür um Tür auf, und die drei traten in das Haus und in die Stube, in der eine stickige, dumpfe Moderluft war, so dass die Männer sogleich alle Fenster öffnen ließen.

In der Kammer der Toten wurden nun die Kommoden und Kästen geöffnet und alle Laden, Truhen und Schubfächer geprüft. Neugierig stand ich dabei und sah verblichene Gewänder und Tücher, schwere Leinwandballen und weiche Flachszöpfe, ein leinenes Sterbehemd und ein buntes Perlenkränzlein und dazu noch mancherlei Schmuck für Frau und Mann, etliche samtene Männerleibstücke mit silbernen Knöpfen und einen feinen Tuchrock, wie auch der alte Weidhofer einen hinterlassen.

Auf dem Sterbehemd lag, mit einem roten Wachsfaden zusammengehalten, eine vergilbte Papierrolle; der Schreiber langte sie heraus, stellte sich ans Licht und öffnete sie langsam; danach räusperte er sich, rückte einen Stuhl und sagte feierlich: »Setze sich die Jungfer! Es ist hier in meinen Händen die letzte Verfügung der hier verstorbenen Walburga Irscherin, Waldhäuslerin bei Sonnenreuth.«

Bleich und zitternd setzte sich das Kathreinl.

»Wollen die Männer sich's kommod machen und als Zeugen herhören auf die Artikel des Testaments!«, wandte sich der Schreiber nun an die beiden Bauern.

Ich schob ihnen Stühle hin, rückte dem Schreiber eine kurze Bank vor das Tischlein, an dem er lehnte, und zog mich mehr ins Dunkle zurück, während die Männer sich setzten und der Lippel einen Gänsekiel aus der Tasche zog, zurechtspitzte und ein Fläschlein Tinte dazustellte.

Eine große Stille war in der Kammer; der Schreiber schob seine Brille näher an die Augen, wischte sich mit zwei Fingern über die Nasenflügel und begann zu lesen:

»In Gottes Namen schreibe ich dieses nieder mit dem Gedanken und in der Meinung, dass es dereinst als mein letzter Wille gütlich geglaubt, wohl geachtet und deshalb in seinen Artikeln getreu befolgt werde.

Hab nicht gar wohl gelebt als eine verachtete und missgünstig betrachtete Person; hab aber dennoch so gelebet, wie mir mein Herz befohlen; doch darum um der feindlichen Christenlieb sei nicht geklagt. Ich mach meine Sache recht und hoffe einst auf einen gnädigen Richter.

Wie es denn nun sein soll, so eröffne ich meiner von mir aufgezogenen Tochter Maria Kathrein, dass sie ist eine leibliche Tochter des erlauchten Herrn Georg von Höhenrain und der Katharina Elisabeth Paumgartner zu Stubenberg. Welche als ein junges und liebliches Mädlein die Kühe gehütet und am Wald sich Kränze ins Haar geflochten hat, bis genannter edler Herr sie bei einer Hirschjagd erblickt und ein großes Verlangen nach ihr verspürt hat. Haben also in Lieb und Treu genannte Jungfer Maria Kathrein gezeuget und mir dieselbe mit einem Zehrgeld von zwölf Gulden für das Jahr und einer Aussteuer von fünfhundert Gulden übergeben, da dann die Mutter des Kindleins noch als ein jung Blut hat von dieser Erde gehen müssen und liegt begraben bei der Kapelle des Schlosses auf Höhenrain. Und so hab ich das Mägdlein gehalten wie ein eigenes Kind in Treue und behütet bis auf diesen Tag.

Hab als ein junges und einfältiges Geschöpf mich versprochen einem handlichen Burschen, der als ein Holzfäller in Diensten des erlauchten und edlen Herrn Georg von Höhenrain gestanden ist. Haben also Hochzeit miteinander gefeiert draußen im freien grünen Wald, wo der große und mächtige Herrgott der Pfarrer und allerhand munteres Getier und Vöglein getreue Zeugen gewesen sind und hat er mich heim geführet in sein Haus gleich einer ehelichen Hausfrau. Hab ihm alsbald einen lieblichen Knaben in die Wiege gelegt, der aber leider als ein männlicher Bursch hernach für seinen Herrn und Fürsten als ein tapferer Soldat das Leben gelassen, da ich wohl an die fünfzehn Jahr schon Witwe gewesen, alsdann denn auch mein lieber und getreuer Hort und Mann, noch bevor ich ihm sieben Jährlein angehöret, von einem rollenden Baumstamm erschlagen und auf der Stelle getötet worden.

Hab also nicht Erben noch Sippschaft, so ein Anrecht auf etwelches Ding in meinem Haus, noch auf das Haus oder den Anger darum hätten; und vermache ich also am heutigen Tag und auf diese Stund alles, was mein ist an Haus, Grund, Liegenschaft oder Gegenstand, sowie meinen Sparpfennig von dreihundert Gulden guter Währung genannter Jungfer Maria Kathrein Paumgartner, welche ist in meinem Haus als ein rechtes und tüchtiges Mädlein bis auf diese Stund, auch nicht Anlass gibt zu Schimpf und Schande.

Weshalb ich genannter Maria Kathrein noch gebe den heiligen und kräftigen Segen: † Der Herr segne sie † im Namen des Vaters † und des Sohnes † und des Heiligen Geistes. Amen.

In der blauen Truhe unter meiner Himmelbettstatt liegt zu finden das erste Gewändlein samt Schühlein und ein Beutel mit fünfhundert Gulden Besitztum genannter Jungfer Kathrein.

Man begrabe mich bei meinem Hause und lasse nicht Pfaffe noch Leute dazu; die habe ich nicht gebraucht im Leben, sodann sie mir auch nichts helfen im Sterben und etwa auch nicht gut reden nach meinem Verscheiden.

Und so verleihe mir und genannter Jungfer Maria Kathrein unser lieber Herr eine gute Stund zum Leben und ein unschmerzlich Augenblicklein zum Absterben. Amen. So Gott will. Amen.

Walburga Irscherin, Waldhäuslerin bei
Sonnenreuth, geboren als des Wundarztes
Rauff einzig Kind zu Au in Bayern.«

Der Schreiber hatte zu Ende gelesen; er nahm nun die Feder, einen Bogen sauberen Papiers und schrieb, indem er laut dazu sagte: »Dieses wahre und echte Schriftstück ist eigenhändig geschrieben und unterzeichnet am fünfundzwanzigsten Januar des Jahres eintausendsiebenhundertsechsundneunzig zu Sonnenreuth, von der am dreißigsten Mai dahier verschiedenen Walburga Irscherin, gebürtig aus Au in Bayern.«

Hier machte er eine Pause, dann schrieb und sagte er weiter: »Im Beisein der ehrenwerten Männer Korbinian Urber, Lindlschneider dahier, und Balthasar Meckinger, Staudenweber dahier, sowie der in Persona erschienenen Erbin, der Jungfrau Maria Katharina Paumgartner, gefunden, geprüft, unversehrt befunden, feierlich eröffnet und vorgelesen zu Sonnenreuth am zehnten Tag im Juli des Jahres eintausendachthundertundeins.«

Er überlas das Ganze noch einmal halblaut und rief darauf:

»Trete die Jungfer näher und unterzeichne Sie das Protokoll! ... Wollen die Männer als Zeugen ihre Namen darunter setzen zur Beglaubigung!«

Damit nahm er die Feder, tauchte sie in die Tinte und hielt sie mit feierlicher Gebärde dem Kathreinl hin.

Das Mädchen hatte schon während des Ablesens leise zu weinen begonnen, und als sie nun ihren Namen kritzelnd unter das Protokoll setzte, tropften ihre Tränen auf das Papier.

Nach ihr unterschrieben die beiden Bauern, oder vielmehr, sie setzten ein jeder drei große Kreuze nebst einem Buchstaben auf das Schriftstück, und zum Schluss machte der Aktenlippel noch einen schwunghaften Schnörkel darunter, übergab dem Kathreinl die Urkunde des Testaments, langte nach seinem Käpplein und sagte: »Komme die Jungfer im Laufe des Tages auf die Bürgermeisterei und hole Sie dort Ihre Kuh und Geißen ab und gebe Verfügungen wegen Ihres Besitzes und Erbes!«

Danach wandte er sich an die Männer: »Wollen wir gehen!«

Nun nahmen auch die beiden ihre Hüte, und alle drei gingen, kurz grüßend, aus dem Haus und ließen uns allein. Unbeweglich saß das Kathreinl in seinem Stuhl; ihre Augen waren noch nass, und sie sah trüb ins Leere, die Hände verschlungen im Schoß haltend.

Ich blieb noch eine Weile stumm in meinem Winkel hocken; da aber das Mädchen sich immer noch nicht rührte, stand ich schließlich auf und nahm die Testamentsurkunde vom Tisch, trat ans Fenster und las, so gut ich konnte, die Artikel durch. Danach meinte ich etwas kleinlaut: »Was wird jetzt wohl werden? Wirst mich halt nimmer mögen, wenn ich einmal groß bin, wo du jetzt auf einmal eine Herrische bist! Wird dich halt ein Graf kriegen oder ein Junker!«

Sie antwortete mir nichts, und ich kam mir recht armselig und bemitleidenswert vor, als ich das Schriftstück so unschlüssig in der Hand drehte.

Nach einer Weile begann ich wieder: »Was hast jetzt

vor? Was willst jetzt tun? Wirst wohl kaum mehr mitgehen in den Weidhof? Bleibst wohl gleich da?«

Da ich abermals keine Antwort von ihr erhielt, warf ich die Urkunde auf den Tisch, nahm mein Hütl und sagte: »Jetzt bist halt ein Herrenkind! Jetzt kennst halt den Weidhoferbalg nimmer, gelt! ...«

Draußen war ich, und krachend fiel die Tür ins Schloss, und ich rannte ingrimmig dahin, die Herrischen verfluchend und denen die Hölle wünschend, die mich hergesetzt in diese lausige Welt.

Keinen Blick tat ich mehr zurück nach dem Waldhaus und kam keuchend in den Weidhof, schlich mich ungesehen in die Kammer des Ambros und warf mich aufs Bett. In meinen Ohren sauste und hämmerte das Blut, und der Schmerz würgte mich am Halse, dass ich Mühe hatte, die Tränen zu verbeißen.

Stundenlang lag ich so, beide Fäuste vor den Kopf gepresst und nichts denkend als: Sie ist herrisch, von Höhenrain, sie wird einen Herrischen kriegen. Schließlich bildete sich in meinem Hirn ganz von selber eine Melodie zu diesem Gedanken, und am End musste ich mit dem Fuß den Takt dazu stoßen, während ich auf dem Bauch lag und summte: Sie ist herrisch, von Höhenrain ... sie wird einen Herrischen kriegen ...

Mein Ziehvater riss mich endlich aus diesem unsinnigen Brüten; er kam herauf und sah nach mir, fragte nach der Jungfer und wollte uns zum Nachtessen holen. Ohne mich zu erheben, berichtete ich ihm mit wenigen Worten von der Testamentseröffnung. »Die Jungfer ist gleich droben blieben im Waldhaus«, schloss ich danach; »gehört ja jetzt alles ihr. Sie ist ja eine Herrische von Höhenrain!«

Erstaunt über diese Botschaft wollte der Weidhofer gerade was erwidern, als das Mädchen eilig über die

Stiege heraufkam und ihn, als er aus meiner Kammer blickte, ängstlich fragte, ob ich schon daheim sei.

»Ja, ja, Jungfer«, sagte mein Ziehvater lachend; »der ist schon da. Hat mir schon allerhand vorgeflunkert von der Erbschaft!«

Damit ging er wieder zu mir in die Kammer herein und lud auch das Kathreinl ein, sich ein wenig auf meinen wackligen Stuhl zu setzen und zu erzählen.

Ich sprang nun rasch aus dem Bett, strich es glatt und wollte davon; aber der Ziehvater lehnte an der Kammertür, und so musste ich noch einmal die ganze Sache über mich ergehen lassen.

Der Messner hörte ihr aufmerksam zu, überlas auch die Urkunde und erbot sich schließlich, ihr in allem getreu zu helfen und zu raten, darüber sie sehr erfreut war und ihm froh dankte.

Danach gingen wir alle drei hinunter in die Wohnstube, und der Vater rief im Vorbeigehen in die Kuchel: »Auftragen für drei! Haben die andern schon gegessen?«, worauf vom Küchenmädchen die mürrische Antwort kam: »Schon lang.«

Also aßen wir, und der Vater unterhielt sich eifrigst mit der Jungfer und gab ihr viele gute Ratschläge, erbot sich, ihr Vieh aufzunehmen, ihr Haus zu versorgen und sie selber – wenn sie wolle, natürlich – als ein Vormund in allen ihren Rechten zu unterstützen und ihr Erbe zu verwalten.

Das Mädchen war mit allem einverstanden und bat am Ende noch um die Vergünstigung, dass sie, bis sie einmal irgendwo ein gedeihliches Unterkommen fände, im Weidhof bleiben dürfe, wofür sie dann dem Vater den vollen Milchertrag und fürs Jahr ein Kalb verschreiben tät.

Sie einigten sich also, dass die Jungfer von nun an wie

ein Hausmitglied im Weidhof aus und ein gehen und leben könnte, wohingegen der Messner dann den vollen Milchertrag und zu Lichtmess ein Kalb erhielt.

Fröhlich ging das Kathreinl danach in ihre Kammer; der Weidhofer aber nahm die Mutter beiseite und brachte es nach langem, hartem Kampf dahin, dass sie zu dem Handel Ja und Amen sagte.

Also blieb die Jungfer im Weidhof; ich aber trug mich mit dem Gedanken, das Haus zu verlassen und mich in der Fremde ein wenig umzuschauen; doch sagte ich niemandem etwas davon und wartete nur auf eine Zeit, die nur besser dazu passte wie der Sommer; wie denn insgemein ein jeder weiß, dass in den Hundstagen überall bei den Bauern die Arbeit korbweise um etliche Groschen leicht zu haben ist. Es möge mir aber nicht zu einer Unehre angerechnet werden, dass ich in jenem Alter noch nicht so sehr aufs Geldverdienen aus war, vielmehr lieber ums Gnadenbrot und Gottes Lohn in meiner Kammer oder auf der Hausbank hockte und meiner Ziehmutter, der Messnerin, aus weichem Holz allerhand Koch- und Rührlöffel schnitzte, während die andern auf dem Felde schwitzten und die Kathrein droben in ihrer Stube am Spinnrad saß und tagein, tagaus spann und einen Flachswickel um den andern zum feinen Faden drehte.

Die Herrische

Nun hatte sich also der Weidhofer, mein Ziehvater, wie ein rechter, guter Christ der Jungfer Kathrein angenommen, hatte ihr in der Erbsache gut geraten und auch ihr Geld in seine Obhut getan.

Die Kuh und Geißen standen nun im Stall bei seinem Vieh, und wegen des Waldhauses war er bald mit dem Mädchen einig um fünfhundert Gulden; denn er meinte, der Grund sei am Wald wohl saftig genug, dass man es mit Klee und Hafer darauf probieren könne.

Nun waren aber noch alle Stuben im Waldhaus so, wie sie am Todestag der Irscherin gewesen; der Weidhofer nahm daher Rücksprache mit der Jungfer, ob sie nicht willens wäre, das ganze Gerümpel auf den Markt zu stellen und versteigern zu lassen; denn, meinte er, es nehme ihm den Platz in der Hütte weg und sei dennoch nichts für gut.

»Was dir grad besonders lieb und wert ist, kannst ja in meinen Hof schaffen«, sagte er, als sie ihn mit großen, angstvollen Blicken ansah; »von mir aus kannst dir auch deine Stube voll stellen mit dem Zeug; aber das meiste, die Hauptsache, tät ich hergeben, wenn ich du wär!«

Da sagte sie Ja, und nachdem der Hausl mit dem Fuhrwerk das Himmelbett, einen bemalten Kasten, eine Kommode, die Standuhr, die Zither und das Spinnrad samt Tisch, Stühlen und Bildtafeln in den Weidhof gebracht hatte, ließ sie die noch vorhandenen Kästen und Truhen leeren, behielt vom Inhalt, was ihr gefiel, und übergab das andere nebst dem Mobiliar dem alten Donatl, der an jedem ersten Mittwoch im Monat auf dem Marktplatz den Hammer schwang und überflüssige und entbehrliche Dinge wieder nutzbar und wertvoll machte, indem er sie denen, die sein Fass, auf dem er schrie und werkte, umstanden, mit vielen und wohl gewählten Worten anpries und ein ganz respektables Mindestgebot dafür forderte.

Ich half überall mit anpacken, auch beim Fortschaffen dessen, das auf den Markt kam, obgleich mir um jedes Stück, das ich aus dem Haus trug und zum Wagen schleppte, von Herzen Leid war; denn ich hing doch viel mehr an dem Waldhaus, als es durch den kurzen Aufenthalt dort eigentlich bedingt gewesen wäre.

Aber gewaltsam unterdrückte ich jede Kundgebung meines Schmerzes, um ja dem Mädchen keinen Einblick in mein Inneres mehr zu geben; denn nichts in der Welt hätte noch vermocht, mich von dem einmal gefassten Entschluss abzubringen, meine Lieb für sie ganz zu verschließen und zu verbergen. Ich ging ihr aus dem Weg, so gut dies in einem engen Bauernhaus eben möglich war; und wenn ich mit ihr dennoch beisammen sein musste, legte ich ein so gleichgültiges, ja unfreundliches Wesen an den Tag, dass sie wohl glauben musste, ich hätte keinen Gedanken mehr an sie und an das Vergangene.

Freilich, in den stillen Nächten, wenn es kein Aug ersehen, kein Ohr vernehmen konnte, da packte mich der Schmerz immer von neuem und trieb mir nicht selten grimmige Tränen in die Augen, wenn ich jener Stunden und Tage gedachte, die ich im Waldhaus mit dem Mädchen verbracht. Ich war durch meine Neigung zu ihr unversehens zu einem reifen Burschen geworden und hatte keinen Augenblick anders gedacht, als dass ich sie einst werde besitzen und für sie arbeiten können, bis die unselige Erbschaft alle meine Träume und mein Hoffen zerschlug.

Gegen Abend war nun das Waldhaus ganz leer, und der Weidhofer ging von Stube zu Stube und sagte zufrieden: »Da hat schon was Platz herinnen; herunten machen wir mit Futter voll und droben mit Stroh. Jetzt kann wachsen, so viel als mag; unterbringen tun wir's schon!«

Mit fröhlicher Miene verschloss er alles und ging gemächlich heim; die Jungfer schritt blass neben ihm her, und ich folgte ihnen, nachdem ich noch einen Augenblick beim Kreuz verweilt hatte.

Der Hausl hatte derweil das Himmelbett und alles andere vom Leiterwagen herab und im Hof aufgestellt, worüber die Weidhoferin so erzürnt war, dass sie uns mit heftigem Schelten empfing, als wir in den Hausflur traten.

Dennoch aber half sie danach selber mit, die Kammer der Jungfer auszuräumen, und befahl sogleich einer Dirn, den Boden zu fegen und frische Vorhänge aufzustecken. Dann lief sie geschwind in ihre eheliche Schlafkammer, holte geweihten Rauch und Kräuter, legte sie aufs Glutpfännlein und räucherte die Stube damit aus, auf dass dem Kathreinl nichts Übles darin widerfahre.

Und da ihr die Jungfer dies mit einem guten Dank vergalt, wurde meine Ziehmutter plötzlich weich und meinte: »Darfst mir's nicht sonderlich nachtragen, meine Schlechtigkeit gegen dich! Schau, wenn ich gewusst hätte, wo du her bist …«

Sie wurde ganz rührselig und musste die Schürze an die Augen drücken, so dass das Mädchen mit einem brennroten Gesicht sagte: »Aber, Weidhoferin! Wegen dem braucht Ihr doch nicht zu weinen! Ob man jetzt von hoch oder nieder stammt – vor unserm Herrgott sind wir doch allesamt bloß arme Würmer!«

Der Weidhofer unterbrach sie: »Ein Wetter steigt auf! Helfts und packts an, dass wir alles trocken unterbringen!« Da ging's! Die Messnerin dirigierte die Leute herbei, die Jungfer stand in der Kammer und nannte den Platz, wo sie ein jedes Ding haben wollte, und nach einer knappen Stunde war die Stube fertig, und das Mädchen gehörte zum Weidhof.

Und als nach einer Weile der Sturm ums Haus fegte und der Weidhofer in die Kirche lief, den Wettersegen zu läuten, da kniete auch die Jungfer drunten in der Wohnstube und betete mit dem ganzen Haus samt Kostkindern und Dienstboten das Evangelium Johannis: Im Anfange war das Wort, und das Wort war bei Gott, und Gott war das Wort. Aß auch am selben Abend noch unangefochten am großen Tisch mit den andern zur Nacht und ward von allen geehrt und hoch gehalten als die leibliche Tochter des edlen Herrn von Höhenrain.

Sie hatte einen Haufen kleiner Münze unter das Gesinde verteilt und, nachdem das Wetter sich verzogen hatte, allen zu Ehren ihres Einzugs Freibier und Honigkuchen gestiftet; mir aber legte sie, bevor sie zu Bett ging, den feinen Rock, ein samtenes Leibstück und die große Taschenuhr ihres Ziehvaters in meine Kammer und bat mich, dass ich es annehmen wolle zum Gedenken an die Irschermutter und das Waldhaus.

Sie begünstigte auch die Kirche und stiftete einen Jahrtag für ihre selige Mutter; wollte auch für die Irscherin einen anordnen, das ihr aber nicht gelang, da der Pfarrer auch jetzt noch der Toten jede heilige Handlung und Segnung verweigerte. Doch wusste der Weidhofer hierin einen guten Rat und empfahl der betrübten Jungfer, sie solle doch zu Unserer Lieben Frau auf den Birkenstein gehen, dort wäre die Stiftung wohl angenehm und in willfährigen Händen; wofür ihm die Jungfer groß dankte und fünfzig Gulden dorthin brachte.

Von Mathäi zu Laurenzi

Nach diesen Ereignissen kam die Erntezeit; ein jeder im Weidhof hatte vollauf zu werken, und auch ich musste nun meine Glieder fleißig gebrauchen; der Ziehmutter mangelte das Küchenmädchen, dem Vater der Ochsenbub, da beide bei der Heuernte waren; auch musste ich den Mähern das Essen und das Bier aufs Feld bringen, Heu und Klee wenden, die Leiterwagen zum Einführen der Ernte bald auf diesen, bald auf jenen Acker oder Grund fahren und zuweilen wohl auch an Stelle des Vaters in der Kirche zum Angelus läuten.

Im Waldhaus wurden nun alle Fensterläden geschlossen und die Stuben und Kammern mit dem reichen Ertrag an Klee, Heu, Wicken und Hafer angefüllt, während die Stadel des Weidhofs Roggen, Korn, Stroh und Laubstreu bargen.

Ein fröhliches Erntefest folgte auf diese an Arbeit und Sorge reiche Zeit, und es wurde wieder lebendig in dem bisher stillen Bauernhaus.

Bald erschallte auch wieder aus der weit geöffneten Tenne das klappernde Lied der Dreschflegel:

»Buam, hauts ein,
Hauts nur grad drein!
Dirndln, hauts ein,
Dreschts fleißig drein!
Lassts euer Dresch fliegen,
Dass wir einen Lobspruch kriegen;
Dreschts alle Spitzbuam zusammen,
Dass wir keine Plag net haben
Mit so einem Teufelsfraß;
Hauts zu, dann habts Spaß!
Unter der Dresch drin
Habts die feiste Weberin
Und den kleinen Nagelschmied;
Dreschts ihn nur auch gut mit!
Hauts nur grad zu alle zusammen,
Dreschts es gut zusammen!
Bauer, hau ein,
Dresch uns einen Wein!

Bäuerin, hau ein,
Dresch uns einen Brei!
Lassts euer Dresch fliegen,
Dass mir hübsch Gulden kriegen;
Dreschts alle Schulden zusammen,
Dass wir keinen Schaden haben;
Dreschts uns ein Feiertagsgewand,
Gebts uns einen Gulden auf die Hand!
Unter dem Betttuch drinnen
Habts euern Geldsack liegen,
Tuts ihn nur raus geschwind,
Dass ihn der Schwed nicht findt!
Leerts ihn auf den Dreschboden hin,
Dann sind wir zufrieden!«

Es ist schon ein alter Brauch, dass die Drescher in ihren Dreschliedern die Verfehlungen ihrer Nachbarn, besonders aber den Ehebruch, geißeln und rügen, ihre Rechte als Dienstboten dem Bauern und der Bäuerin vorhalten und auf ehrliche Auszahlung ihres Lohnes dringen.

Drum stellte auch die Weidhoferin während dieser Tage öfter als sonst den Fleischtopf übers Feuer und warf auch in den Brei deswegen ein größeres Stück Schmalz zum besseren Geschmack als sonst.

Und als dann die Kirchweih kam, da trug sie Schüsseln auf, dass sich der Tisch bog: dreierlei Fleisch und dreierlei Knödel, zweierlei Tunke und zweierlei Schmalzküchlein und ein eigenes Kirchweihbrot mit Rosinen und gedörrten Birnen und Zwetschgen gespickt, Kaffee, Bier, Most und Wein.

Dann kamen der Zupfgeigenjackl und der Klarinettensteffl; der Oberknecht holte seine Zither unter der Bettstatt heraus, und der Ochsenbub nahm das Hackbrett aus der Ecke, und bald ging's an ein Musikmachen und Singen, an ein Tanzen und Stampfen, dass alle Fenster schepperten und der Boden erzitterte.

Auch das Kathreinl brachte an diesem Tag seine Zither herab und schlug sie meisterlich, sang auch viele Trutzgesänge und war munter und aufgeräumt. Sie hatte wieder ihren Staat angelegt, und als sie einmal mit einem der Burschen tanzte, da klirrten die Taler und Münzen, die Träublein und Ringe an ihrem Silbergeschnür, und der Seidenstoff ihres Gewandes knisterte und rauschte.

An diesem Tag hat mancher, glaub ich, fast vergessen gehabt, dass das Mädel einmal als Hexenjungfer verachtet und verschrien war; ja, ich glaube nicht übel zu raten, wenn ich dem oder jenem zutraue, er habe damals im Ernst erwogen, ob seine Spargroschen sich etwa gut ausnähmen neben dem Geldsack der Jungfer oder ob sein pechschwarzer und strohgelber Haarschopf zu den Goldzöpfen einer Herrischen gut stünde.

Auch mich ergriff wieder eine unbezwingliche Sehnsucht, das Mädchen an mich zu reißen und zu herzen; doch kämpfte ich hart dagegen und begann zu saufen und zu plärren, auf dass meine Sinne betäubt würden. Ich sang auch alle Trutzlieder durch, die mir bekannt waren, machte ungefüge neue hinzu, sang über die Junker und über die Pfaffen, spottete der Lieb und Treue und benahm mich am Ende so zügellos, dass der Weidhofer aufstand, mich bei den Ohren hinauszog und mir ein paar herunterstrich.

Über diese derbe Zurechtweisung war ich dann so sehr beschämt, dass ich mir nicht mehr traute, zu den andern hineinzugehen, sondern mich ganz still und kleinlaut in die Kuchel verzog, wo die Weidhoferin und das Küchenmädchen eifrig brieten und hantierten; bald wurde es mir aber darin zu dämpfig, und ich verdrückte mich in den Stall, lehnte mich an die Hühnerstiege und schlief schließlich dort so fest ein, dass mich weder das Rufen der Stallmagd noch die Püffe des Ochsenbuben wieder erwecken konnten und die Stallmagd mir am Ende aus christlicher Nächstenlieb ihren Melkkittel unterbreitete und mich darauf stieß und schnarchen ließ bis zum andern Morgen.

Da verwunderte ich mich sehr über diese seltsame Liegestätte und konnte mich gar nicht darauf besinnen, wie ich dahin gekommen war. Es wurde mir aber bald ein Licht darüber aufgesteckt, indem die Burschen und Mägde allesamt, kaum ich danach in die Stube trat, um meine Frühsuppe zu essen, anfingen, mich zu verlachen und als traurigen Helden zu rühmen, der, wenn er auch noch nach Windeln rieche, gleichwohl schon gut beschlagen sei im Saufen und Schreien und der jede gute und ehrbare Gemeine durch sein säuisches Benehmen in üble Nachrede brächte.

Mit offenem Maul saß ich unter solchem Gerede da und marterte mein Hirn, ohne dass mir was einfiel. Da half mir der Weidhofer drauf: »Gelt, heut sitzt da, als wenn dir die Hennen das Brot genommen hätten! Aber gestern hat einer plärrt und geröhrt wie ein närrischer Stier und hat sich aufgeblasen und ein redliches Mädel verächtlich gemacht! ...«

Und da ich ihn ganz verdattert anglotzte, fuhr er fort: »Ja, ja. So hast es getrieben, gestern. Aber jetzt hast ausgestänkert, mein ich; jetzt sind dir die Perlen rausgefallen aus der Krone; und deine Jungfer, denk ich, wird wohl auch genug haben an so einem Hallodri, so einem Halunken, wie du einer bist.«

Bei einer solchen Kirchweihpredigt wär einem andern auch kaum mehr besonders wohl zu Mute gewesen; mir aber ward so elend dabei, dass ich weiß Gott was darum gegeben hätte, wenn ich in diesem Augenblick hätte ein Tarnkäpplein oder Bleichpulver bei mir getragen, mich unsichtbar zu machen, oder einen Meilenstiefel, mich damit an das andere Weltende zu kutschieren; aber ich war verurteilt, zur Predigt auch noch das Amt zu hören, indem sie nun alle zusammen schrieen und auf mich eindrangen, bis ich mit einem Mal einen greulichen Fluch ausstieß, meinen Stuhl umwarf und hinausstürmte.

Ich riegelte mich in meine Kammer ein und ließ mich nicht mehr sehen, bis die andern auf dem Kirchgang waren; da denn der Kirchweihmontag bei uns als ein guter Feiertag gleich dem Oster- und Pfingstmontag galt. Erst als alles im Haus still geworden, schlich ich aus meiner Kammer und lief durch den Stall hinaus und fort, trieb mich etliche Zeit im Wald herum und ging danach keck zu einem Sonnenreuther Bauern zur Kirchweihunterhaltung; doch hielt ich mich dort tapfer und sparte den Trunk. Gegen Abend bedankte ich mich sodann und ging heim, drückte mich, während die Unsern in der Stube sangen und spielten, eilig über die Stiege hinauf in meine Kammer und ließ mich von dem Tag an nur selten noch bei den Mahlzeiten sehen. Der Jungfer Kathrein aber ging ich nun noch mehr aus dem Weg wie zuvor und tat, wenn wir uns dennoch trafen, wie ein Fremder gegen sie; ich blieb auch den Winter über wie ein Einsiedler in meiner kalten Klause, während die andern scherzend und lachend in der warmen Stube beim Spinnrocken saßen und die Burschen den Mädchen mit dem Kienspan zum Spinnen leuchteten und allerhand Fäden knüpften.

So kam das Ende des Winters, das Frühjahr, und der Weidhofer schickte mich wieder, wie ehedem, mit dem Vieh auf die Alm; denn, meinte er, zur groben Arbeit taugte mein zerschundener Leib doch nicht viel; womit er auch Recht hatte: Ich wurde nichts Rechtes mehr seit dem Sturz vom Felsen; mein Körper blieb unscheinbar, meine Füße waren kurz und klumpig, meine Arme aber dürr und gar lang. Auch zwickte und riss es mich bald da, bald dort, und ich hatte manchen Tag, an dem ich mich kaum rühren konnte.

Ich ging also mit großer Freude wieder auf die Berge wie zuvor, hütete das Vieh des Weidhofs und die Kuh samt dem Kalb und den Geißen der Jungfer Kathrein und schnitzte dabei allerhand Krippenmännlein und Himmelmuttern, bis eines Tages etwas daherkam, das mich wie der gottlose und unbarmherzige Kuckuck aus meinem Nest warf und in eine fremde Welt hinausjagte.

Kindlnot und Brautschau

Es schickte sich um Laurenzi desselben Jahres, da ich wieder auf der Alm saß, dass unsere Sennerin, die Hosennandl, über allerhand Beschwernisse und Gebrechen klagte und mit Schmerzen die Zeit herbeisehnte, wo wir wieder heimtreiben durften von der Alm.

Und etliche Wochen danach geschah es, dass es mitten in der Nacht heftig an meine Kammertür klopfte und die Nandl mit Zähneklappern bat, ich solle doch geschwind hinüberlaufen in die Riedleralm, dass die Mariandl käme und ihr beistünde.

Ich stand also eilends von meinem Strohsack auf, fuhr in die Hose und lief, was ich konnte; denn die Nandl tat so wehleidig und jämmerlich, dass mir ganz angst um sie wurde.

Ich pochte also ungestüm an die Fenster und Tür der Mariandl, bis sie endlich aufmachte und mich anhörte.

»Dass es Gott segne!«, schrie sie. »Sie wird doch nicht die rote Ruhr im Leib haben oder gar die Pestilenz!«

Eilig zog sie ihren Kittel an, und wir liefen so schnell wir konnten durch die mondhelle Nacht hinüber in die Weidhoferalm zu der Kranken.

Aber, wer kann unser Staunen und Verwundern beschreiben, als wir die Tür auftaten und uns ein dünnes Kreischen in die Ohren schallte! Da lag die Nandl, müde und matt, und neben ihr ein nackendes Würmchen, nicht größer denn eins von unsern jungen Säulein, so die Alte zu Pfingsten geworfen hatte.

Mit schwacher Stimme bat mich die Mutter Nandl, dass ich mich ums Melken bekümmern wolle; die Mariandl, der's Gott danken möge ihre Lieb, würde schon fertig in der Hütte.

Ich hätte ja schon gern noch das brennrote Würmlein mit dem feinen, schwarzen Haarschopf ein wenig betrachtet; aber ich ging, als man mir sagte, dass ich danach noch lang das Kindermädchen machen könnte, wenn unser lieber Herr den Balg da ließ auf der Welt, und dass ich ihm, zumal es ein Bub sei, Gevatter stehen und ihn aus der Taufe heben dürfte.

Als nun der helle Tag heraufgekommen war, schickten mich die Frauen hinab zum Weidhof, dass ich meiner Ziehmutter die Botschaft brächte von dem Ereignis, auch um eine Aushilfe für die Sennerin bäte und im Vorbeigehen dem Häuslpauli ans Fenster klopfe und ihm ausrichte: Ein Bub wär's, und er sollte an seine Vaterpflicht denken.

Also machte ich mich auf den Weg und traf den Pauli grad auf dem Rübenacker vom Staudenweber, Blätter für seine Stallhasen rupfend. Ich pfiff ihm also, dass er erschrocken in die Höhe fuhr, und schrie ihm zu: »He, Pauli! Ich soll einen Kinihasen auf die Weidhoferalm bringen, eine Kindstaufe gibt's!« Er kam langsam, wie lauernd, näher: »Wie meinst?«

»Wie ich mein, fragst!«, schrie ich ihm da in die Ohren, als wenn er stocktaub wäre. »Na, ich mein, und ich weiß und soll dir sagen, dass du Vater worden bist heut Nacht; einen Buben hat sie, die Hosennandl vom Weidhof; wirst ja wohl wissen jetzt, was du zu tun hast.«

Damit wollte ich gehen; der Pauli aber hielt mich am Ärmel fest: »Dass ich's net wüsst, Bua! ... Is mir nix bekannt! – Gar nix! ... Einen Buam, sagst? ... Nein, gar nix bekannt! ... Soo, heut Nacht, sagst? ... Weißt, mich geht's ja nix an, ich bekenn mich auch net als Vater; nein, gar net! ... Wann hat sie denn schon? ... Ja so, heut Nacht ... Ja ... dann – sagst halt, es is schon recht. Ich werd mir's überlegen.«

Damit bückte er sich wieder und rupfte weiter, wie wenn nichts gewesen wäre; ich aber rief ihm noch zu: »Ist auch gescheiter, du überlegst dir's, Pauli! Die Nandl hat ein hübsches Geld und ist auch sonst gar net übel!«

Dann lief ich weiter und kam gerade in dem Augenblick in den Weidhof, als zwei mit Bändern und Blumen geschmückte Rösser am Brunnentrog vor der Haustür standen und tranken.

Ich trat ins Haus und mit dem Ruf in die Kuchel: »Die Nandl braucht Hilfe, sie ist krank und hat einen Buben!«

Aber kein Mensch hörte auf mich; die Ziehmutter stand lachend vor dem Herd und kochte ein fettes Eiergericht, und das Küchenmädchen holte die Schnapskrügel aus der Speiskammer und lief damit in die Stube, wo zwei mit bunten Bändern und Blumen aufgeputzte Mannsleute standen und sich mit dem Ziehvater laut über das Wetter und die Ernte unterhielten.

Ich folgte der Dirn und trat neugierig ein, als plötz-

lich der eine von den herausgeputzten Narren die Nase in die Luft reckte und ausrief:
>>Was kommt denn jetzt gar für ein feines
Gerüchei in die Stube herein?
Meiner Treu! In dem Haus muss ein Bräutl sein!<<
Worauf auch der andere herumschnupperte und sagte:
>>Bruder, du hast Recht, und ich werd schauen
geschwind,
ob ich das Bräutl nirgends find!<<

Damit nahm er seinen blumengeschmückten Hut vom Tisch, steckte sich einen Rosmarinzweig ins Knopfloch und zog einen hölzernen, bemalten Säbel aus der rot und blau bebänderten Scheide, salutierte und ging hinaus, während der andere dem Weidhofer mit einem Gläschen Schnaps Bescheid tat.

Derweilen brachte die Ziehmutter das duftende Eierschmalz auf einer großen Platte herein und stellte es auf den Tisch, indem sie sagte: »Ich kann mir's schier gar nicht denken, was uns die große Ehre verschafft; aber ich mein, dass ich's erraten hab, wenn ich sag, wegen der Eierspeise!«

»Fehlgeraten!«, schrie der aufgeputzte Narr und riss einen Rosmarinzweig aus dem Sack, steckte ihn ins Knopfloch, zog gleich seinem Genossen einen bemalten Holzsäbel aus der bandgeschmückten Scheide, salutierte und rief:
»Also, meine Leutln, ich tu euch zu wissen
und kund,
Dass ich ein Bräutl such in diesem Haus und
auf diese Stund,
Das Bräutl soll heißen: Jungfrau Maria Kathrein
Und soll dem Lackenschusteranderl seine
Hochzeiterin sein.

Drum, Leutln, tuts mich net lang
herumsprengen und plagen,
Vielmehr tuts mir als dem Hochzeitslader
dem Bräutl seinen Aufenthalt sagen,
Auf dass ich hingeh zu der Jungfrau und Braut,
Und lad sie zum Feste, in die Kirch und zum
Kraut!«

»Ja, was denn!«, rief da die Weidhoferin lachend; »unser Kathrein! Der fällt's net im Traum ein, dass sie in den Ehestand geht! ... Da bist irrig, mein Lieber!«

Und sie schob den Widerstrebenden an den Tisch und bat ihn, doch zu essen, bevor das Gericht kalt sei.

Da setzte sich also der aufgeputzte Narr oder Hochzeitslader nach vielen Komplimenten und aß, während der Weidhofer ganz leise aus der Stube schlich.

Ich lief ihm nach und sagte draußen: »Vater, ist's Euch recht, wenn ich die Stallmagd mitnehm auf die Senne? Die Nandl is krank.«

Dabei überkam mich plötzlich ohne jede Ursache ein Zwang, laut aufzuweinen; unterdrückte ihn aber und tat einen derben Fluch und spuckte giftig auf den Boden, so dass der Messner mich zornig und verwundert ansah und rief: »Schlingel, unrespektierlicher! Muss ich dir den Haselhans oder die Birkenlies zeigen und überstreichen, damit du lernst, was sich gehört?«

Er wurde aber gleich wieder gnädig und besann sich auf meine Frage: »Die Stallmagd brauchst? ... Ja, sag's ihr nur! ... Nimm etliche paar Flaschen Most oder Wein mit für die Nandl! ... Wo fehlt's denn?«

»Halt an der Konstitution«, sagte ich; »einen Buben hat sie auf die Welt gebracht heut Nacht.«

Aber der Weidhofer hörte schon nichts mehr; eilends schlüpfte er aus seinen Haferlschuhen, sprang die Stiege hinauf und in die Kammer der Jungfer, steckte den Kopf zur Tür hinein und rief halblaut: »Auf, Mädel, der Hochzeitslader is da! Der Anderl möcht's richtig machen und die Hochzeit ansetzen. – Wann passt's dir denn am ehesten?«

Herrgott! Wie wurde mir da bald warm, bald kalt; und eh ich mich dessen versah, stand ich auch schon droben hinter dem Ziehvater, zitternd und auf die Rede der Jungfer harrend, die nun kam.

Mit einem hellen Lachen sagte sie: »Ja, was! Der Lader ist da! Da muss ich mich aber geschwind verkriechen!«

Sie lachte wieder laut und lustig und sprach weiter. »Sagts ihm halt: In drei Wochen kann er mich haben! Am Samstag das Stuhlfest, am Sonntag zum Ersten verkünden, und derweil, denk ich, wird der Schreiner schon fertig sein mit dem Kuchelwagen! ... Übrigens, was ich noch sagen möcht, Messner: In den Glaskasten muss er noch eine Spiegelwand einsetzen! – Und der Hausaltar soll bloß drei Heilige kriegen: Unser Liebe Frau, die Sankt Kathrein und den Sankt Andrä; sonst weiß man ja kaum mehr, wo man hinbeten soll, vor lauter Heilige. So viel übrige Zeit hat man ja auch nicht, dass man den ganzen Tag an unsern lieben Herrn seine Freundschaft denken könnt. – So, und jetzt geh ich runter hinter die Stiege.«

Da kam sie auch schon aus der Kammer; ich aber wollte, ein Mausloch oder Mauerspalt hätt mich in dem Augenblick aufgenommen – mit brennrotem Kopf stand ich auf der obersten Stufe und musste mich an die Wand lehnen, dass ich nicht herabfiel vor Übelkeit.

Sie aber lachte lustig auf: »Ei, sieh einer an! Der Mathiasle! ... Gilt schon, Mathiasle, gilt schon! Hättest nicht eigens brauchen den weiten Weg zu kommen!

Glaub's schon, dass du mir nix Schlechtes wünschst zu meinem Ehestand!«

Sie langte in die Tasche: »Da! – Halt – ich hab was anders für dich!« – sie lief noch einmal zurück in die Kammer und holte eine Schachtel, während der Ziehvater lachend und voll Spott sagte: »Na, Bursch, wo hast denn jetzt auf einmal deinen Mut gelassen? Bist doch grad noch so anmaßend gewesen!«

O, wie gern wäre ich da hinab über die Stiege und davon! Aber es war, als hätte der Blitz in mich eingeschlagen; ich lehnte ganz schwach und elend an der Mauer und konnte nicht Fuß noch Hand rühren, auch nicht den Mund auftun und hinausschreien, was in mir tobte.

Derweil brachte also die Jungfer eine schöne Kette, aus Haaren zierlich geflochten und mit goldenen Schließen und Schnörkeln geschmückt, und hing sie mir um den Hals, indem sie mit lieblicher Stimme dazu sagte: »So, Bub, die Kette soll für dich sein; ist noch von der Irschermutter eine. Halt sie gut und in Ehren!«

Dann täschelte sie meine Wange und lief darauf eilig über die Stiege hinab und hinter dieselbe, wo das große Krautfass stand. Sie schlüpfte geschwind hinein, und der Weidhofer deckte eine Wagendecke drüber; ging drauf in die Stube und lud den Hochzeitslader schalkhaft ein, das Bräutl, von dem er rede, zu suchen.

Im selben Augenblick kam der andere mit seinem Säbel eilig zur Haustür herein, hielt in einem roten Stoffsack eine schreiende Henne in die Höhe und rief:

»Hui! Auf, Kamerad! Mein Bräutl, des hab
ich im Sack!
Hör zu, Bua, wie's juchzt und schreien tut:
gigg gagg!

Is sauber und mollig und lieblich vom Fuß
bis zum Kopf,
Grad schad, dass es gelbe Augen hat, einen
roten Schopf und einen Kropf!«
Drauf stieß er einen hellen Juchzer aus, schwang seinen Sack, dass die Henne laut schrie und gaggerte, und stampfte mit den Stiefeln und sang:
»Aber Dirndl, was zeterst denn und schreist denn so!
Wennst so anmaßend tust, nachher kriegst
ja keinen Mann!
Du musst ja schön still sein und das Herzerl
auftun,
Musst ein zuckersüßes Trutscherl sein, sonst bleibst
allein!«
Der Hochzeitslader war derweil aus der Stube gekommen und begann nun überall nach der Braut zu suchen: in der Kuchel, in der Speis, im Stall. Dazu sang er:
»Jetzt sollt ich verkünden, dass ein Bräutl
da is,
Und kann sie nirgends finden, wo sie
hingeschlüpft is!
Sie is in der Kuchl net, in der Speis net und
im Stall nirgends zu sehen,
Jetzt muss ich die Kerze anzünden und
leuchten ein wenig!«
Er zog also eine Kerze und Zündzeug aus der Tasche und schlug Feuer. Der andere aber gab ihm einen Rat:
»Schau auf den Heuboden rauf, schau in
die Kammer rein,
Schau ins Milchkastl und ins Krautfass rein!
Schau in die Liegestatt und hinter die
Kellerstiege,
Wennst es gescheit angehst, wirst sie schon
kriegen!«

Ich lehnte immer noch droben auf der Stiege, und es war mir, als sei ich in einem Komödienhaus und hörte da ein närrisches Fastnachtsspiel; aber es war leider ein trauriges Zuschauen und Hören, da mir mein liebes Kathreinl für einen andern geworben und gefreit wurde.

Und am Ende konnte ich nicht mehr Stand halten, kroch an die Tür zum Heuboden und schlüpfte hinein; stieg an der Leiter hinab zur Tenne und lief durch den Stall hinaus in den Hof, wo die Stalldirn kehrte und fegte, dass der Staub aufwirbelte.

Indem fiel mir die Nandl ein, und ich sagte der Dirn, dass sie gleich mitkommen müsste auf die Sennalm; sie sollte auch zwei, drei Flaschen Wein und etliche Eier mitnehmen für die Wöchnerin.

Unwillig erwiderte sie: »Ich lass mir nix schaffen vom Kühbuben!«

Dann fuhr sie mir mit dem Besen zornig über die Füße und kehrte weiter.

Eine Weile noch sah ich ihr gedankenlos zu und blieb auf dem Fleck; dann aber lief ich kurzerhand hinein ins Haus, wo der Hochzeitslader eben das Kathreinl aus dem Krautfass zog und der Ziehvater und die Mutter lachend dabeistanden; ich fuhr also grimmig dazwischen und schrie die Weidhoferin an: »Machts einmal ein End mit der Narretei! Ich muss eine Sennerin haben! Eine Hilfe brauch ich für die Nandl!«

»Oho! Net so schnell, Büberl!«, erwiderte die Ziehmutter hochfahrend. »Wenn die Herrischen handeln, haben die Dienstigen das Maul zu halten! Wir haben jetzt keine Zeit für dich!«

Und der Messner rief spöttisch: »Geh nur und such dir deine Sachen! Bist ja auch sonst so resolut!«

Himmel! Da kam's über mich, und es fuhr mir heraus, was an Gift und Galle in mir steckte, ungeachtet der zu erwartenden Strafe; und ich schrie, dass mir die Stimme überschnappte: »Jawohl, das bin ich auch! Und so dumm wär ich auch nicht, dass ich so eine nähme, die schon bei einem andern Buben gelegen ist! Herrisch oder nicht! Aber lieber eine Gänsedirn, als wie so eine!«

Heißa! Das traf! Und ich lief aus dem Haus und dahin auf die Alm; und in den Ohren gellten mir noch immer meine eigenen Worte. Sie ließen mich nimmer aus, hallten mir aus allen Geräuschen entgegen, aus dem Rauschen des Bergbachs, aus dem Keuchen meines Atems – und dazu mischte sich eine harte Anklage meiner selbst: »Du hast sie ehrlos gemacht aus Bosheit.«

Wie ein Feuer brannte es auf mir, dass ich so feige und gemein an dem Mädchen gehandelt hatte, und ich zermarterte mein Hirn, wie ich es wieder gutmachen könnte. Planlos lief ich unter diesem dahin; ein leiser Regen begann zu fallen, und die Nebel sanken weit in die Täler hinab. Bald kam ein Frösteln über mich, und ich begann zu fiebern und zu frieren. Unsinnige Gedanken jagten durch meinen Kopf; bald wollte ich wieder zurücklaufen und die Geschmähte um Vergebung bitten, bald zum Wasserfall, mich hinabzustürzen; doch lief ich immerzu den geraden Weg nach der Weidhoferalm und kam endlich ganz durchnässt an die Hütte.

Ich wollte also hinein; aber entsetzt fuhr ich zurück – unter der Tür stand grinsend mein Widersacher, der lange Ambros. Sein Gewand war zerfetzt, seine Haare wirr; er war bleich, und in seinen Augen brannte es wie ein Feuer.

»Hab schon eine gute Weile auf dich gewartet, Bürscherl!«, sagte er und weidete sich an meinem Schreck. »Hab dich aber doch noch erwarten können, wie ich seh!«

Mich schüttelte ein Grausen; aber ich zwang mich zum Mutigsein und sagte gleichgültig: »Auf mich hast gewartet! Ich hab dacht, auf die Landjäger, weil grad zwei daherkommen da vorn!« Dabei wies ich nach einer nahen Wegbiegung, die durch einen mächtigen Felsblock verdeckt war. Der aber hatte kaum das Wort Jäger vernommen, rannte er auch schon davon und verschwand hinter der Hütte, während ich eilends hineinging und die Tür verriegelte.

Die Sennerin lag schlafend auf ihrer Bettstatt und hielt das Kind warm an die Brust geschmiegt. Ich durchsuchte die Hütte nach der Mariandl, die musste aber wohl schon wieder nach der Riedleralm zurück sein; denn ich konnte sie nirgends finden. Ich überlegte also, was ich nun beginnen sollte, besonders da ich auch ganz allein war und in dem Schelmen, dem Ambros, einen gefährlichen, ja unheimlichen Patron sah.

Mitnichten wollte ich allein in der Hütte bleiben; ich stellte also der Nandl einen Topf voll Milch auf einen Hocker vors Bett, legte einen Löffel, Brot und Butter dazu und schlich mich leise wieder davon und versperrte die Hütte.

Nun sprang ich also eilends wieder hinab nach Sonnenreuth und war noch vor dem Abend am Weidhof.

Der Messner saß gerade mit der Jungfer auf der Hausbank und hatte einen kostbaren Rauchmantel aus der Pfarrkirche vor ihr ausgebreitet, als ich durch das Tor trat.

»Flickst ihn halt ein bissl zusammen, dass man's nimmer gar so stark sieht, das Brandloch«, sagte er und zupfte an einer brüchigen, versengten Stelle des Mantels; da ging ich auf ihn zu und sagte, ohne lang zu grüßen: »Der Ambros ist auf der Sennalm gewesen, der hat nix Gutes im Sinn; lassts jemand Kräftigen mitgehen, eh was passiert!« Erschrocken fuhr er in die Höhe: »Was – der Lump –, auf der Sennalm, sagst?« Auch die Jungfer war aufgesprungen und hatte in dem Augenblick gewiss alles vergessen, was ich ihr zuvor angetan; die Hände zusammenschlagend rief sie aus: »Der Ambros! Weidhofer, das gibt ein Unglück!«

Nun man willig auf mich hörte, berichtete ich alles, auch, dass die Nandl mit einem Bub in der Woch läge und dass wir so schnell wie möglich Hilfe brauchten, worauf der Messner den Rauchmantel der Jungfer auf den Schoß warf und sagte: »Leg ihn derweil in deine Stube, Mädel; ich muss Leute zusammentrommeln.«

Dann pfiff er dem Ochsenbuben und der Stalldirn, gab der Weidhoferin Bericht und Befehle, nahm seinen Hut vom Nagel, und wir gingen alle zusammen fort.

Der Tag war längst hinter den Bergen verschwunden, und die Nacht brach dunkel und sternlos herein, als wir auf unserem Almfleck anlangten, von da aus man noch ein gutes Stück zu steigen hatte bis zur Sennhütte. Da gewahrten wir durch den dichten, schwarzen Nebel einen seltsamen, hellen Schein.

»Aber heut geht der Mondschein wunderlich auf!«, meinte der Weidhofer, und auch uns mutete das Licht sonderbar an; da fuhr es mir plötzlich durch den Sinn: Das ist von der Senne. Am End ist die Nandl gar tot oder das Kindl.

Ich glaubte nämlich damals fest daran, dass Leute sich, wenn sie von der Welt scheiden, anmelden oder dies durch Lichter anzeigen.

Indem ich aber noch darüber nachgrübelte und den Lichtschimmer mit starren Augen betrachtete, deuchte es mir plötzlich, als stiege über dem Schein ein dicker Rauch auf; ein jäher Schreck durchfuhr mich, und ich schrie gellend: »Es brennt! O Gott! Die Nandl – das Kind!«

Dann stürzte ich hin und wusste nichts mehr.

Doch nicht lange dauerte diese Ohnmacht; ich raffte mich auf und fand mich allein, die andern waren wohl nach meinem Schrei sogleich dahingestürmt. Ich wandte mich gegen die Richtung, wo ich vorhin das Licht gesehen; gütiger Gott! Die Sennhütte brannte wirklich!

Nun fasste ich alle meine Kräfte zusammen und rannte den Berg hinauf und kam gerade in dem Augenblick an, wo das Dach über meiner Kammer mit Krachen und Zischen zusammenfiel. Es brannte nur ein Teil der Hütte; der, in dem die Nandl lag, war außen noch unversehrt. Da fiel mir die Kranke und das Kind ein. Herrgott! Ich hatte ja den Schlüssel abgezogen! Sie konnte nicht entweichen, und die Helfer konnten nicht zu ihr!

Aber da kamen auch schon der Weidhofer und der Ochsenbub von der Seite her, wo die Haustür ist, und sie trugen die Mutter und das Kind samt dem Strohsack; zwar ohne Besinnung, doch von dem Feuer unversehrt.

Ich hockte mich daneben, unvermögend, etwas anderes zu tun, als unter Zähneklappern und Frost vor mich hinzusagen: »Gottlob, sie haben sie«, während die andern verzweifelt arbeiteten, um zu retten, was noch zu retten war; denn das Feuer an der hölzernen Hütte zu löschen war doch unmöglich.

Dazwischen hatten sie Müh und Not, die ängstlich gewordenen Tiere vom Feuer wegzubringen; und am End schrie der Messner: »Treibt mir einer das Vieh hintern Berg, und nachher tragts alles weg vom Feuer, Leutln. Was jetzt noch drin is, lassen wir brennen!«

Nun fasste auch ich mit an; denn die Nandl hatte zuvor die Augen ein wenig aufgetan, nach ihrem schlafenden Kindl gegriffen und war mit einem Seufzer wieder zurückgesunken auf ihr Kissen.

Ich lockte und rief also das Vieh und brachte es ziemlich weit vom Feuer weg; der Weidhofer aber fasste den

Strohsack der Wöchnerin und trug diese mit Hilfe des Ochsenbuben nach der Riedleralm.

Danach blieben wir die Nacht über beim Vieh und berieten, was nun geschehen sollte.

Mit einer großen Ruhe sagte mein Ziehvater: »Heimtreiben muss man halt. Die Hauptsache is, dass nix verbrannt ist an Leut und Vieh. Das andere ist gleich, das baut man halt wieder auf; gibt ja Holz genug. Aber den einen, den Lumpen, lass ich fangen. Der muss mir's büßen, das!«

Immer noch schossen Feuergarben gen Himmel, und ein Stück nach dem andern loderte, krachte und fiel zusammen.

Endlich aber wurden die Flammen kleiner, der Rauch bläulicher; und als der Morgen mit fahlem Schimmer aufstieg, sah man von der Sennhütte nichts mehr als einen Haufen Asche, verkohlte und verrußte Trümmer und daneben, lustig plätschernd, den Brunnen der Senne, der durch einen günstigen Wind unversehrt geblieben war.

Da ging der Weidhofer noch einmal hinauf zur Brandstätte und begoss die rauchenden Überreste mit Wasser; dann eilte er hinab ins Dorf, um seinen Leuten das Unglück zu melden und seine Befehle zu geben, ehe er in die Kirche musste, den Morgengruß zu läuten und bei der Frühmesse zu dienen.

Und da es Tag war, kamen nacheinander: der Oberknecht, der Mitterknecht, die Oberdirn, die Mitterdirn, das Küchenmädchen und der Hausl, und besahen die abgebrannte Sennhütte, fluchten dem Schelmen und nahmen jeder ein paar Trümmer des Geborgenen und trugen es hinab in den Weidhof. Danach kam auch die Ziehmutter samt der Jungfer Kathrein, klagten über das Unglück und gingen hierauf nach der Riedleralm, die arme Nandl und ihr Kindlein zu besuchen.

Derweilen richteten wir drei, der Ochsenbub, die Stallmagd und ich, die Kühe zum Abtrieb und schrien und sangen mit rauer Kehle und gebrochener Stimm:
»Kühlein! Gehen wir heimzu!
He, Sennbua, der Wendlstein trägt das Hütl
schon voll Schnee!
Des is ein Zeichen, dass wir jetzt können
heimtreiben von der Höh.
Es dauert nicht lang, so legt er seinen
schneeigen Mantel an
Und deckt die ganzen Almen zu, drum
rennen wir freiweg davon!
Kühlein! Gehen wir heimzu! Juchu!
Jetzt muss ich meine Küh und Kälber mit
Kränz und Sträußen zieren,
Dass sie ausschauen grad wie Hochzeitleut,
die wir von der Alm heimführen.
Dann pack ich Pfanne und Kübl zusammen
und sperr meine Sennhütte zu
Und treib mit meine Küh und Kälber schön
langsam gen Weidhof zu!
Kühlein! Gehen wir heimzu! Juchu!«

Da wandte erst die Vorderkuh den Kopf nach uns und schüttelte sich, dass die mächtige Glocke, die sie um den Hals trug, durch die Berge hallte, und trabte eilig auf mich zu; und indem ich ihr einen Kranz von wildem Enzian umhängte, kamen auch die andern und ließen sich willig Hals und Hörner mit Tannen und Enzian schmücken, stellten sich auch in schöner Ordnung hintereinander und drängten sich ganz dicht, bis wir drei unsere Hüte verziert und den letzten Juchzer in die Berge geschrien hatten.

Also ging ich, frisch mit meiner Geißel knallend, voran, die Stalldirn hielt zur Seite die Ordnung, und der Ochsenbub trabte hintendrein.

So kamen wir denn gegen Mittag auf den Hof, brachten das Vieh in den Stall und tränkten es und setzten uns danach an den Tisch, unser Einstandsmahl zu verzehren, während der Weidhofer jedem einen Krug Most an seinen Platz stellte und einen blanken Silbergulden darunterlegte.

Kindstaufe und Einstand

Etwa eine Woche nach diesem kam die Mutter Nandl und trug ihr Kindlein in einem dicken Pack von Kissen und Tüchern auf dem Arm; hatte ihm auch etliche Rosenkränze, Amulette und Ablasspfennige um den Hals und die Fingerlein gewunden und eine geweihte Kerze auf die Zudecke gebunden, auf dass dem armen Heidenbübl nicht vom bösen Feind oder von einer Hexe könnt was Übles angewunschen werden.

Nun gab es ein großes Zulaufen; Knecht und Mägde, Bauer und Bäuerin und auch die Jungfer Kathrein kamen, das Würmlein zu betrachten, bei den winzigen Händlein zu fassen und über die seidigen Härlein zu streichen; worüber ich am End ganz wild wurde; denn ich hatte sogleich das versprochene Amt der Kindsdirn übernommen, den verstaubten Kinderwagen vom Dachboden geholt, einen Haufen Bettzeug und Polster aus dem ganzen Haus zusammengeschleppt und das elendige Dinglein hineingebettet.

Und nachdem ich neue Zwecken in die hölzernen Räder des Wagens gesteckt hatte, brachte ich das Büblein sogleich in demselben vor das Haus des Bürgermeisters und zeigte es ihm an als das Kind der Weidhofersennerin Nandl Wiesmüller und des Paulus Heckmaier, genannt Häuslpauli von Sonnenreuth. Der hatte sich's nun wirklich überlegt, hatte vier Gulden für das Kindl und einen feisten Stallhasen für die Mutter Nandl geschickt und dazu sagen lassen, dass es mit allem seine Richtigkeit hätte, und wenn die Nandl Lust hätte, Häuslerin zu werden, könnten sie's noch vor Kathrein fest machen.

Worauf ihm die Nandl voller Freude sagen ließ, es müsst wohl gut Häuslerin sein, und – je eher, desto lieber.

Da sah es nun gerade aus, als sollten in Bälde zwei Hochzeiten statt einer ausgerichtet werden im Weidhof, wie es denn auch geschah; denn die Jungfer Kathrein war schon mit ihrem Hochzeiter, dem Lackenschusteranderl, aufs Gefesten, das ist zum Pfarrer wegen dem Brautgespräch und der Ehestandslehre, gegangen, waren auch schon zweimal von der Kanzel herab verkündigt worden und hatten bereits beim Sonnenreuther Klinglwirt das Hochzeitsmahl angeschafft.

Die Nandl wiederum hatte den Pauli eilig in den Weidhof holen lassen, ihm den Festschmarren zum Zeichen ihrer Einwilligung vorgesetzt und alles mit ihm richtig gemacht wegen der Ausrichtung der Hochzeit und dem Heiratsgut. Er war wohl zufrieden mit seinem Bräutl und lief also eilig zum Pfarrer, damit das Büblein ohne Verzug in seine Rechte möcht kommen als ein gut eheliches; worauf ihm der geistliche Herr das Versprechen gab, noch vor der Kirchweih die dritte Verkündigung zu ordnen.

Nun aber musste noch das kleine Heidlein getauft werden, und ich sollte ihm richtig zum Gevatter stehen; was mich gar stolz und glücklich machte.

Da wollte ich ihm denn gern ein ansehnliches Patengeschenk geben und beriet mich deswegen mit allen vornehmen Leuten, dabei denn die einen meinten: einen silbernen Becher; die andern: einen schönen, guten Silbertaler; wieder eine riet mir zu einem Paar feiner Schühlein und eine andere zu einem Rosenkranz mit vielen Ablasspfennigen dran.

So wollte ich mir also vom Weidhofer mein Jahrgeld geben lassen für die Taufe, was zu der Zeit war: sieben Gulden und dreißig Kreuzer als Viehbub nebst einem härenen Hemd und einem Paar Schuhe; dasselbe, was auch der Ochsenbub Lohnung hatte, doch zwei Hemden. Der Ziehvater aber gab mir eine gute, silberne Uhr samt Kette, einen funkelnden Tauftaler und einen feinen, knöchernen Muslöffel, wobei er sagte: »Behalt dein Geld und heb's gut auf! So viel hat der Weidhofer alleweil, dass er eine Taufgabe machen kann!«

Wohl zufrieden mit solcher Rechnung machte ich mich nun geschwind daran, noch allerhand kleine Dinge zu schnitzen und zu schneiden für mein Patenkind; denn was ich auf der Alm gemacht hatte, war alles bei dem Feuer verbrannt; wie denn die Nandl auch berichtet hatte, dass der Ambros schon oft gesagt, da er noch auf der Alm war: »Dem Hias, dem scheinheiligen Kerl, heiz ich noch einmal ein, dass er sein Lebtag mehr kein Feuer braucht! Dem lass ich den roten Gockel noch aus seiner Kammer springen!«

Also schnitt ich vielerlei; ein zierliches Tischzeug für mein Patenkindl, aus Messergriff, Löffel und Gäbelein bestehend, die Gabel mit zwei Zinken; auch ein hübsches Puppenköpflein, woraus mir alsdann die Ziehmutter eine Wickelpuppe nähen musste; dazu noch mancherlei Tiere und Häuser, mit denen es dereinst gut spielen könnt.

So kam der große Tag, an dem ich schon lange vor der Morgensonne auf war, die Geschenke bald hierhin, bald dorthin ordnete, an meinem Festtagshabit herumbürstete und stäubte und den Flaum auf meinem Hütl wohl zwanzigmal anders steckte, bis er mir gut genug deuchte.

Mit einer andächtigen Zärtlichkeit fuhr ich dann den kleinen Balg, nachdem ihn seine Mutter gebadet hatte, in der Kammer auf und ab und wickelte sein Schnullerläppchen mit einer ernsten Sorgfalt, während meine Ziehmutter, die Messnerin, den Taufstaat der Kostkinder aus der Kommodenlade nahm und samt dem Wickelkissen mit dem blau geblümten Überzug aufs Bett des Kindleins legte und dazu meinte: »Da, steckts ihn gleich in das Gewand; meinetwegen soll ihm ein ordentliches Taufzeug nicht mangeln! Es ist das Nämliche, in dem du schon geschrien hast. Vielleicht schlagt's ihm einmal zum Glück aus! Ist keins mehr drin gesteckt, seitdem dass du's angehabt hast selbiges Mal zu deiner Tauf!«

Darauf gab sie dem Kind noch Weihwasser und ging wieder; mir aber wurde eine Stunde schier zum Tag, bis es endlich Zeit war, dass wir uns fertig machten.

Da flog die Zeit! Auf Ja und Nein steckte ich in meinem Festgewand und lief danach aufgeregt in die Stube der Nandl, sie bittend, dass sie mit meinem Patenkind noch ein Augenblicklein in meine Kammer schauen möcht.

Und da sie eingetreten, überreichte ich ihr meine Geschenke und wünschte meinem Täufling eine gute Gesundheit, worauf die Mutter Nandl feuchte Augen bekam, viele Worte des Danks für mich hatte und dem nobel aufgeputzten Kindl unter zärtlichen Liebkosungen sagte, dass ich ein gar werter Pate sei, und er sollt mir ja einmal danken.

Was mich herzlich lachen machte: Denn der Zwack begann bei der Rede seiner Mutter plötzlich zu schreien und zu kreischen, als hätte man ihm wer weiß was Übles getan.

Nun nahm die Nandl den Weihwasserkessel, segnete und weihte mich und den Täufling und wand sich ein rotes, geweihtes Wachs um die linke Hand und den rechten Fuß, auf dass weder ihr noch uns etwas Böses widerfahren könnte; denn es lagen Beispiele mehr denn genug vor, wo der Teufel, wenn so ein armes Würmlein getauft wurde, darüber, dass ihm wieder eine Seele auskam, so wütend ward, dass er mit der ganzen höllischen Bosheit und Gewalt derweil auf die Wöchnerin losfuhr und sie nicht selten um Leib und Leben brachte.

Indes trat die Weidhoferin festlich angetan in die Stube; denn sie ließ es sich nicht nehmen, das Bürschlein selber aus der Taufe zu heben. »Erstens«, sagte sie, »bin ich dies Geschäft schon so gewohnt von den Kostkindern; und dann, so ein Bübl, wie der Mathiasle, könnt das Kind doch leicht unrecht angreifen oder gar fallen lassen!«

Es verletzte mich zwar schon recht, solch eine Geringschätzung meiner Person; doch ließ ich's gut sein und dachte, die Messnerin ließe sich nicht anschauen, die gäbe gewiss reichlich, und die Nandl könnt's wohl brauchen.

Was auch eine richtige Rechnung gewesen war; da dann die Weidhoferin eine kleine Truhe auskramte und allerhand schöne Silbersachen für das Büblein, eine feine Vorstecknadel für die Mutter und einen Lederbeutel voll blanker Silbergroschen auf den Tisch legte.

Danach nahm sie den Täufling, und es ging also dahin. Da stieg ich wie der welsche Gockel vom Weidhof neben meiner Ziehmutter her und zum Friedhofstor hinein.

Der Messner, mein Ziehvater, stand im weißen Chorhemd vor der Sakristei und blies ins Rauchfass, dass die Funken flogen; nun, da wir kamen, lief er geschwind hinein, und wir stellten uns vor die Kirchentür; denn mit dem ungetauften Heidenbübl einzutreten wäre gegen Brauch und Sitte gewesen.

Nach einer kleinen Weile tat sich die Pforte auf und trat der Frühmessepriester mit meinem Ziehvater als Diener heraus, machte das Zeichen des Kreuzes über uns und fragte dreimal: »Willst du getauft werden?«, worauf die Weidhoferin andächtig sagte: »Ja.«

Kam also allerlei Gefrage: Ob er widersage dem bösen Feind und seinem Anhang, ob er glaube an Gott den Allmächtigen und Dreieinigen; und die Kostmutter sagte zu allem Ja. Dass er widersagt und dass er glaubt, worauf nach vieler Benediktion das Heidlein hineingetragen werden durfte.

Ging also die Ziehmutter mit dem Päcklein in die Kirch und an den Taufstein, und ich folgte mit einer brennenden Kerze, die mir der Messner in die Hand gegeben.

Da ward denn das schlafende Kindlein nackend ausgezogen und über das Taufbecken gehalten, mit Wasser begossen, mit Öl beschmiert und mit Salz gefüttert im Namen des Vaters, des Sohnes und des Heiligen Geistes, dass es endlich laut zu schreien anfing und, eh man sich dessen versah, in die glänzende Kupferschale urinierte.

Und wurde also benannt: Mathias Paulus Anton; wurde mit Weihrauch beräuchert, mit Weihwasser besprengt und danach wieder in seine Gewändlein und Betten gesteckt und heimgetragen mit großer Freud.

Als wir aber in den Hof traten, stand vor der Haustür ein mächtig aufgetürmter Leiterwagen, mit Bändern, Sträußen und Kränzen geziert, mit Krügen und Bildern behangen und mit dem Hausrat der künftigen Lackenschusterin beladen. Da thronte in der Mitte das Himmelbett mit seinem wohl gefüllten Flaumkissen und

Betttüchern; davor prangte die Wiege und auf ihr der reich geschnitzte Hausaltar. Hinten stand der weit geöffnete Hausschrein, in dem allerhand Seidenröcke und modische Gewänder, schwere Leinenballen und dazwischen mit Bändern durchflochtene Flachszöpfe, seidene Schultertücher, prächtige Gebetbücher und kunstvolle Wachsstöcke prangten. An den Schranktüren hingen Rosenkränze, Überwürfe und eine große Zahl heiliger Bildchen. Im obersten Fach aber standen alle die kleinen Schachteln, Trüchlein und Figuren, die ich der Jungfer einstmals geschnitzelt hatte. Alles war mit Bändern zierlich umwickelt und an Nägel geknüpft, damit beim Fahren nichts verloren ginge.

Da stand ich denn und riss die Augen auf und vergaß die Taufe samt dem Kind, starrte auf den Kuchelwagen und konnte weder denken noch entweichen. Eine bemalte Schüsselterrine wurde hinten an den Wagen gehängt, ein zierlich aufgeputztes Spinnrad zuoberst auf das Dach des Himmelbetts gebunden, ein Stuhl dazugestellt – und ich stand noch immer auf demselben Fleck und sah nichts anderes denn diesen Wagen.

Peitschenknallen weckte mich endlich; der Wagen wurde mit sechs Ochsen bespannt, die Näherin von Sonnenreuth ließ sich zum Spinnrad hinaufheben, die Kuh der seligen Irscherin trabte, mit Kränzen und Sträußen geschmückt und geführt vom Zimmermann des Orts, aus dem Stall.

Zwölf Böllerschüsse krachten vom nahen Kreuzberg herab, und ein Häuflein Musikanten kamen mit ihren Fiedeln und Flöten in den Hof.

Da sprang die Jungfer und Hochzeiterin lachend die Stiege herab und hielt mit der einen Hand das prächtige Gewand gerafft, mit der andern aber die hohe Pelzhaube aus der Stirn. Ihre Wangen waren purpurn, und ihre Augen leuchteten vor großer Freude, da sie um den Wagen ging und alles besah und betrachtete.

Der Weidhofer aber lief geschwind vom Kirchhof herüber, spannte die Kutsche ein, steckte große Sträuße daran und hob danach die Jungfer hinein; packte mich alsdann mit schnellem Griff und setzte mich rittlings auf eins der Rösser, gab mir eine mit Buchsbaum und Bändern geschmückte Peitsche in die Hand und sagte: »Mach den Führer! Dass du mir Acht gibst! Nicht, dass was passiert!«

Er reichte dann der Hochzeiterin einen Korb hinauf in den Wagen, darin ein Säcklein voll Kreuzer und Groschen, ein Bund Schlüssel zu den Schränken und Laden war samt dem stehenden Geschenk für den Hochzeiter, nämlich einem gar feinen, milchweißen Bierkrug, mit Blümlein bemalt, nebst einem selbst gesponnenen Hemd und selbst gestrickten weißen Strümpfen für ihn.

Derweil begannen die Knechte mit ihren Geißeln zu knallen und die Musikanten zu geigen und zu blasen; dann ging's dahin. Die Musik machte den Vortrab; juchzend und knallend folgten die Knechte mit dem Kuchelwagen, und dahinter ging der Zimmermann und führte die Kuh. Das End aber machten wir mit dem Brautwagen.

Der Messner hatte sich zu der Hochzeiterin gesetzt und schrie mir zu: »He, Bua, schnalz und juchz, dass alles scheppert! – Dreimal um den Hof fahren und danach dahin!«

Ach, der hatte ein leichtes Reden! Ich aber saß auf meinem Rössl wie eine angepappte Figur in der Krippe und sah hilflos bald hierhin, bald dorthin; doch fand sich keiner, der mit mir hätte tauschen mögen. Da gab ich mir endlich selber einen Ansporn, schnalzte mit der

Geißel, dass es nur so hallte, und schrie: »Hüa, Pferdchen! Ziehts! Huiuh!«

Da liefen alle noch eilig an die Haustür; die Weidhoferin und die Sennernandl mit meinem Patenkindl am Arm, die Knechte und Mägde samt den Kostbuben – alle kamen noch herzu und wünschten viel Glück und einen guten Einstand, bis ich endlich am Zügel riss und anfuhr.

Sauste also dreimal um den Weidhof und knallte und plärrte dazu wie ein Schwede und fuhr danach dahin durch Sonnenreuth. Doch kamen wir nicht weit; schon vor der Schmiede stand eine Schar Kinder, hielten eine Stange über den Weg und wünschten eine frohe Brautfahrt. Da holte die Hochzeiterin das Säcklein mit den Kreuzern aus dem Korb und warf eine Hand voll unter die Horde. Drauf ging die Fahrt weiter, bis abermals die Straße durch einen Haufen Kinder versperrt war.

Also musste sich das Bräutl wieder loskaufen und das noch etliche Male, ehe wir an den Hof des Lackenschusters kamen.

Da krachten wieder die Böller und hallten zwölf Schüsse durch das Tal; und es kam uns der Hochzeiter, ein stämmiger Bauernbursch mit kohlschwarzen Haaren und dunklen Augen, auf einem schön geschmückten Ross juchzend entgegengeritten, begrüßte alle freundlich und reichte dem Bräutl die Hand. Drauf bot er ihr aus einem fein geschliffenen Glaskrug, der mit allerhand Bändern, Perlen und Münzen geziert war, zu trinken, indem er rief: »Hochzeiterin, grüß dich der Himmel und grüß dich Gott daheim! – Geh, gib mir Antwort, ob du gern und willig heimgehst zu mir!«

Da nahm die Braut und Jungfer den Krug, und ihre Augen glänzten, als sie ihm den Bescheid tat: »Grüß dich Gott auch! Mit Verlaub – auf deine Gesundheit –

auf unser Glück – auf meinen Einstand in der neuen Heimat!«

Drauf trank sie und gab ihm den Krug wieder zurück; er aber tat bloß noch einen herzhaften Trunk daraus und sagte danach: »Behalt ihn nur! Zum Gedenken an diese Stund!«

Worauf ihm die Hochzeiterin dankte, den Schlüsselbund aus dem Korb holte und, aus der Kutsche springend, sagte: »Also siehst mich zu deinen Füßen stehen als dein anvertrautes Weib. Ich komm mit Freuden – da hast die Schlüssel, und« – sie nahm das Hemd und die Strümpfe – »wennst mir halt die Lieb tätst und nähmst sie an aus meiner Hand! Reiß sie zusammen in Glück und Gesundheit!«

Da saß der Hochzeiter ab, fasste sein Bräutl an der Hand und führte sie in sein Haus. Der Weidhofer aber stieg aus dem Wagen, nahm das Ross des Hochzeiters beim Zaum und übergab es einem Knecht desselben; danach hob er mich aus meinem Sattel und sagte: »Kannst auch mit ins Haus gehen und helfen einräumen, wennst magst!«

Aber ich mochte nicht. Hatte nichts verloren in dem Haus. Ging mich ja nichts an. Sollten nur die andern werken, saufen und Faxen treiben, wie es der Brauch war!

Ich sagte also: »Ja, ja. Werd schon sehen, wie sich's schickt«, ließ den Weidhofer ins Haus gehen und machte mich davon, auf den Heimweg. So von ungefähr begegnete mir der Pfarrer; der fragte, ob ich vom Lackenschuster käm.

»Nein«, sagte ich; »bin vom Weidhof«, zog mein Hütl und lief davon; wusste wohl, dass er kam, um die neue Einrichtung, das Haus, das Vieh und alles im Lackenschusterhof einzusegnen und zu weihen.

Das aber war seine Sache und ging mich nichts an.

Sprachlos und grimmig sah mir der alte Herr nach und stand, als ich mich nach einer Weile umwandte, noch immer am selbigen Fleck und schüttelte mir die Faust.

Ich störte mich aber nicht viel daran. Bin auch mein Lebtag kein besonderer Freund der Pfaffenröcke gewesen, ausgenommen des einen, den ich aber erst später in der Münchnerstadt kennen lernte.

Also trabte ich dahin und kam wieder zu meinem Patenkind. Das lag wohl schlafend im Wagen, und die Mutter Nandl fuhr es leise die Stube auf und ab und sprach mit der Weidhoferin über ihre Hochzeit und den Pauli.

»Ei, was!«, sagte die Nandl voller Freud, da sie mich sah; »der Herr Pate ist schon wieder zurück!«

Auch die Ziehmutter lobte mich, und beide dachten nicht anders, als dass dies rein aus Eifer und Lieb für das Würmlein geschehen wäre, woran ich doch längst nimmer gedacht, vielmehr mein ganzes Herz bei der Kathrein gehabt hatte!

Doch schwieg ich still, ließ mir eine Schale Kaffee geben und aß dazu etliche Taufküchlein. Da ging's denn an ein Gefrage und an ein Getue wegen des Einstands der Jungfer; ich sollt sagen, wie sie angekommen, wie er sie empfangen, ob der Pfarrer schon gesegnet hätte, ob's recht zuging jetzt – kurzum eine wollt das Geknetete wissen, die andere das Gebackene. Ich sagte ihnen aber gar nichts von der ganzen Sache, als dass ich sie wohl hingebracht hätte, und dann sei ich gegangen; den Pfarrer hätte ich am Weg getroffen, wie er zum Segnen ging.

Dazu aß ich meinen Kaffee aus, wischte drauf meinen Löffel ans Tischtuch und wollt gehen; doch sagte die Messnerin, ich sollt nur sitzen bleiben; an so einem heiligen Tag verlange kein Mensch, dass ich noch arbeite.

Dann ging's Schwatzrädlein wieder munter um, und

ich vernahm, dass der Pfarrer, ehe er nach dem Lackenhof gegangen, da gewesen sei und der Nandl eine gar frohe Botschaft gebracht hätte; nämlich, dass er sie morgen schon zum dritten Mal verkünden wollt, und wenn die Messnerin nichts dagegen hätte, könnt man ja gleich doppelte Hochzeit halten.

Also sollte am Tag der Gerber in der kommenden Woche auch die Nandl mit ihrem Hochzeiter vereint werden, und die Weidhoferin versprach, dass sie ihr gleich morgen einen sauberen Kuchelwagen herrichten wollt; der Wagen und die Ochsen seien ja schon hergerichtet, und die Einrichtung und den Kastenprunk wollt sie der Nandl gern leihen zum Einstand, auf dass die Leute nicht gleich reinschauen könnten in ihren Haushalt.

Ich weiß nicht, ob es noch so ist; damals aber war der Brauch, dass arme Hochzeiterinnen ihre reiche Freundschaft um leihweise Überlassung der Hausschätze angehen mussten, damit ja dem Kammer- oder Kuchelwagen, wenn er so öffentlich durch alle Gassen gefahren wurde, nichts mangelte an Prunk und Pracht. Da waren die Betten hoch und voller Flaum und die Kästen gefüllt mit Leinwand, Flachs und reicher Wäsche; hätte einer aber etliche Wochen nach der Hochzeit nachgewogen, da wäre wohl manche Lade gar leicht und gering befunden worden, und hätte es ihn bestimmt kaum mehr gelüstet, in dem Himmelbett zu schlafen, das erst so mollig war und weich, nun aber so dünn und mager wie eine Haut.

War also die Mutter Nandl voller Freuden und schickte mich sogleich zum Pauli, dass er's halt wüsste und das Häusl fertig mache für den Einstand.

Dem war's nicht besonders zuwider; gab mir einen Groschen Botengeld und die Antwort, dass er mit Freude auf sie warte und alles richte.

Also musste der Wagen sogleich, kaum die Knechte

mit ihm zurückgekommen waren, wieder aufgerichtet werden; und die Weidhoferin räumte willig ihre Kinikammer aus und ließ Stück für Stück von den zierlich geschnitzten und fein bemalten Möbeln hinabtragen, stopfte selber den Kasten voll mit Linnen und Flachs, mit Wäsche und Wachs, mit seidenen und wollenen Tüchern und zierlichen Tassen und Gläsern.

»Kannst es ja nach und nach wieder zurückschaffen bei der Nacht!«, meinte sie gutherzig; »zu mir kommt doch kein sterblicher Mensch in die Herberge!«

Der Kuchelwagen war eben vollendet und wieder aufgerichtet und sollt nun derweilen über Nacht in die Tenne geschoben werden, als der Weidhofer die Jungfer und Braut wieder zurückbrachte mit der Kutsche.

Haha! Machten große Augen alle beide! Glaubten wohl, dass sie ein Blendwerk narrte! Aber die Ziehmutter stand schon eifrig schwatzend da und berichtete, dass nun auch die Nandl am Tag der Gerber ihre Hochzeit mache, und morgen sollt der Einstand sein.

Worauf die Nandl herbeikam und sagte, dass sie noch am Montag zum Beichten ginge und auch zum Vorsegnen, zumal sie schon aus den Kindlwochen sei.

Herrschte also überall große Lust und Fröhlichkeit und gedachte niemand des Spruchs:

»Große Freud führt nicht weit.«

Brautfahrt

Des Weidhofers alter Hund heulte in lang gezogenen Klaglauten, als ich mich an jenem Morgen aus meinem Traum gähnte und mich noch lebend und wohlauf fand, obgleich mich eben mein Widersacher totgeschossen hatte.

Die Sonne stand schon so hoch, dass ihr Schein nur noch ein Ecklein meines Fensterbretts streifte, und ich sprang eilends aus dem Bett.

Da – bumm –, die Scheiben des Fensters klirrten; abermals erschreckte mich ein Schuss, während drunten im Hof ein Knecht den Hund mit lautem Schelten in seine Hütte wies.

Und wieder und wieder krachte es und hallte von den Bergen zurück; draußen vor der Kammer und auf der Stiege ging's tripp-trapp, der Messner gab kurze Befehle, die Ziehmutter lief hustend und schnaufend an meiner Tür vorbei, die Weibsleute schwatzten und lachten, und das Büblein, das Mathiasle, schrie und kreischte wie am Spieß.

Und mit einem Mal fiel es mir ein: Das ist ja der Hochzeitstag der Sennerin – und der Jungfer, meiner liebsten Kathrein.

Da lief's mir siedend heiß den Rücken hinunter, und eiskalt überkam's mich; ich gedachte mit Zittern und brennendem Schmerz jener Nacht, die ich als die glücklichste meines Daseins gepriesen und da ich die Jungfer als mein liebstes Bräutl gewähnt und ihr mein ganzes armseliges Leben versprochen hatte.

Nun sollt also ein anderer mit ihr leben und für sie werken und sorgen, dessen ich mir selbst ehemals so geschmeichelt hatte und darüber mich ein tiefes Schämen ankam. Doch stieg danach erst leise, dann aber immer mächtiger eine boshafte Freude in mir auf, darüber, dass dieser andere, der sie nun heimführen sollte, dennoch nicht der Erste gewesen.

»Bist ja trotzdem der Beschissene!«, dachte ich; »ich bin lang vor dir da gewesen und hab sie mein herzliebes Kathreinl geheißen und meine Freude an ihr gehabt!«

Lachte voll bübischer Lust vor mich hin: Ha! Jungferlein! Hast geglaubt, ein Kindl wär's gewesen, bei dem du geschlafen; dachtest, ein Kind hätte dir deine roten Zöpfe zerzaust, deine Wange gestreichelt und deine Augen und Lippen gebusselt! Mich dünkt, es war wohl schon etwas mehr gewesen denn ein Kindl!

Ach, da musste ein jedes Augenblicklein jener Lieb herhalten in dieser Stund für meine schändliche Freude, und ich glaubte, damit alles Schöne und Herzliebe geradezu in mir totzumachen und nur noch Grimm und Verachtung für die falsche Dirn zu empfinden, obwohl ich doch später noch gar oft jene Zeit mit stiller Freude wieder durchlebte, ja, niemals im Leben habe aufhören können, des Mädels in tiefer, warmer Lieb zu gedenken und mich nach ihr zu sehnen.

Ich hatte also das Herz voller Galle und Gift und fluchte meiner kläglichen Gestalt und meinem elendigen Aussehen, fluchte dem Schelmen, der es verschuldet, und schwor bei mir selber, dass ich es ihm, so ich ihn einmal unter die Finger bekäme, reichlich ausmessen wollt, was er mir eingemessen.

Derweilen wurde es im Weidhof immer lebendiger; vom Hof drang das Klingeln der Röllein herauf, mit denen die Geschirrung der Hochzeitsgäule geschmückt wurde; pfeifend und singend taten die Knechte ihre Arbeit, putzten und striegelten die Rosse und behingen sie mit Sträußen und Bändern. Das Küchenmädchen stand im Festgewand am Brunnen und wusch und schwenkte einen Korb voll Gläser und Krüge für den Eingang und Ausgang, das ist für die beiden Frühmahlzeiten und den Morgentrunk bei Ankunft der beiden Hochzeiter und vor der Abfahrt zur Kirche.

Und da ich endlich aus meiner Kammer trat, prasselte und brodelte es mir von der Kuchel herauf entgegen,

Geschirr klapperte, des Weidhofers Schnallenschuhe knarrten über die Dielen, und die Nandl sang mit weinerlicher Stimme ihr Büblein in den Schlaf und fuhr es in dem hölzernen Karren im Hausflur hin und her.

Aus der Kammer der Jungfer ertönte das helle Lachen der Hochzeiterin und ihrer Näherin, und von der Wohnstube herauf drangen gedämpftes Zitherspiel und die halblauten Gesänge unserer Kostbuben.

Ich begab mich also zu ihnen hinab und wurde sogleich lustig und mit Scherz empfangen; und es sang mir der ältere von uns Kostbuben, der Hausl, gleich munter entgegen:

>»He, Büberl, komm rein,
>He, Büberl, kehr ein,
>Wennst ein Feiertagsgewand anhast
>Und genagelte Schuh!
>Wennst sakrisch tanzen kannst
>Und schön hofieren
>Und die Sonnreuther Dirndln
>Zum Lebkuchenbäcker führen!«

Da musste ich nun wohl oder übel meinen Schmerz und Grimm verbeißen und ein gutes Gesicht zum Gespiel machen, auf dass ich nicht des Spruchs teilhaftig würde: Wer den Schaden hat, braucht für das Gespött nicht zu sorgen.

Ich aß alsdann meine Morgensuppe und kümmerte mich um das Kindlein, bis das alte Sixnwaberl, eine arme Häuslerin, kam und das Würmlein auf etliche Tag zu sich holte, bis die Hochzeit vorüber und die Nandl wieder in Ordnung wäre.

Derweilen kamen die Musikanten ins Haus, gaben den zwei Hochzeiterinnen etliche Weisen als ein Ständchen und machten sich danach zu den Hochzeitern, um auch ihnen den Tag anzublasen.

In der Wohnstube versammelten sich nun alle Hausgenossen, Knechte und Mägde, und der Weidhofer, mein Ziehvater, fragte einen jeden auf Treu und Gewissen, ob alles in Haus, Hof und Stall wohl gerichtet und getan sei, ob das Vieh bei guter Gesundheit sei und nirgends was fehle. Und da ihm alle auf Ehr und glaubhaft die Gewissheit gaben, dass alles in der Ordnung war, sagte er: »Also, Leutln, nachher will ich euch heut alle miteinander auf die Hochzeit lassen; und es soll ein jeder auf meinen Namen kriegen: vier Speisen zu jeder Mahlzeit und Bier so viel, bis halt ein jeder langt. Aber unter der Bedingung, dass einer von euch Buben auf die Zeit und unter der Zeit einmal heimschaut zum Vieh, ins Haus und in den Hof. Futtern tut man wie zu Feiertagen und melken auch. Also, jetzt wisst ihr's!«

Danach lief er in die Kirche.

Nach diesem kam die Nandl in ihrem schwarzwollenen Brautgewand und einem Flitterkränzlein im Haar zur Tür herein und bat die Stalldirn, ihr die langen Haarbänder und den Rosmarin anzustecken.

Steckte ihr also die Dirn ein paar himmellange, breite Bandmaschen hinter den Brautkranz aufs Haarnest und machte ein Rosmarinkränzlein um das Flitternde herum, behängte ihr danach den Hals mit allerhand silbernen und blechernen Ketten, Kreuzlein und Amuletten und heftete ihr einen langen Rosmarinstrauß auf den Brustfleck.

Unterdessen begann vom Kreuzberg her wieder ein lustiges Schießen; da lief die Weidhoferin, meine Ziehmutter, eilends in ihre Kammer, um sich festtäglich herzurichten und zu schmücken.

Sie kam auch nach einer geraumen Weile in einem reich gefältelten bläulichen Gewand, mit seidenem Brustfleck und goldenen Litzen besetzt. Auf ihrem

Kopf saß eine wunderliche, steife Spitzhaube aus goldenen Börtlein, Bändern und Spitzen; ein feines Schleiergewebe bedeckte ihre Stirn und den Scheitel, und ein prächtiger Silberspieß steckte in ihrem geblümten Brokatmieder.

Sie sah also gar gut und vornehm aus, und es stand ihr alles so wohl an, dass ich, ungeachtet meines Herzwehs und Grimms, einen großen Gefallen an dieser Tracht fand und mich ein heftiges Verlangen ankam, ein Maler zu sein und die Ziehmutter in solcher Gestalt zu konterfeien. Ich fragte sie auch, warum man solche herrliche Gewandung nirgends mehr fände; worauf sie sagte: »Weil das schon gar lang ist, dass so etwas modisch gewesen; ist ja mein Brautgewand und meiner Mutter, Gott hab sie selig, ihre Brauthaube. – Gibt ja auch ganz andere schöne Sachen jetzt – bringen ja neumodisches Zeug von überall her: vom Ausland, von den Franzosen und von der Münchnerstadt! – Ist auch nicht schlecht – für die Jungen.«

Ja, da hatte sie Recht; denn als nun die Tür aufging und die andere Hochzeiterin, das Kathreinl, hereintrat, da brachte ich das Maul nimmer zu und riss die Augen auf, dass sie mir übergingen. Das flimmerte von Seide und Gold, von Silbergehängen und Geschmeiden; Spitzen ums goldene Brautkrönlein, Fransen am Miedertuch, Edelstein in den Vorstecknadeln und Perlen in den Ohrgehängen. Da bauschte sich eine brokatene Haube und prangte drüber ein weißes, seidenes Vortuch mit Spitzen und Perlen, und es klirrte und knisterte bei jedem Schritt, und das Gewand schimmerte bald silberig, bald grün und rötlich. Das Haar aber trug sie gar kunstvoll aufgesteckt und hatte ein köstliches Myrtenkränzlein um die mit Steinen geschmückte Brautkrone.

Mit lieblichem Lächeln ging sie von einem zum andern und dankte für die Wünsche, die ihr ein jeder mitgab; doch wartete sie bei mir vergeblich auf dergleichen Redensart: Ich stand vor ihr, wortlos, mit flammendem Gesicht und klopfendem Herzen, fasste ihre beiden Hände und drückte sie heftig, während mir in meinem Sinn bloß das eine Wort umging: Kathreinl!

Da schrie sie leise auf und sagte bittend: »Mathiasle! Es ist gut!«

Worauf ich ihre Hände losließ und mich umwandte.

Da war alles in den Wind gestreut: Mein ganzer Grimm und Schmerz, die Gewissheit ihrer Heirat – alles war vergessen, und ich glich einem Kind, das da glaubt, es müsste seinen Willen durchsetzen um allen Preis der Welt, ich hatte nur noch einen Wunsch und ein Verlangen, dass ich sie wieder wie ehemals um den Hals nehmen durfte und mein herzliebes Kathreinl heißen.

Ich trug mich also mit dem Gedanken und hatte das Herz voller Gier, mein unsinniges Verlangen zu stillen, dabei ich aber nach außen hin vor den Leuten ein gar ruhiges und ehrbares Wesen zur Schau trug.

Indes fuhren draußen zwei Chaisen vor: dem Weidhofer seine, die den Häuslpauli brachte, und die vom Lackenschuster, darin der Anderl selber kutschierte.

Gleich liefen alle Männer hinaus, und indes die Bräute sich eilends in einer Kammer versteckten, empfingen sie die beiden Hochzeiter mit Juchzen und Schreien und führten sie ins Haus, da es dann abermals an ein Grüßen und Plärren, Glückwünschen und Juchzen ging, dass man sein eigenes Wort kaum mehr verstand.

Da kam der Hochzeitslader scharf angeritten, band sein Rössl an den Brunnen und lief hinein in das Haus; und derweilen die beiden Hochzeiter geschwind aus der Stube verschwanden, öffnete er die Tür und rief:

»Grüß euch der Himmel und grüß euch Gott!
Heut sehts mich alle in einer großen Not:
Ich hätt zwei Junggesellen von Sonnenreuth
was Wichtiges zu sagen
Und konnte sie um alles in der Welt nirgends
finden oder erfragen;
Drum hätt ich halt jetzt eine großmächtige
Bitt an euch Leut;
Geh, leihts mir zwei Kuhglocken, dass ich
fleißig damit läut,
Und dass ich sie den zwei Hochzeiterinnen
um den Hals rum bind,
Damit dass eine jede noch vor der
Vereinigung ihren Hochzeiter findt!«

Ging also einer der Knechte hinaus, brachte zwei von unsern Kuhglocken und läutete damit durchs Haus.

Da kamen die beiden Hochzeiter lachend wieder in die Stube und führte jeder sein Bräutl an der Hand. Darüber schien der Lader, oder was er mich dünkte, der aufgeputzte Narr, gar erfreut und steckte einen großmächtigen Rosmarinzweig zu seinen vielen Bändern auf den Hut, juchzte und machte allerhand Sprüche und Reime.

Derweil hatten die Weibsleute den Tisch aufgedeckt und die Weidhoferin etliche Schüsseln mit Voressen, Kraut und Würsten hereingetragen, was man den Eingang heißt; und es wurde nun fröhlich gegessen und dazu Bier und Schwarzkirschenschnaps getrunken.

Danach klopfte der Hochzeitslader mit seinem langen, reich verzierten Stab etliche Male auf den Boden; da standen alle vom Tisch auf, und der Lader machte den Abdank. Das ist eine gar schöne Rede in guten Reimen, darin auch der dahingegangenen Eltern und lieben Freunde gedacht wird. Hab sie aber leider nicht in meinem Sinn behalten können, denn ich bei diesem Abdank gleich den andern hab so viel schnäuzen, husten und Augen wischen müssen, dass mir davon alles entfallen ist.

Unterdessen begann es von der Kirch zum Amt zu läuten, und alles stellte sich in Reihe: Die Fuhrwerke wurden vor die Haustür gebracht, und es stiegen die Hochzeiter in die eine, die Bräute in die andere Kutsche; die Knechte und Mägde aber samt der Weidhoferin und den Kostkindern saßen nach gutem Verschluss des Hauses auf den verzierten Leiterwagen, davor vier Rösser gespannt waren.

Und es ritt der Hochzeitslader voran und führte den Zug durch das ganze Dorf, obgleich die Kirche schier an dem Weidhof lehnte; doch ging's ohne Juchzen und ohne Musik mit großem Ernst dahin, indes vom Turm alle Glocken läuteten und vom Berg die Böller krachten.

Hochzeit

Unter dem Vordach der Kirche stand schon der alte Pfarrer mit meinem Ziehvater, dem Messner, als wir aus den Fuhrwerken stiegen und in den Friedhof traten.

Da ward nun von dem Priester eine Rede im Freien gehalten und danach gefragt, ob einer aus der Gemeinde was anzubringen hätte gegen die Brautleute, das ein Hindernis wär, dessentwegen sie einander nicht heiraten könnten.

Und da niemand was wusste, wurden die Beistände oder Zeugen herbeigerufen, was gewesen sind: der alte Vetter vom Lackenschuster, genannt Simmer vom Tal, und der Rumpl von Reuth für den Anderl und die Kathrein, der Jackl, unser Oberknecht, und der Hausl vom Weidhof für den Pauli und die Nandl.

Wie denn nun alles wohl in der Ordnung war, der Hochzeitslader auch allerhand Schreibebriefe aus dem Hutfutter zog und dem Pfarrer übergab, wurde zur Vereinigung geschritten; es fragte also der Priester alle vier nacheinander, ob sie in den heiligen Stand der Ehe eingehen wollten, darauf dann erst der Anderl, drauf die Jungfer, hernach der Pauli und am End die Nandl antworteten: Ja.

Es wurden also alle vier eingesegnet und ihnen das Sakrament der Ehe gespendet, danach die Kirchtür geöffnet und alle hineingeführt; und es begann der Schulmeister die Orgel zu traktieren in Forti und Fortissimi, der Messner schwang das Rauchfass, dass alle Heiligen samt den Altären in blaue Dünste und Nebel gehüllt wurden, und alle nahmen in den Kirchenstühlen Platz.

Danach ward ein festliches Amt gehalten, das an die vierzig Gulden kostete, und den Hochzeitsleuten der feierliche und kräftige Brautsegen gespendet, den Abgeschiedenen aber am Friedhof ein Memento und Requiem gesungen und ihre Grabhügel mit Rauch und Weihwasser gesegnet. Dabei ich der guten Irscherin gedachte, die auch ohne solche Benediktion ihre Ruhe gefunden hatte und eine leichte Erde samt dem Frieden.

Ich darf auch nicht vergessen, dass ich benenn den Opfergang beim Amt, da dann erst die Männer um den Altar gehen mussten, danach die Frauen, und mussten in vier silberne Teller opfern: am rechten Seitenaltar, zu beiden Seiten des Hochaltars und am linken Seitenaltar. Da war es lustig hinzuhören, wie auf dem Hochaltar die Silbergroschen laut vernehmlich klangen, an den andern aber bloß magere Kreuzer leise klirrten.

Nach dem Amt wurde noch den beiden vermählten Paaren und allen Hochzeitsgästen vom Pfarrer aus einem goldenen Kelch Wein gereicht; und er hatte ein kleines Tüchlein, damit wischte er immer, wenn einer getrunken, den Rand des Kelchs. Dabei durften die Brautleute dreimal trinken, die andern aber bloß einmal, und es sagte der geistliche Herr dazu die Worte: »Trinket die Liebe des heiligen Johannes!«

Mein Ziehvater, der Messner, stand daneben und goss drauf, als der Kelch leer wurde, und sagte zu jedem, der sich ans Speisgitter kniete: »Nicht stark saufen!« So war denn die Kirchenfeier zu Ende, und es folgte das weltliche Fest mit Mahl und Trunk, mit Musik, Sang und Tanz, dabei die Gulden sprangen und klangen.

Und der Klinglwirt rieb sich die Hände und freute sich schon auf den andern Tag, da dann gemeiniglich der Tag nach der Hochzeit mit dem Wirt abgerechnet wird. Der hatte sich schon am Hochzeitstag selber den breiten Tiroler Ledergurt mit der Geldkatze umgelegt, damit ein jeder gleich sehen konnte, dass er wohl genug Dinge und Säcke hätte, einen gerechten Haufen Münzen darin zu verwahren. Stieg auch wie der Gockel auf dem Mist, reichte jedem der Gäste die Hände und hatte sich dazu einen artigen Spruch als Gruß ausgedacht, den er nun jedem, sei's Mann oder Weib gewesen, zum Eintritt gab: »Freut mich, freut mich! Wünsch Glück und einen Buam!«

Mittlerweile war auch der Weidhofer, mein Ziehvater, seiner Messnerpflichten ledig geworden und kam nun und setzte sich neben seine Messnerin, indes die Musikanten anfingen, einen seltsamen Tanz aufzuspielen, den man Hungertanz nennt, da er dem Herkommen gemäß dem Mahl vorausgeht. Dabei war die Ordnung so, dass erst der Anderl mit der Kathrein dreimal herumtanzte, danach der Pauli mit der Nandl und drauf in guter Folge die Freunde; und es währte der Hungertanz so lang, bis die Frau Wirtin die Schüssel mit Kraut hereinbrachte.

Da liefen alle an die Tafel; die Musikanten stellten sich hinter die Gäste und spielten übers Kraut auf, dazu dann ein jeder einen Reim singen musste und einen Silbergroschen ins Kraut werfen als Weisung oder Trinkgeld für die Spielleute.

Nach diesem wurde für die zwei Bräute der vorderste Junggeselle erwählt, was eine große Ehr für denselben bedeutet; denn er darf, so lang die Hochzeit währt, zur Rechten der Braut sitzen, ihr die Schüsseln mit der Speise darreichen, hat auch das Recht des Entführens und zu guter Letzt die Gnade, die Vermählten heimzugeleiten und der Braut vor dem Schlafengehen die Strümpfe auszuziehen, dafür ihm dann ein ansehnliches Geschenk überreicht wird.

Wählte also der Weidhofer für die Nandl einen von meinen Kostbrüdern, den Fritz, der kaum um zwei Jahr älter war denn ich, doch schon einen männlichen Burschen vorstellte; für die Kathrein aber nahm er mich, dabei mir das Blut jäh ins Hirn stieg und meine geheimen Wünsche wie ein Feuer schürte, obgleich mich eine Angst und innere Furcht deswegen ankam und mich sagen hieß, der Ziehvater sollt einen andern nehmen, weil ich nicht taugte für die Ehr.

Stand aber schon fest bei allen, und ich konnte nimmer lang Nein sagen; musste mich also neben die Braut setzen und ein ordentlicher Jungherr sein. Ward mir freilich nicht wohl bei diesem Amt, und ich hätte viel lieber in einem Ritt zehn Rosenkränze abgebetet, als hier die Schüsseln und Platten vor die Braut zu setzen und dabei wie ein nasser Pudelhund zu zittern.

Nun mag ich nicht des Langen und Breiten reden von dem Mahl, da ein jeder leicht ermessen kann, dass es gar hoch und reich hergegangen ist, da der Lackenschusteranderl der alleinige Erbe und Besitzer des besten Hofes zu Sonnenreuth gewesen; das war zu dieser Zeit ein Gut mit sechzig Tagwerk Ackerland und zwölf Scheffel Samen für Getreide und Klee, ungerechnet die vielen fetten Wiesen und Weiden, die Alm und den Wald.

Da gab es also vielerlei Gerichte, und es währte das Mahl bis spät in den Nachmittag, da dann der Tanz anging.

Hab auch etliche Male mit der Braut ein Tänzlein machen müssen, wenn ich's gleich nicht recht wohl verstand und wie ein Geißbock lächerliche Sprünge machte oder dem Kathreinl auf die Zehen trat; was sie aber nicht für ungut nahm, vielmehr mit der Zeit gar lieblich und freundlich mit mir tat und sich gerade so wohl benahm wie einstmals, da wir noch im Waldhaus saßen.

Allmählich wurde es aber im Tanzsaal immer hitziger, die Luft ward rauchig und das Treiben der Gäste lauter und lärmender, so dass bald ein Paar ums andere hinabging ins Freie, um sich zu abzukühlen, was dann auch ich mit dem Kathreinl tat.

Da lag ein dichter Nebel ringsum, dass man kaum zehn Schritt weit vor sich sehen konnte und niemand auf diese Strecke erkennen.

Indem wir so standen, fasste mich wieder die unsinnige Lust, dem Kathreinl noch einmal die Händ zu pressen und ihr von meiner Lieb für sie zu sagen. Zog sie also weiter vom Wirtshaus weg und fragte sie, ob sie sich wollt entführen lassen, da es eben eine gute Zeit wär dazu; worauf sie lustig lachte und sagte: »Meinst, dass mich die andern nimmer finden sollten! Wo möchtest denn hin mit mir?«

»Am liebsten in die andere Welt!«, fuhr es mir heraus, und ich ergriff ihre beiden Hände; »weißt, so weit fort, dass dich keiner mehr finden könnt, und dass du grad noch mir allein gehören tätst!«

Darauf sie mir, hellauf lachend, eine Hand entzog, mir einen Schlag ins Gesicht gab und ausrief: »Schau, schau! Wie sich das Kerlchen aufspielt! – Büble, Büble! Sei froh, dass du noch so ein armseliges Kerlchen bist, sonst könnt dich gar heut noch einer erwischen und dir eine Abreibung verpassen, fürcht ich!«

Sie dachte also immer noch, dass ich ein harmloses Bürschlein wäre, und war überrascht, als ich sie plötzlich um den Hals fasste und an mich drückte.

Da machte sie sich unwirsch los und schimpfte: »Tollpatsch, närrischer! Dank Gott, wenn ich dir nicht etliche Schläge verpass für dein anmaßendes Verhalten! – Gell, jetzt wär ich wieder gut für dich! Dass du mich danach wieder schlecht machen könntest!«

Dann ging sie rasch gegen das Haus und ließ mich stehen. Ich aber war wie betäubt und sah ihr nach, wie sie im Nebel verschwand.

In diesem Augenblick huschte eine lange Gestalt an mir vorüber, ohne auf mich zu achten; mir aber fuhr's wie der Blitz durch den Sinn: Das ist der Ambros gewesen! Ich lief also eilends hinein und wollte dem Weidhofer Botschaft geben; doch war er nicht zu sehen, und auch die Messnerin schien nicht im Saal zu sein.

Indem ich noch also suchend herumging, fragte mich der Vetter vom Lackenschuster, der Simmer, ob ich nicht bald Gelegenheit fände, das Bräutl auszuführen; der Weidhofer wär mit der Nandl und dem Fritz schon eine gute Zeit weg.

War mir aber alle Lust dazu vergangen, und ich bat ihn, dies für mich zu besorgen; er sei schon älter und könnt besser umspringen mit den Weiberleuten als ich; doch war mein Bitten umsonst, er wollte nicht.

Musste ich also gehen und die Braut, die an der Kucheltür stand und mit der Wirtin schwatzte, beim Ärmel zupfen und fragen, ob sie nicht auf ein Wort herhören möcht. Worauf sie mich hochmütig mit den Blicken maß und ohne eine Silbe mit mir ging.

Ich führte sie hinaus vors Haus und sagte: »Der Weidhofer ist mit der Nandl schon fort; ich denk, sie sitzen in der Post drüben.«

»Nein«, erwiderte sie voller Kälte; »die sind noch da. Bleiben auch da. Sitzen grad in der Wirtsstube drin.«

Damit wandte sie sich um und ging hinein; und indes ich ihr folgte wie ein geprügelter Hund, öffnete sie die Tür der Gaststube, sah nach mir zurück und sagte: »Da sitzen sie.«

Worauf ich mit ihr hineinging und ein lustiges Gesicht machte, obgleich ich viel lieber meinen Kopf hätte an die Wände rennen mögen vor Ärger und Reue über meine Dummheit und unsinnige Raserei. Doch das Kathreinl tat auch munter und lachte und schwatzte, so dass bald eine laute Fröhlichkeit am Tisch herrschte.

Ich hatte ihr einen Krug süßen Weins hinstellen lassen, und sie tat jedem vergnüglich Bescheid; der Weidhofer brachte einen Schwank um den andern vor, die Nandl wusste allerhand lustige Almgeschichten, der Fritz saß mit gläsernen Augen dabei und stieß alle Augenblick ein schallendes Gelächter aus; kurzum, wie die Dinge gerade lagen, vergaß ich am End auf meine klägliche Niederlage bei der Jungfer Braut und auch auf die Erscheinung des Ambros.

Meine Kostmutter, die Weidhoferin, saß derweilen an einem Tisch hinter dem Ofen und unterhielt sich mit dem Grasberger, einem steinalten Bauern, der dem seligen Weidhofer, dem Bichlervater, schon manche Kuh abgekauft und manchen Jahrmarktrausch angehängt hatte zu einer Zeit, da der Klinglwirt noch gar nicht in die Welt gesetzt und der jetzige Weidhofer noch ein Bübl gewesen war, das seiner Mutter die Schüsseln zerschlug und den Stubenboden nässte.

Er mochte wohl schon bald seine hundert Jahr alt sein, der Grasberger; war auch von allen seinen Kameraden und vom ganzen Grasberghof der Einzige, der noch auf dieser Erde wandelte, und hatte schon seinem Eheweib, sieben Kindern und gut zwanzig Enkeln in die Grube schauen und die ewige Ruhe wünschen müssen. War aber immer noch wohl beim Zeug und trank sein Glas Bier oder Most in guter Gesundheit.

Mittlerweile hatten sie droben im Hochzeitssaal unser Verschwinden bemerkt und machten sich nun alle samt den Musikanten auf, uns zu suchen, und fanden uns am End in lauter Lustbarkeit.

Da spielten die Männer fröhlich auf; die Hochzeiter nahmen ihre Bräute bei der Hand und juchzten und tanzten dazu; der Wirt aber musste reichlich Wein auftragen und feine Sträublein, Klauben- oder Früchtebrote und Honigkuchen.

Ging's also an ein Fressen und Saufen, Stampfen und Schreien, bis die Wirtin in die Gaststube trat und meldete, dass die Abendtafel gerichtet sei; darauf alle ihren Krug oder ihr Glas leerten und hinaufeilten, als hätte keiner seit drei Tagen einen Bissen mehr im Leib gehabt.

Nun war es lustig anzuschauen, wie einer nach dem andern sein rotes oder blaues Taschentuch aus der Gürteltasche zog, einen Brocken Kälbernes, ein Stück Schweinernes, eine Hennenbrust oder sonst ein Schmankerl nebst etlichen Schmalznudeln, gefülltem Weißbrot und einem Stück Klaubenbrot darein band und das so gefüllte Tuch an den hagelbuchernen Stecken knüpfte.

Nach diesem Mahl wurden noch allerhand Tänze aufgeführt, zwiefache und abgedrehte, Hirtentänze und der Polsterltanz, welch letzterer mich sehr ergötzte; denn da mussten alle Paare einen Kreis bilden, indes ein Mädel mit einem Polster oder Kissen in der Mitte drinnen stand. Jetzt begannen die Spielleute in einem schnellen Drehertakt aufzumachen, und das Mädel tanzte dreimal innerhalb des Kreises wirbelnd herum, warf plötzlich einem Burschen oder Jungherrn den Polster zu Füßen, indes dann die Musik eine andere Weise brachte. Also musste sich der Bursch vor dem Mädel auf die Knie niederlassen, bis sie ihn wieder aufhob und küsste, wozu dann abermals anders gespielt wurde. Darauf musste es der Jungherr ebenso machen wie die Jungfrau, und es kamen alle dran bis auf eine alte Dirn vom Lackenschuster, die zum End mir überblieb, was mir viel Gespött eintrug.

Unterdessen wurde es Zeit, die Hochzeit zu beschließen, und mein Kostvater, der Messner, gab der Wirtin ein geheimes Zeichen.

Da erhob sich in der Kuchel ein wildes Geschrei und Geschirrklappern; die Wirtin kam laut jammernd in den Saal gelaufen und schrie gar jämmerlich: »Aus ist's und vorbei ist's, Leutln! Alles ist hin! Unsere alte Gluckhenne ist mitsamt ihren vierundzwanzig jungen Hennen zum Kuchelfenster hereingeflogen und hat alles Geschirr und alle Häfen zerschlagen!«

Ein großes Gelächter und spaßhaftes Entsetzen folgte dieser Rede. Der Hochzeitslader aber stand auf, klopfte mit seinem Stab auf den Boden und rief:

»Des is ein trauriger Bericht, den wo mir da
kriegen!
Hochzeitleut, jetzt heißt's Barmherzigkeit
üben und den Beutel ziehen!

Und der Wirtin ganz geschwind ein paar
Kreuzer verehren,
Dass zu der nächsten Hochzeit wieder
aufkocht kann werden!
Ich geb als Erster einen nagelneuen
Hosenknopf her;
Wer nach mir kommt, zahlt einen Gulden
und gibt dem Hochzeiter die Ehr!«

Also musste ein jeder seinen ledernen Geldbeutel auftun und einen Gulden für sich und seine Jungfrau oder Ehefrau als Haferlgeld hinlegen und danach den Brautleuten die Hand geben und seine Danksagung machen, dabei auch an mich die Reihe kam und mein Kostvater mir erst musst einen Gulden vorgeben, da ich selber nichts mehr hatte.

Nach diesem hielt der Hochzeitslader den Abdank und sagte:

»Also meine lieben Leute,
Jetzt sag ich euch halt Dank
Vom Tisch auf die Bank,
Von der Bank bis auf die Schinderbrück,
Aufs neue Jahr in der Fastnacht
Kriegts euer Geld wieder zurück!«

Alsdann begann er nach altem Brauch und Herkommen auf alle Hochzeitsgäste lustige Reime zu machen, ihre Schwachheiten aufzudecken und besonders die Verliebten und die Brautleute herunterzumachen, dabei keines aufmucken durfte oder sich getroffen fühlen, vielmehr lachen musste und dem Hochzeitslader danach Bescheid tun mit dem letzten Trunk. Da ging's denn erst über den Pauli und die Nandl:

»Wenn das Kind amal schreit
Und das Mus kocht am Herd,

Hat das Hausen im ledigen Stand
Nimmer viel Wert!«
Danach kam er über das andere Paar:
»Der Anderl und seine Kathrein,
Die schauen sich lieblich in die Augen;
Ich wett, in drei viertel Jahren
Hängen die Windeln am Zaun!«
Er traf's auch bei der Stallmagd vom Weidhof nicht schlecht, denn sie sich mit dem Staudenwebersepp abgegeben hatte.
»Eine Stallmagd und ein Bauernbua
Gehen der Stauden zu,
Gehen ins grüne Gras;
Werden schon wissen, wegen was!«
Da wurde es manchem anders, und er hätt gern ungesehen verschwinden mögen, eh ihn der Hochzeitslader erschaut hatte und nun durchlaufen ließ; doch an der Tür standen die Musikanten und spielten nach jedem Absätzlein einen kurzen Landler.
»Ei«, dachte ich, »er wird ja nicht gar viel wissen von dir«, und saß keck auf meinen Hosen und trank hitzig dahin.
Da hatte er mich aber schon im Maul:
»Der Weidhofer Hias is ein Waisenbua,
Is krumm und klumpig und bucklig dazu;
Aber anmaßend dennoch und flink mit dem Maul,
Und beim Ausrichten und Schlechtreden is
er auch gleich dabei!«
Ha! Da schluckte einer und druckte und rutschte auf seinem Sitzleder hin und her, als hätten ihn die Ameisen mit ihrer Säure bespritzt! Da goss einer seinen Wein hinunter, als hätte er einen Brand zu löschen da drinnen!
Aber es half nichts, dass ich soff und überlaut lachte;

die andern hatten mich schon, und die Hochzeiterin an meiner Seite sah verächtlich auf mich nieder und rückte von mir weg, indem sie ihr Kleid zusammenraffte, dass ja kein Fädchen meinen Körper streifte!

Mittlerweile hatte der Hochzeitslader lange etliche andere durchgehechelt, und die Abdankung nahm allmählich ihr End.

Nach solchem ward also noch der Ehrentanz gehalten. Den muss die Braut mit dem Hochzeitslader allein aufführen, und es darf niemand außer ihnen den Tanzplatz betreten.

So spielten denn die Musikanten auf; der Hochzeitslader fasste die zwei Hochzeiterinnen bei den Händen und hielt den Ehrenreigen, bis plötzlich erst die eine und gleich drauf die andere Braut zu hinken anfing und keine mehr vom Fleck kam. Zugleich begannen die Spielleute gänzlich falsch und gar quieksend zu spielen, bis der Hochzeitslader schrie:

»He, Jungherrn! Schauts amal,
Was dass des is,
Ich mein alleweil und ich schätz,
Es is ein Natternbiss!«

Worauf der Fritz und ich eilends hinzuliefen, die Schuhe der Bräute untersuchten und einen Gulden darin fanden.

Wir zeigten ihn also überall herum und warfen ihn danach den Musikleuten in ihre Bassgeige, dazu der Hochzeitslader ein ganz glückseliges Gesicht machte und ausrief:

»Himmlischer Vater! Is des ein Glück!
So ein Jungherr hat doch einen guten Blick!
Ein Nagel hat aus dem Schuh rausgeschaut,
Den hat halt der Schusterlenz net richtig reingehaut!«

Nach diesem fasste er die beiden Hochzeiterinnen wieder und wollte mit ihnen weitertanzen.

Doch in diesem Augenblick hörte man von der Gassen herauf einen wüsten Lärm, und der Wirt lief, weiß wie die Wand, herein und schrie: »Männer! Leut! Brennen tut's!«

Ein wildes Schreien der Weiber, dumpfes Murmeln der Männer – die Lust hatte ein End, und alles rannte hinab und dahin, um zu schauen, wo es sei.

Blutrot war der Himmel – einer schrie: »Die Kirch!« –, da erschallte es ringsum: »Die Kirch brennt – die Kirch!«

In diesem Augenblick stürmte meine Ziehmutter, die Messnerin, hinter uns drein, rannte gegen die Feuerstatt zu und – o, mein Gott – und reckt plötzlich beide Arme gen Himmel und schreit gellend auf: »Jesus! Der Weidhof!« –

Und fällt wie ein Baum zur Erde.

Und da wir sie aufheben wollen, sehen wir, dass es zu End ist: Sie ist tot.

Etliche Frauen nehmen sie auf und tragen sie vom Wege ab, die andern stürmen dahin, den Schrei: Der Weidhof! weitergebend und den Männern zur Brandstätte folgend.

Mir aber liegt's wie Blei auf der Brust; denn ich wusste es: Das war kein anderer als der Ambros.

Mein Ziehvater und der Lackenschuster waren die Vordersten, die in den brennenden Hof eindrangen.

Der Pauli und etliche andere folgten; doch musste ein jeder eilends wieder umkehren – es brannte überall: unten, oben, im Stall und in der Scheune, in der Stube und in den Kammern.

Da schlug der Messner mit furchtbarer Kraft die Stalltür ein, das Vieh zu retten.

Drei – vier – sechs – zehn Kühe sprangen geängstigt

ins Freie – Rösser folgten – Hühner flogen schreiend heraus – etliche Ochsen schoben sich brüllend durch den Qualm und Rauch – wie gelähmt standen die Menschen dabei, ohne einen Finger zu rühren.

Endlich fasste einer oder der andere ein Tier bei der Kette und zog es weg vom Feuer – ein Kommando erschallte, und man besann sich, dass man ja löschen sollt.

Aber da tat es einen entsetzlichen Krach, die Feuergarben loderten wild gen Himmel, und ein einziger Schrei ging durch die Menge: »Der Messner!«

Das Dach überm Heuboden war eingestürzt und mit ihm die Stalldecke.

»Hilf Himmel!«, schrie ich; »er kann ja nimmer heraus!«

Bebend sprang ich hinzu, der Hausl folgte mir – wir drangen in den rauchenden, prasselnden Trümmerhaufen und suchten und schrien nach dem Messner.

Ach Gott! Es war leider ein nutzloses Hin und Her, ein vergebliches Rufen und Schreien! Nichts mehr zu sehen als Feuer, nichts mehr zu greifen als Glut und Trümmer!

Hätt uns bald auch noch umgebracht; denn da wir weiter eindringen wollten, stürzte abermals ein Stück Plafond herab, brennendes Heu und Stroh kam fuderweise nach – und wir mussten in großem Schreck zurückweichen.

Wohl begannen nun die Männer den Eimer zu schwingen, die Weiber geweihte Teller und Kräutergebinde in die Flammen zu werfen und die Brunst im Namen des dreieinigen Gottes zu beschwören – doch wilder und höher schlug die Lohe, bis endlich der stolze Weidhof in ein kleines Häuflein Schutt und Glut, Asche und Kohle zusammenfiel und meinen herzguten Ziehvater in sich begrub.

Alle Herrlichkeit des Menschen ist wie Staub

In einem Augenblick
Kommt plötzlich auf ein Schrick,
Der einem die Seele gar tief durchdringet.

Die Tränen übers Gesicht abgehen,
Das Herz will einem schier stille stehen,
Kein Gelächter einem nicht mehr gelinget.

Wann ich schon auch daheim
Das Elend hab beweint,
Muss dennoch in meinem Leid verbleiben.

Wer wollt doch alles genügsam sagen!
Die Not könnt zur Genüg mit Klagen
Meine Feder nicht beschreiben!

Ach, wohl dem Mann, der ein hartes Herz hat, dass ihn nicht betrübt ein solches Leid und Unglück! Denn da der frühe Tag mit grauem Nebel anbrach, hatte ich nicht Vater noch Mutter mehr, nicht Heimat noch Liegestatt.

Ich saß stumpfsinnig und frierend mit meinem Ziehbruder, dem Fritz, auf den Stufen vor dem Friedhofstor, und wir hielten uns bei den Händen und hatten kein Wort mehr und keine Träne. Drüben stieg ein feiner, bläulicher Rauch aus den Trümmern auf; drei rußige, geborstene Mauern ragten aus dem Schutthaufen, und daneben standen die verkohlten Stümpfe der beiden mächtigen Birnbäume, die der alte Bichlervater, Gott hab ihn selig, bei seiner Hochzeit gepflanzt hatte.

Leute kamen und gingen, beschauten und bejammerten das Unglück; und die Knechte und Mägde, die Kostbuben und Freunde des Weidhofs standen herum und stierten trübselig ins Leere.

Der Pfarrer war schon in der Nacht zum Brandplatz gekommen, hatte mit lauter Stimme allen die Generalabsolution erteilt und für meine lieben toten Zieheltern auf den Knien das De profundis gebetet. Hatte auch Befehl gegeben, dass man die Kirch gut in Acht nahm und die Funken, so auf ihr Dach flogen, sogleich löschte, und, nachdem die Brunst vorüber, meine Kostmutter in den Pfarrhof tragen und dort aufbahren lassen. Nun es ganz hell wurde, kamen auch die jungen Eheleute wieder auf den Platz. Waren halt doch heimgegangen in der Nacht, da sie sahen, dass nichts mehr zu retten war.

Hatten ja ohnedies keine glückhafte Brautnacht mehr gehabt und gewiss auch keine Freud an dem Narrenzeug, das ihnen am Hochzeitstag von den Freunden in der Schlafkammer aufgerichtet worden war nach altem Brauch und Herkommen.

Indes hatte man begonnen, meines Ziehvaters Leichnam zu suchen und aus den Trümmern zu schaffen. Es wurde also viel Wasser auf die heißen, dampfenden Überreste gegossen und danach mit vieler Müh das Mauerwerk beiseite gehoben, bis man endlich auf den steinernen Futterbarren stieß.

Immer mehr Leute hatten sich währenddessen zusammengefunden; immer lauter und lärmender ging es zu. Jeder Stein, der gehoben wurde, jeder Spatenstich wurde beredet und durch die Reihen fortberichtet.

Da schallte es zu uns herüber: »Ach Gott! Der Weidhofer! Und so zugrund gerichtet!«

Ein Jammern und Klagen ging durch die Menge, und auch wir standen auf und seufzten und konnten uns vor Leid kaum fassen.

Etliche brachten eine Leiter – ein Tuch; man legte den verbrannten und verstümmelten Leichnam darauf und gedachte, ihn nach dem Kirchhof zu tragen.

Da kamen eine Menge Kinder die Gasse dahergestürmt, laut rufend und schreiend: »Sie haben ihn! – Man bringt ihn! – Den Ambros haben sie!«

Ja, sie brachten ihn. Inmitten zweier Schergen oder Landjäger kam er daher, schlotternd und wankend, von den Kindern mit Steinen beworfen, von den Männern und Weibern verwunschen und verflucht.

Vor der Brandstätte hielten sie an; der Tote ward vor den Schelmen hingetragen, und der wurde gefragt im Namen Gottes und im Angesicht des Toten und der Feuerstätte: Ob er sich schuldig bekennen wollt!

Und er stand da mit grauem Gesicht und verhetztem Blick, konnte kaum das Wort aus dem Maul bringen vor Zähneklappern und sagte dennoch: »Nein, nein!«

Da brach ich mir einen Weg durch die Menge; stand bebend vor ihn hin und schrie: »Beim dreieinigen Herrgott, er hat's getan! – Ich hab ihn sehen davonschleichen! – Hund! Du hast's getan!«

Ich konnte nimmer. Es wurde mir todübel, und ich musste mich festhalten.

Doch schreckenvoll war die Wirkung meiner Worte: Der Teufel – kaum dass er mich ersehen und meine Rede vernommen, begann er gotteslästerlich auf mich zu fluchen, gestand unter wildem Rasen die Tat und schäumte vor Wut, dass er mich immer noch lebend sah.

In diesem Augenblick aber stürzten sich die Bauern auf ihn – vergebens wollten ihm die Schergen Deckung geben, sie wurden gleich mir aus dem Knäuel gerissen und der Schelm danach grausam ums Leben gebracht durch Steinwürfe, Faustschläge und Messerstiche. Sein Heulen hallte grausig durch das Dorf, und sein Blut floss wohl aus hundert Wunden, bis er endlich tot hinfiel.

Hatten ihm also Gerechtigkeit widerfahren lassen; ich aber kann mein Leben lang nimmer froh werden, dass ich solches mit meiner Red verschuldet, obgleich man mich im Ort deshalb groß gelobt hatte.

Da nun die Bauern den Messner aufgebahrt, den Frevel genug beschaut und auch gesühnt hatten mit harter Feme, gingen sie wieder heim und die Weiber und Kinder mit ihnen.

Die Schergen aber nahmen den Leichnam des Gerichteten und trugen ihn auf den Schindanger, wo sie ihn verscharrten.

Mein Ziehbruder, der Fritz, und ich begaben uns danach zur jungen Häuslerin, der Nandl, und fanden dort auch die andern Kostbuben des Weidhofs; denn es wusste keiner, was er nun sollt anfangen oder ausrichten. Die Älteren, der Hausl und der Hans, hatten zu ihrem guten Glück noch etliche Gulden Zehrgeld und gaben der Nandl willig davon, dass sie ihnen zu essen gab und ein Lager; wir beide aber waren ohne jeden Kreuzer und mussten zuschauen, was nun würde aus uns.

Da war es denn gar traurig, dass die junge Hausfrau, ehedem meine seelengute Sennerin, mit uns gar mitleidig tat und sagte, dass sie nicht könnt jeden Bettelbuben herfüttern; wer was wollt, müsste allenthalben zahlen.

Also dass wir uns wieder davonmachten und zu fremden Bauern gingen, da wir dann um Gottes willen etliche Tag bleiben konnten, bis unsere liebsten Zieheltern zur Erde begraben waren mit großem Gepränge und starkem Zulauf. Ich muss nun leider gedenken einer gar betrüblichen Zeit, da sich das Sprichwort an mir zum Wahrwort machte:

Freunde in der Not gehen hundert auf ein Lot.

Um zwei Gulden

Da nun die Toten in Frieden ruhten, auch der Brandplatz gesäubert war, ertönte eines Tags schon früh am Morgen die Glocke des Gemeindeschreibers durch die Gassen, und der Aktenlippel rief in die Häuser: »Heut wird ausgeboten der Grund und Besitz des Weidhofs! Wer was schuldet, und wer was zu fordern hat, ist hiermit kommandiert, auf die Bürgermeisterei zu kommen!«

Eija! Wie ward da mancher vordem Gerechte zum Spitzbuben!

Hatte keiner was zu zahlen, war keiner was schuldig, da doch mein guter Ziehvater vordem als der beste und christlichste Geldgeber und Wohltäter gepriesen ward!

Da standen droben beim Klinglwirt etliche Kühe im Stall, die er in der Brandnacht gar barmherzig aufgenommen hatte und gesagt: »Ach, des armen Weidhofers Kühe!«

Nun aber der Tag gekommen, da er sie billigerweise hätte herausgeben müssen, waren es bei Ehr und Seligkeit seine eigenen!

Wie war's doch mit der Sennerin, der Nandl!

Hatte sie nicht einen ganzen Hausrat aus dem Weidhof im Kuchelwagen fortgefahren als eine Leihgabe?

Ei, was! Da stand der Pauli und beschwor, dass alles ein Geschenk der Toten gewesen wäre, so wahr Gott lebte!

Ach, da kamen die Knechte und Mägde und hatten ein jeder zu fordern seinen Lohn und noch etliche hundert Gulden aufgehobenes Geld!

Hatten's alle angelegt gehabt im Weidhof, da doch keiner hätte mehr zu kriegen gehabt, denn seine zwanzig bis dreißig Gulden Jahrgeld und sein härenes Hemd dazu!

O, der Schmach und die Schande! Da kam der reiche

Lackenschuster und verlangte Buße für die fünfhundert Gulden Heiratsgut seiner Ehefrau, der Kathrein! Verlangte Buße für die fünfhundert Gulden vom Verkauf des Waldhauses! Forderte hundert Gulden Buße für das verbrannte Sach seiner ehelichen Hausfrau!

Ach, indes ich dabeigestanden war, drei Tag vor seiner Heirat, da ihm mein Vater, der Weidhofer, die blanken Gulden auf den Tisch gezählt und alles Glück gewunschen hatte!

Wohl hätt ich können mein Maul auftun und solches offenbaren; allein, wer wollt denn auf einen Spatzen hören! Pfeifen ihrer viel von den Dächern und achtet niemand drauf!

Ich schwieg also still und wartete, bis alle ihre Wünsche und Rechte dem Aktenlippel in die Feder diktiert; alsdann trat auch ich vor und bat um meinen Jahrlohn: sieben Gulden und dreißig Kreuzer als Viehbub.

Da fuhr mich aber der Lippel rau an und sagte, solch lumpiger paar Gräten wegen könnt er nicht noch einen neuen Bogen schönes Papier verschmieren; sollt warten, was überblieb, das könnt ich alsdann unangefochten mein Eigen nennen.

Also ward alles aufgeschrieben, der Grund und Besitz zerteilt und jedem seine Sache gegeben nach Maß der Forderung. Da erhielt der einen Acker, der andere zwei Wiesen; der dritte den Hausgrund samt dem Anger und der vierte ein Kleefeld. Der Lackenschuster aber nahm das Waldhaus, die Alm und die vier Rösser. Ein jeder bekam sein Sache, weil alles wohl aufgeschrieben war; da aber die Reihe an mich kommen sollt, war nichts mehr, das sie mir hätten geben können, wie denn auch die andern Kostbuben ein jeder nur eine oder zwei Hennen erhielten als Lohnung und Erbe.

Nach solcher Teilung ward wieder mit der Glocke geläutet: Gute Leute sollten sich melden, die einen von uns Waisenbuben um Gottes willen aufnehmen wollten.

Aber da war niemand, der sich erboten hätte, und so sollten wir, altem Herkommen gemäß, am Tag darauf als Gemeindelümmel versteigert werden.

In der Gemeindestube wurde noch ein jeder ausstaffiert mit einem rupfenen Hemd, einem Paar Holzschuhen und einem Tüchlein, darein diese Habe gebunden war.

Nach diesem sollten wir uns auf dem Marktplatz einfinden, um öffentlich ausgeboten zu werden.

Da waren unser aber bloß noch zwei – die andern hatten sich fein bedankt für die Gabe und waren danach eilends aus Sonnenreuth entwichen, darüber bei den Bauern ein großes Gelächter, beim Aktenlippel aber wilder Zorn ausbrach.

Es wurde also erst der Fritz ausgeboten: »Ein großes, kräftiges Bürschl ist zu verdingen um den Jahrlohn von fünf Gulden und einem Hemd!«

Niemand wollte bieten.

»Um vier Gulden und ein Hemd!«, schrie der Lippel wieder; »wer bietet vier Gulden?«

Keiner bot, und dem Fritz lief's blutrot über die Wangen, während ich bei mir dachte: »Lieber Himmel! Wenn sie schon für den baumlangen Burschen nicht vier Gulden wollen bieten – was wird dann wohl mit mir armseligem Häuflein Elend geschehen!«

Da schrie der Lippel voll Gift und Galle: »Geh, schämts euch doch, Männer! Habts denn gar kein Erbarmen mit dem Bürschl? Mag ihn denn wirklich keiner?«

»Zum Hausanzünden!«, sagte da ein alter Bauer, schüttelte abwehrend beide Hände und ging weiter.

Der Fritz aber hatte kaum das Wort vernommen, als er auch schon dem Lippel sein Päcklein vor die Füße warf und ohne ein Wort aus dem Kreis ging. Niemand hielt ihn auf, niemand sagte eine Silbe des Schimpfs oder Unwillens, und auch der Gemeindeschreiber fand keine Rede des Zorns.

Mir aber schnürte es den Hals zu, als ich dieses sah und hörte; wollte auch gern dem andern folgen, wenn mich nur meine Füße hätten tragen mögen.

So aber war ich keiner Bewegung mächtig und musste es also erdulden, dass mich der Lippel um das Gebot von drei Gulden und einem rupfenen Hemd ausrief.

Alle lachten, und etliche Bauern sagten: »Viel Geld für so ein untaugliches Bürscherl! Is ja zu nix zu gebrauchen als zum Fressen und Schlafen!«

»Um zwei Gulden fünfzig Kreuzer!«, schrie der Lippel dazwischen. »Is niemand da, der das Bübl nimmt! – Kann Vieh hüten, das Kindermädchen machen, die Fliegen erschlagen …«

Wieder lachte die Menge, während ich meine Seligkeit hätte hingeben mögen um ein Mausloch, mich drein zu verkriechen. Hätt mich willig vom Teufel holen lassen, wenn er mich nur in dem Augenblick hätte wegführen wollen.

»Also, Männer, was ist's?«, fragte der Schreiber noch einmal; »mag ihn niemand um des Geld?«

Da trat der Lackenschuster vor: »Ich nehm ihn auf die Alm um zwei Gulden dreißig Kreuzer. Gebts mir ihn um das, nachher nehm ich ihn gleich mit.«

Da gab mich der Lippel hin, nahm die dreißig Kreuzer als Drangeld in Verwahrung und schlug mit einem hölzernen Hammer auf seinen Tisch: »Also nimmt ihn der Lackenschuster, was ihm Gott segnen mag!«

Er wandte sich danach an mich und fuhr mich an: »Dass du ihm dankbar bist und keine Schande machst, deinem Bauern! – Verstanden!«

Worauf mich der Lackenschuster an der Achsel fasste und sagte: »So, geh nur jetzt! Arbeit gibt's grad genug für dich!«

Und schob mich also aus dem Haufen, indes die Bauern sagten: »Is ein guter Mann, der Anderl, ein christlicher Mann.«

Möge mir's vergönnt sein, stillzuschweigen über meine Pein, da ich meiner liebsten Kathrein musste unter die Augen treten als ein armseliger Gemeindelümmel; auch fortan ihr Knecht heißen sollte – ja, nicht einmal ihr Knecht, gar bloß ihr Kühbub!

Und sollt von nun ab diesem Schinder angehören, der gefürchtet war bei allem Dienstvolk im ganzen Umkreis wegen seines jähen Zorns.

Nun war die junge Hausfrau freilich gar gut und gnädig zu mir und setzte mich auch nicht gleich zu dem Gesinde, um mir Gespött zu ersparen, darum, dass ich erst noch ein stolzer Brautführer und Jungherr gewesen bei ihr, und nun der minderwertigste Dienstbub.

Doch wusste ich ihr keinen Dank dafür und brachte den Tag in trübem Schweigen hin.

Und da die Nacht kam und ich im Stall auf einem harten Strohsack mein armseliges Dasein überdacht, da kam's mir in den Sinn, dass es besser wäre, wenn ich gleich meinen Kostbrüdern die Schuh nach auswärts stellte.

Ich stand also mitten in der Nacht ganz leise auf, nahm mein Gemeindebündel und machte mich durch den Stall davon.

So lief ich immer weiter, ohne mich zu besinnen, wohin ich mich wenden sollte, und stand endlich bei Tagesanbruch vor einem dicht bewaldeten Berg, den die Leute den wilden Rohnberg heißen.

Da stieg ich denn hinauf, so weit ich konnte; musste aber alle Augenblicke verschnaufen und mich ausrasten.

Und da ich endlich eine halb verfallene Streuhütte fand, kroch ich hinein und schlief darin den ganzen Tag bis zum Abend.

Ich stand danach eilends auf und suchte nach einem Weg, auf dem ich wieder weiter wandern könnte; fand auch schließlich einen Pfad, der mich ganz um den Berg führte und auf eine Landstraße.

Derweilen hatte mich aber ein großer Hunger ergriffen, und ich lief, so rasch ich konnte, dahin, um bald in einen Ort zu kommen, da man mir möcht etwas geben; gelangte auch endlich zu einem breiten Bach, einer Brücke und einer Mühle dabei.

Setzte mich also auf einen alten Mahlstein neben dem Haus und wartete sehnsüchtig auf den hellen Tag, da ich alsdann vor die Haustür trat und um ein Stücklein Brot bat, worauf mich die Müllerin eintreten hieß und mit einer guten Brennsuppe und einem Stück Brot speiste, nach meinem Woher und Wohin fragte und, nachdem ich ihr geantwortet: auf die Wanderschaft, mich mit einer wohl gefüllten Schnapsflasche und einem Säcklein Brot versorgte und mir gute Wanderschaft wünschte.

Ich dankte ihr mit frohem Herzen und machte mich danach wieder auf den Weg, der mich in ein neues Leben und in die weite Welt hineinführen sollte.

Der Bildermacher

Es fand mich also der zwanzigste Oktober des Jahres eintausendachthundertzwei, der Tag vor dem Kirchweihfest, auf der Landstraße, die über Brache und Stauden nach Geitau führt.

Rings um mich erhoben sich die Berge, und jenseits

des Wassers, was die Leitzach gewesen, stand der Wendelstein, der Birkenstein und Fischbachau.

Ich besann mich eine Weile, ob ich noch einmal sollte hinaufsteigen und Unserer Lieben Frau mit dem Kindl ein Grüß Gott sagen; doch dacht ich, dass sie es mir gewisslich nicht weiter nachträgt, wenn ich, ohne solches zu vollbringen, auf meinem Weg weiterlief.

Also trabte ich weiter und sagte dabei laut vor mich hin:

> »Sei gegrüßt am Gnadenthron
> Mutter Gottes hoch geehrt!
> Vor dir und deinem liebsten Sohn
> Lieg ich flehend ob der Erd.
> Hör mein Seufzen und mein Bitt:
> Mutter, ach verlass mich nit!
> Sieh, in dieser Not ich stecke,
> Schrei um Hilf mit Ach und Weh,
> Zu dir meine Händ aufrecke:
> Mutter Gottes, mir beisteh!
> Dein göttliches Kindl für mich bitt,
> Mutter, ach verlass mich nit!«

Ich gedachte auch dabei der seligen Weidhoferin, meiner liebsten Ziehmutter, die mir dies Gebet einstmals gelernt und gar oft vorgebetet hatte; und es dünkte mich gar schwer, zu bedenken, dass ich sie nun samt dem Ziehvater in Ewigkeit nimmer sollt wieder sehen. Denn was die Menschen von der Auferstehung des Fleisches sagten, schien mir so furchtbar, dass ich's nicht glauben konnte oder wollte.

Wurde auch wieder an das schreckliche End des langen Ambros gemahnt und ging also in trüben Gedanken meinen Weg dahin, immer dem Lauf des Wassers entgegen, vorbei an einzelnen Bauernhöfen und Mühlen; aß auch von meinem Brot und kam endlich gegen Mittag, da man gerade zum Essen läutete, nach Geitau.

Daselbst lud ich mich bei einem guten Bauern zu Tisch, ließ es mir auch gefallen, dass man mir die Taschen mit Kirchweihkräpflein voll stopfte, bedankte mich wohl und ging danach wieder weiter in Gottes Namen, durch ein breites Tal, immer dem Weg nach, der mich endlich zu einem gar schönen und lieblichen Ort führte, daselbst es mich gelüstete, etliche Zeit zu verweilen.

Ich war schon herzlich müde und abgeschlagen und wusch mir als Erstes in dem klaren Bach die Füß, das Gesicht und die Händ, auch meine weißen Feststrümpfe, die ich als einziges Paar seit der traurigen Hochzeitsnacht bei mir trug. In solcher Arbeit fand mich ein altes, bärtiges Männlein, das ein wunderliches, hölzernes Gestell in der einen Hand hielt und ein gemaltes Bild in der andern, darauf das Tal und die Berge, darin ich mich befand, samt dem Dörflein Bayrischzell getreulich abkonterfeit und dargestellt waren.

»Ei, tausend, tausend!«, rief der Alte; »musst wohl deine Kirtastrümpfe noch geschwind waschen, bevorst auf den Tanzboden gehst damit!«

Verlegen sah ich mich um und sagte: »Grüß Gott.«

»Ja, grüß dich Gott auch«, erwiderte er lächelnd; »gehörst du auf Bayrischzell?«

»Nein«, sagte ich; »ich bin jenseits der Berge her. Bin auf der Wanderschaft.«

»Ei, tausend, tausend!«, rief da das Männlein wieder aus; »noch so klein und mickrig, und schon auf die Wanderschaft gehen! Wie nur grad ein Vater so was zugeben kann!«

Da sagte ich ihm, dass ich ja keinen mehr hätt, dass ich überhaupt niemand hätte und halt schauen müsst, wie ich fortkäme in der Welt. Erzählte ihm also alles, was ich leicht sagen konnte, ohne was Geheimes bekennen zu müssen; dabei aber doch dem guten Alten die Augen übergingen.

Da hatte er gar ein herzliches Mitleiden mit mir und sagte zu guter Letzt: »Wirst wohl kaum schon irgendwo zum Schlafen vorgesprochen haben, denk ich; kannst also mit mir gehen, wenn du magst. Hab schon eine Schütte Stroh zum Drauflegen und ein Haferl zum Einbrocken; ein Löffel zum Ausessen wird sich nachher schon noch finden!«

»Den kann ich mir ja selber schneiden!«, rief ich voller Freude; »und wenn Ihr auch noch ein paar braucht, nachher schneid ich Euch gern auch noch ein paar! Und einen Rahmen um des Bild da!«

Ich ging also mit fröhlichem Herzen mit und dachte, dass ich schon weiterfinden würde mit der Hilfe Gottes; nahm dem Alten sein Gestell ab und trug's ihm nach, bis er abseits vom Ort an eine gar wunderliche Hütte kam und mich hineinführte als seinen Gast.

Ich machte wohl große Augen, da ich über die Schwelle dieses Häusleins trat! Es hatte mir zwar schon von außen gar seltsam gedeucht mit seinem niedern Strohdach, darauf allerhand alte Gewandstücke, ein zierliches, eisernes Gartengitter und ein rostiges Wirtshausschild lagen; doch kann ich es kaum beschreiben, wie mir wurde, als ich mich plötzlich, statt im Hausflur, in einem winzigen Stall befand, darin drei weiße Geißen lagen und dem Alten sogleich zumeckerten.

Indem ich aber noch gaffte und staunte, öffnete der alte Vater eine niedere, mit einer Landschaft bemalte Tür und sagte: »Tritt ein in meine Klause, Bübl, und sei gern da!«

Ich folgte ihm also und trat ein in ein wundersames

Stüblein, darinnen alle Wände mit Bildern behangen, die Fensterscheiben mit Tierköpfen bemalt und die Gesimse mit allerhand Farbtöpfen voll gestellt waren.

In einer Ecke stand ein grüner Ofen, dessen Rohr gleich durch die Mauer ins Freie ging; daneben war eine Bank und davor ein wurmstichiger Tisch, auf dem ein hölzerner Teller mit Käse, ein Schmalztopf, etliche Pinsel und Farbtiegel sowie ein angeschnittener Brotlaib lagen und standen.

In einem Kasten, dessen ausgehängte Tür, mit dem Bild Unserer Lieben Frau vom Birkenstein bemalt, über einer kleinen Anrichte hing, waren etliche altmodische Gewänder aufgehängt, und in einem Fach desselben lagen ein paar Wäschestück, ein dickes Buch und eine Flasche, darin das Leiden Christi in seinen Werkzeugen bildlich dargestellt und geheimnisvoll verschlossen war.

Inmitten der Stube aber stand eine Hühnerleiter, die zu einem hölzernen Verschlag emporführte, daraus lautes Gackern und Girren erklang, und eine Luke unter der Ofenbank stand als Ein- und Ausgang für die Hennen offen.

Über dem Ofen hingen an einer Stange etliche Tücher oder Lumpen, eine eiserne und eine kupferne Pfanne und die Sichel.

Mein Maul stand noch offen vor Verwunderung, als der Alte abermals eine Tür aufsperrte und mir das Schlafgemach wies, darin ein Strohsack auf dem Boden lag mit einem Kissen und einer rauen Decke. Eine alte Truhe und ein irdener Wasserkrug standen neben dieser Lagerstatt, und zwei Töpfe voll Milch waren am Fensterbrett aufgesetzt.

Auch hier hingen vielerlei Bilder an den Wänden, die alle die Gegend darstellten: bald im Sommer, bald im Winter, bald bei blauem Himmel, bald mit schwarzen

Wetterwolken oder leuchtendem Abendrot. Manchmal tummelte sich auch eine Viehherde auf dem Bild, und ein Bauer kniete mit gefalteten Händen dabei, während in den Wolken die Jungfrau mit dem Kind thronte; oder eine Familie mit sieben, acht und noch mehr Kindern lag inmitten der Landschaft, dem Geschlecht und Alter nach ordentlich in zwei Reihen geschlichtet, auf den Knien und blickte andächtig gen Himmel, wo die Birkensteiner Mutter Gottes in einem leuchtend gelben Strahlenkranz schwebte.

Es mochten wohl gut und gern an die fünfzig Bildertafeln herumhängen in dieser Kammer; lagen auch auf dem Boden noch etliche Stöße in jeglicher Art und Größe.

Hinten in der Ecke aber war ein großer Haufen Heu aufgeschichtet als Winterfutter für die Geißen; ein Sack mit Mehl und eine Kiste mit Kleie standen daneben samt einem Körblein voll Eier.

»Jetzt musst du dir halt eine Grube ins Heu machen als Liegestatt«, meinte der alte Vater, als ich lang genug alles beschaut und betrachtet hatte; »ich geb dir dann auch noch ein Leintuch dazu und meinen Schafpelz als Zudecke, dass dich nicht friert. – Und jetzt wollen wir nachher einmal zu allererst etwas zu der Nacht essen!«

Er nahm also einen Topf Milch und trug ihn hinaus in die Stube, holte Reisig und machte ein lustiges Feuer in den Ofen, darauf er dann die kupferne Pfanne mit der Milch stellte; danach ging er hinaus hinter die Hütte, wo ein kleiner Röhrenbrunnen stand, holte in einem Schäfflein Wasser und schöpfte die eiserne Pfanne damit voll.

»So, das gibt unseren Kaffee mit der Milch«, sagte er; »jetzt muss ich noch geschwind meinen Geißen und Hennen des ihre geben, nachher kochen wir unsern Kaffee, und nach dem Essen muss ich melken.«

Mir war gar wohl bei diesem Mann; und da er mir nun seine Arbeit so hersagte, dachte ich: Kannst ihm doch leicht was abnehmen!

Ich half ihm also beim Streubreiten und beim Füttern, nahm ihm auch gleich das Melken ab, dabei sich die Geißen so still hielten, als hätt ich sie schon ihr Lebtag immer gemolken.

Der Alte lachte still und zufrieden und gab mir noch allerhand Befehle und Weisungen, doch nicht wie ein Bauer, vielmehr wie ein guter Vater.

Ich musste also aus einem Schränklein, das in die Wand gemauert war und ein Bild mit dem Bergglühen als Türl hatte, zwei irdene Schüsseln holen und mir einen Löffel schneiden, was aber derweilen längst geschehen war, bis der Vater ein Häuflein gebrannte Eicheln und Zichorienwurz zwischen zwei flachen Steinen gemahlen und den Kaffee davon gekocht hatte.

Drauf musste ich von einem Zuckerhut etliche Brocken abklopfen und in Stücklein zwicken, indes der Vater eine Laterne aus der Anrichte holte, ein Stümplein Licht hineinsteckte und am Herdfeuer anbrannte.

Nun zog ich meine Kirchweihkräpflein aus den Taschen und teilte sie mit dem Hausvater in Redlichkeit.

Wir setzten uns also zum Tisch und aßen mit ruhigem Herzen. Hat mir gar wohl geschmeckt in dieser Hütte; gewiss besser wie dem großen Napoleon seine köstlichsten Mahlzeiten!

Der Alte hatte ein großes Wohlgefallen an mir gefunden und meinte danach, da wir in der Schlafkammer auf unserer Strohschütte lagen: »Jetzt wirst mich aber doch nicht schon wieder bald verlassen wollen! – Hab schon lang Sehnsucht gehabt nach so einem Schlafkameraden, wie du bist! – Grad allein sein und sein Lebtag allein sein is auch nix. Ein bissl Freundschaft tut halt doch Not auf der Welt!«

Und so musste ich ihm also versprechen, dass ich etliche Zeit bei ihm bleiben wolle. Tat es auch gern und willig, zumal mir das Leben in diesem ruhigen Häuslein bei dem wunderlichen alten Vater wohl gefiel.

Der mochte leicht seine sechzig Jahr am Rücken haben und war klein und hager, schlohweiß an Haar und Bart und hatte das wetterbraune Gesicht voller Falten und Fältlein, die, wenn er lachte, gar lustig und freundlich aussahen. Zwinkerte schalkhaft mit seinen hellen Augen, wenn er was fragte oder erzählte, und konnte lachen, dass ihm die Tränen kamen.

Als der Jüngste von vierzehn Geschwistern war er im Tirolerland geboren; sein Vater war ein Korbkrämer gewesen, der mit dem Korb am Buckel landaus, landein zog und den Leuten um etliche Kreuzer allerhand verkaufte. Wunderbalsam, Stecknadeln und andere Nadeln, Bänder und Litzen, Haarpfeile und Pudelhauben, silberne Fingerringlein und goldene Hutschnüre.

Seine Mutter war ein Kräuterweib und brachte die Zeit, da ihr Ehemann auf der Wanderung war, mit dem Ansetzen von Schnäpsen, Sammeln von Kräutern und Wurzeln hin und gebar dazwischen ihre Kinder zur Welt und erzog sie in der Notdurft und Armseligkeit ihrer Umstände, bis ein jedes selber für sich sorgen konnte.

Kam der Vater von seinen Reisen heim, so brachte er meist jedem was mit aus den fremden Orten und von den Jahrmärkten, oder er wusste irgendeine glückhafte und angenehme Arbeit, eine gute Dienststelle oder einen Lehrplatz für seine Kinder. Wurde also gemach eins ums andere hinausgeschickt in die Fremde, sein Brot zu suchen, dabei ihnen dann der alte Beham, ihr Vater, noch viel gute Reden und ein kleines Lederbeutlein mit zwölf Kreuzern als Aussteuer mit auf den Weg gab.

Und da nun alle längst dahin und im Land zerstreut waren und nur noch er, als der Nesthocker, der Jüngste, vom Tisch der Eltern aß, so kam endlich auch an ihn die Reihe und sagte der alte Vater zu ihm: »Thomas, jetzt wird's Zeit, dass du dich auch ein wenig in der Welt umschaust; bist eh schon ein Mordskerl und frisst für zwei!«

Er schnürte ihm also sein Ränzel, gab ihm als dem Kleinsten seinen väterlichen Segen mit einem Weihwasser und dafür bloß zehn Kreuzer zur Aussteuer.

Die Mutter aber legte sich auf ihre Lagerstatt, ward krank und siechend und brauchte kurze Zeit danach den Totengräber und drei Schäuflein Erde für die ewige Ruh.

Das war also die Geschichte des alten Thomas Beham, meines gütigen Hausvaters. Mehr war nicht aus ihm herauszubringen, und er sagte bloß immer: »Ja, ja. Und nachher bin ich halt fort und hab's probiert, hab dies gelernt und jenes, dies erlebt und jenes – und bin zu guter Letzt vor vielen Jahren da in den Ort und zu der Hütte kommen, wo früher ein altes Korbflechterweib ganz mutterseelenallein gehaust hat. Da hab ich nachher ein Heimatl gefunden – und noch was: die schöne Kunst, wie man die Welt auf einen Lumpen, auf ein Krautbrettl und auf einen Topfdeckel hinzaubern kann mit so ein paar Farbtiegeln und etlichen Geißpinsel.«

Und er war ein gar fleißiger Maler; Tag für Tag ging er hinaus und stellte sich bald hierhin, bald dorthin, eifrig betrachtend, zeichnend und malend.

Und zu allen diesen Bildern begann ich nun breite und schmale Rahmen zu schneiden und zu schnitzen, sie mit allerhand Schnörkeln zu verzieren und Rosen in ihre Ecken zu setzen, wie ich es an den Bildertafeln der Kirche zu Sonnenreuth gesehen hatte.

Von Zeit zu Zeit aber wurden die fertigen und gerahmten Tafeln in einen hohen Korb gepackt; der alte Thomas holte seinen Knotenstock aus der Ecke, setzte einen hohen, spitzigen Hut auf und ging auf die Märkte: Bald nach Schliersee oder Miesbach, bald nach Tegernsee oder Tölz, indes ich daheim die Hütte mit den Tieren versorgte und auf das Tägliche Acht hatte, bis der Vater nach etlichen Tagen wieder zurückkam und mir ein kleines Geschenk auf den Tisch legte.

Doch hätte sich solch ein Reisen wohl nicht ausgetragen und gelohnt, wenn der Vater Thomas nicht schon längst als Macher von Votivbildern einen guten Namen und eine gewisse Kundschaft gehabt hätte. So aber brachte er zu allen Zeiten reichlich Aufträge heim aus der ganzen Gegend.

Da brauchte die Reiserin von Miesbach eine große Tafel; sollt auf den Birkenstein zu Unserer Lieben Frau kommen, musst eine Kindlstube als Bild haben und drunter die Inschrift:

»Anno 1802 den heiligen Christtag hat Creszentia Reiserin zu Miesbach dies Bild hierher bringen lassen als eine Dankgab Unserer Lieben Frau für Hilf in schweren Kindsnöten.«

Sie hatte dem Alten einen Silbergulden dafür gezahlt und einen Topf mit Honig dazu für seinen Keuchhusten.

Der Angerer von Hausham brauchte auch ein Taferl, darauf er selber abkonterfeit sein sollte, liegend unter dem Leiterwagen; und sollt ein starkes Gewitter sein und die Rosse sich gar wild aufbäumen, drüber die heilige Jungfrau und drunter eine Danksagung zu finden.

Er gab dafür einen halben Gulden und ein großes Stück geräuchertes Fleisch von der Christtagsau.

Also kamen unsere Bildertafeln überall hin: nach Altötting, auf den Heiligen Berg zu Andechs, zu Unserer Lieben Frau vom Birkenstein, ins Mariazell und auf Herrgottsruh; und es zeigte ein jedes Stück ein anderes Leid und Gebrechen, Unglück oder Anliegen.

Es standen auch allerhand Sprüche und Danksagungen drunter, die das Unglück meldeten und auch die wunderbare Hilf; und es hat sie alle der gute Vater Thomas selber ausgedacht und draufgemalt auf die Tafeln.

Hab mir ein paar davon in meinem Gedächtnis aufgeschrieben und kann nicht umhin, sie hierher zu setzen und mich noch einmal daran zu ergötzen und zu erbauen:

»Anno 1803 im Maien ist
Eine große Plag im Land gewesen,
Da haben die Mäuse das ganze
Getreide zusammengefressen,
Haben's weggeputzt auf dem Feld,
Als wär es abgemäht;
In solcher Drangsal uns
Die Mutter Gottes geholfen hat,
Dass unser Feld und Acker
Unversehrt blieb,
Indem sie solche Mäus
Ins Schwabenland hintrieb.
Bei uns ist wiederum Ruh,
Indes man zu Augsburg klagt,
Maria für deine Hilf
Sei Dank gesagt!«

Diese Tafel wurde gestiftet von den Bauern zu Lenggries in die Wallfahrtskirch zu Andechs und wurde dafür dem Vater die Summe von sieben Gulden als Lohnung gegeben.

Eine andere, Unserer Lieben Frau zu Altötting geweihte Exvototafel hieß also:

»Sitzen alle daheim im Haus,
Grad der Michl ist noch draußen,
Hat seine Sensen an den Eichbaum gelehnt
Und ein Unglück nicht vermeint,
Da kömmt ein Blitz und Donnerschlag,
Der Michl stürzet mit großer Klag.
Doch hat ihm die schwarze Mutter das Leben geschenkt,
Deswegen ist allhier diese Tafel aufgehenkt.«

Ich muss auch noch einer Tafel gedenken, die unserer lieben Gottesmutter zu Ebbs in Tirol gestiftet wurde:
»Die Steinmüllerin zu Ebbs
Muss neunzehn Kinder gebären,
Heilige Mutter Gottes hilf,
Dass sie alle selig werden!
Der Steinmüller hat 22 Frischling
Von einer Sau,
Sind all glücklich davonkommen
Mit Hilf Unserer Lieben Frau.«

Ein altes Weiblein aus dem Landl ließ für die Mutter vom Birkenstein auch ein Täflein machen, und es sollt dieser Dankspruch drunter kommen:
»Walburga Märzin verlobt sich mit offenen Füßen,
Maria hat geholfen – Gott sei gepriesen!«
Sie zahlte auch willig zwölf Kreuzer Lohnung für das Bild und wünschte noch tausend Vergeltsgott als Dreingabe.

So brachte sich also der alte Beham Thomas mit seinem Handwerk gut durch und sagte manches Mal zu mir: »Es is doch schad um mich, dass ich nicht geheiratet hab; ich weiß wirklich nicht, für wen dass ich arbeit. Könnt einer leicht amal schön erben von mir; aber so –

so muss ich sie halt selber ausgeben, meine Kreuzer! – Und du kannst mir dabei helfen!«

Weiß Gott, das hab ich auch getan und hab mir's gut gehen lassen bei dem alten Thomas.

Aber der Lauf dieser Welt bringt's halt mit sich, dass es der Mensch, wenn's ihm gut geht, noch besser haben möcht, dass den Gaul gar bald der Hafer sticht und die Zufriedenheit alle Tag rarer wird und geringer.

Und aus diesem Grund geschah es auch, dass ich, eh ich's recht bedacht, jenem Esel glich, der, wenn's ihm zu wohl wird, aufs Eis geht.

Das Tiroler Katherl

Ich mochte also ein gutes Jahr bei dem Bildmacher gewesen sein, als mir auf einmal das Rahmenschneiden und Geißenmelken nimmer gefiel; konnte auch die ewige Fastenkost nicht mehr recht vertragen und bekam allerhand Beschwernisse, wenn ich bloß an die Geißmilch dachte.

Wollte auch meinen Leib ein bissl besser sich ausgehen lassen; denn des Wegs von der Hütte zum Wald oder nach Bayrischzell war ich allmählich überdrüssig worden.

Fasste mir also am End ein Herz und sagte dem alten Thomas, dass ich ein Gelüsten hätt, mir die Welt anzuschauen und was zu werden.

Nun mochte mich der alte Vater wohl für einen Dummen halten, der über Nacht allen Verstand verloren hatte; denn er schaute mich so erschrocken an und schüttelte so ohne alle Fassung den Kopf, dass er mir ganz erbarmte. Dann aber schrie er mich scharf an: »Nix da! – Die Welt sehen! – Du brauchst noch nicht so viel zu wissen von der Welt! – Wirst's wohl aushalten können bei mir!«

War also für diesmal die Sache umsonst.

Doch ich ließ nicht mehr locker und fing alle Tag von neuem damit an, dass ich halt einmal wieder hinaus möcht und ein bissl wandern.

Und am End musste er doch nachgeben, der Alte. Versprach mir also, dass ich zur nächsten Jahrmarktreise mittappen dürft auf Kufstein zum Lichtmessmarkt. Sollt aber zuvor noch auf Bayrischzell hineingehen zum alten Tiroler Katherl und sie bitten, dass sie dem Bilderthomas wieder möcht das Haus versorgen, bis er zurückkäm, wie sie es sonst immer getan hatte, ehedem ich zu ihm gekommen war.

Froh dieser Botschaft machte ich mich also etwa eine Woche vor Lichtmess auf den Weg, das alte Weiblein aufzusuchen.

Sie hatte eine armselige Logis im Häusl der Totenwäscherin von Bayrischzell, wofür sie dieser die Kindswindeln wusch, den Geißenstall versorgt und etwa auch bei dem einen oder dem andern Abgeschiedenen die Totenwache hielt, wenn die Wäscherin nicht Zeit hatte dazu.

Ihr winziges Kammerloch, das man ihr zur ebenen Erde angewicsen hatte, lag neben dem Stall und glich eher einer alten Rumpelkammer denn einer Altleutstube.

Außer etlichen alten, wurmstichigen Hockern und Bänklein, einem wackligen Tisch und einer niedern Truhe sah man nichts als Gerümpel, zerbrochenes Geschirr und zerrissene Lumpen in der Kammer. Im Eck aber stand eine großmächtige Himmelbettstatt, darin statt der flaumigen Federbetten ein Haufen Haderlumpen und ein Geißenfell lag; auf dem Dach des Betthimmels standen allerhand Schachteln, Körbe und Gläser, ein zerbrochenes Spinnrad und ein mit verblichenen Bändern gezierter Strohkorb oder Kraxe, darin das Katherl in seinen rüstigen Jahren allerlei nützliche und kostbare Dinge durch die Lande getragen und an gutwillige Bäuerinnen, deren Töchter und Dienstboten verkauft hatte: Haarpomaden, duftende Seifen, allerhand Mixturen gegen Leberflecke und Hexenmale, feine Fläschlein mit Wasser, das nach Rosmarin oder Lilien, nach Purpurrosen oder Märzveilchen roch; zierliche Kettlein an Hals und Mieder, seidene Halsbänder und steife Schleifen, und dazu viel kurzweilige Späße, Neuigkeiten, Wundermären und sonst gefällige Reden und Weisen.

Ihre Mutter, eine Marketenderin, welche als eine stattliche, handfeste Dirn mit den Tirolern in alle Kämpfe zog, als es galt, dem österreichischen Kaiser und Herrn Leopold seinem Sohn den Thronsessel und die Krone von Spanien zu gewinnen, hatte als getreue Liebste eines Fahnenträgers ausgehalten an seiner Seite, magere Kost und elendes Quartier mit ihm geteilt und ihm endlich, grad als er, von einer Kugel zerschossen, im Sterben lag, das Katherl in den Arm gelegt; hatte ihm nach seinem Abscheiden den kaiserlichen Rock ausgezogen und das arme Würmerl darein gewickelt, die kaiserliche Fahne in die Hand genommen und war als ein rechtes und tüchtiges Soldatenweib, das Kind gleich einem Schleppsack auf den Buckel gehängt, den Männern vorangezogen, bis auch sie, vom Blei getroffen, liegen blieb und ihre Kaiserfahne samt dem zwei Jahre alten Kindl den Tirolern überließ.

Da ward also das armselige Mädlein bald von dem einen, bald von dem andern Siechen oder Verwundeten eine Weile gehütet, bis sich endlich ein christliches Weib im Schwabenland des vater- und mutterlosen Kindes annahm und etliche Jahre um Gottes willen dafür sorgte.

Aber schon rührte sich auch in dem jungen Blut das

unstete und wanderlustige Wesen der Mutter; und da eines Tags ein Kraxenträger durch das Nest gezogen kam und auch im Haus der alten Pflegmutter vorsprach um Schmalz und Eier und sich in liebreicher Weise mit dem kleinen Katherl unterhielt, da hing sich das Kind plötzlich an seinen Hals und bettelte, dass er es doch mitnähme auf seinem Karren. Hörte auch nicht eher auf zu bitten und betteln, bis es ihr der gute Mann versprach.

Gab sie also die Pflegmutter hin und band ihr ein Hemd, ein Röcklein und ein Paar feuerrote Strümpfe in ein Tuch, hing ihr ein Kräglein um mit einer Kapuze und setzte sie auf den Karren zu den Eierkörben und Schmalztöpfen.

Da lachte das Mädlein und schrie: »Hü, hott!«, und fuhr dahin.

Also wanderte der gute Kraxenträger wohl etliche Jahre mit ihr durchs Schwabenland, durch Bayern und bis gegen die Berge, wo es dem nunmehr zehnjährigen Jungferlein dann so wohl gefiel, dass es alle Lieb für den guten Kraxenträger vergaß.

Sie verkroch sich also etliche Tage in Streuschuppen und Holzlegen, bis der trostlose Alte endlich nach hartem Suchen ohne sie weiterfuhr.

Da fand man sie halb verhungert und ganz ohnmächtig in einem Schuppen und übergab sie der Gemeindemutter, die sie nach langem Sträuben endlich aufnahm und eine kleine Zeit behielt, bis das Mädel wieder wohlauf war; alsdann vermittelte man den Balg, den fremden, zu einem Bauern als Gänsedirndl, wobei sich das Kind eine Weile ganz wohl fühlte, bis wieder der Laufteufel über sie kam und sie eines Tags mitten vom Gänsehüten davonlief und sich weit ins Gebirge hinein wandte, hungernd und bettelnd und doch munter singend.

Sie wurde auch bald da, bald dort aufgehalten und zur

Arbeit eingespannt, blieb aber nirgends länger denn etliche Wochen und kam endlich bis ins Tirolerland, da sie dann einen Kraxenträger fand, der sie mitnahm, erst als ein Pflegkind, bald aber als sein Lieb und Gespons.

Nun war das Katherl ein gar wildes und ungebändigtes Ding, konnte nicht lesen und nicht schreiben und hatte sein Lebtag keinen andern Unterricht gehabt, denn jenen bei dem rauen, alten Kraxenträger und der guten Pflegemutter; welches Unterweisen aber mit ein wenig Rechnen und ein paar frommen Bibelsprüchen sein Bewenden hatte.

Musst also dieser Geselle manchen alten Strauß mit der wilden Katz ausfechten und großen Fleiß gebrauchen, sie ein wenig handlicher und manierlicher zu schaffen für das Gewerbe, dem er oblag.

Es brachte sie also dieser Kraxenträger nach vieler Müh am End dahin, dass sie gleich ihm den Korb auf den Buckel nahm und den Weibsleuten dies und jenes aufschwatzte.

Und da sie bald einen guten Begriff von solchen Händeln bekam, wusste sie dies Geschäft schließlich zu einem ganz einträglichen zu machen, gab den Weibern allerhand Ratschläge in geheimen Anliegen und spielte nicht selten um klingende Münze die Kupplerin und Vermittlerin in Ehe- und Liebessachen.

Am Ende trennte sie sich von ihrem langjährigen Genossen und zog nun, abenteuerlich gekleidet und herausgeputzt, mit ihrem Korb durch die Berge, hatte bald diesen, bald jenen Liebhaber, kam wohl auch zu den Schlössern reicher Adliger, bei denen sie als ein fremdes Wunder viel beschaut, als bildschönes und kurzweiliges Frauenzimmer wohl auch daselbst etliche Zeit aufgehalten und gar fein gehalten und bedient wurde.

Sie zog schließlich als Tiroler Katherl von Schloss zu

Schloss, ging auch in Städte und führte ein abenteuerliches Leben, bis sie schließlich in die Jahre kam, da aus der Buhlerin gemeiniglich eine Beterin wird.

So hatte sie sich im Laufe der Zeit ein schönes Häuflein Gulden erspart und fing also an, dieselben wohl einzuteilen, dass sie, wie sie vermeinte, so zwanzig Jährlein davon könnt zehren, bis sie der Gevatter Sichelmann auf die Totengabeln nähme. Zog also in das bayrische Zell und führte da ein beschauliches Leben.

Nun aber war sie längst ihre hundert Jahre alt; die Gulden hatten sie alle verlassen, und der Gevatter wollt immer noch keine Freundschaft mit ihr halten; da suchte sie eine andere, schloss sich an die Totenwäscherin von Bayrischzell an und nahm bei dem bleichen, kinderreichen Weib, dessen Ehewirt ein Flickschneider und Säufer war, die armselige Logis, in der ich sie nun fand.

Sie bot mir einen wackligen Hocker an und setzte sich auf das Bänklein neben dem Himmelbett, wickelte den groben, hölzernen Rosenkranz, den sie grad in der Hand hielt, um die Finger und begann, mich des Langen und Breiten um mein Herkommen, meine Heimat, meine Eltern zu befragen, schwatzte viel über sich und über den Bilderthomas, den sie vor vielen Jahren schon kennen gelernt hatte, als er noch ein gar sauberer Bursch gewesen war, und sagte zu guter Letzt, dass sie gern und mit Freuden den Tag vor Lichtmess kommen wollt, worauf ich eilig zurücklief und dem alten Vater diesen fröhlichen Bericht gab.

Der verwunderte sich zwar immer noch über mein aufgeregtes Getue und sagte: »Dass dir nur dein Gaul nicht durchbrennt, wennst ihn gar so aufs Rennen schickst! Hätte nicht gemeint, dass du dich so schnell an meiner Suppe abgegessen hättest; aber ich will dich nicht aufhalten, wenn's dich nimmer freut bei mir!«

Danach nahm er ein Stricklein und begann, an mir zu messen; »denn«, meinte er, »mit so einer abgeschabten Kluft in die Fremde zu gehen, das taugt nicht.«

Worauf ich ihm erwiderte: »Hab's doch gar nicht im Sinn, in die Fremde zu gehen! Bloß so ein paar Ortschaften möcht ich sehen, andere Leute möcht ich kennen lernen, und eine Weile fortwandern möcht ich. Danach geh ich ja wieder gern zurück zu Euch!«

Der Alte aber schüttelte immerfort den Kopf, und am Ende sagte er: »Glaub nix mehr! – Des Eichkatzl, das mir selbiges Mal ausgekommen ist, hab ich nimmermehr gesehen; hab's auch schon über fünf Jahre gehabt!«

Ich meinte: »Das ist doch was ganz anderes! Da wird halt ein Raubvogel drüber gekommen sein, oder es hat nimmer heimgefunden aus dem Holz!«

»Ja, ja«, sagte da der alte Vater seufzend; »kann schon sein; dahin is dahin.«

Damit nahm er seine Pelzhaube und den Stecken, holte etliche Gulden aus der Truhe, hing den Schafpelz um und ging, mir eine Kluft zu bestellen.

Er kam also auf den Abend heim und brachte ein schönes Tuch mit, ein oder zwei Ellen, auch etwas zu einem roten Leibstück, und sagte: »Der Schneiderkaspar kommt morgen zum Nähen.«

Danach ging er gleich und legte sich schlafen, so dass es mir recht unwirtlich vorkam in der Hütte und ich also auch, ohne ein Bisslein zu essen, in mein Heu kroch.

Ich konnte auch den andern Tag nicht recht froh werden, obgleich der Schneiderkaspar, ein gar loser Spaßmacher, bald ein witziges Wort, bald eine närrische Gebärde vorbrachte, auch keinen Augenblick das Maul hielt und bei jedem Nadelstich ein anders Grimassengesicht machte; er wusste alle lustigen Schwänke, die man sich im ganzen Umkreis seit undenklichen Zeiten erzählte; er kannte alle Schelmenlieder, die man in den Tälern und auf den Almen sang, und berichtete alle Lächerlichkeiten der Leute, bei denen er gearbeitet hatte.

So wusste er, dass die Strieglerin ihren Ehemann einmal im Schubkarren aus dem Wirtshaus heimgefahren hätte, weil er schon so voll war, dass ihm das Stehen nicht mehr geriet. Er war auch dabei gewesen, wie der Bühlermartl seine Alte bis zum Hals in den Misthaufen eingrub, weil sie die Gicht so plagte. Hatte auch den Strohriegler, jenen Schelmen, noch gekannt, der beim Pfarrer einen raren Schinken aus dem Rauchfang stehlen wollt und dabei in den Backtrog herunterfiel, darin die Köchin den Brotteig auf die Wärme gestellt hatte zum Aufgehen. Durch das Gepolter waren diese und auch der Pfarrer erwacht, und sie hatten den Dieb noch brav herumgewälzt in der Teigschüssel und danach aus dem Haus gejagt, über und über voll Teig.

Indes nun der Schneider solche Schwänke auftischte und Kurzweil trieb, saß der alte Thomas hinterm Ofen und rahmte seine Bilder, leimte und nagelte und hielt sich dazu ernst und schweigsam.

So gingen also die zwei Tage hin, während der mir der Schneider einen gar ordentlichen Habit zusammengezimmert hatte, darin ich aussah wie ein junger Bauer aus Zell, so dass auch der alte Vater wieder ein Lächeln fand und ein gutes Wort, als ich mich dafür bei ihm bedankte.

»Ei, tausend, tausend!«, rief er aus; »jetzt bist es aber, der Kronenbauer von der Sonnenseite! – Jetzt werden dir aber die Weiber nachschauen, schätze ich!«

Da fiel mir das Kathreinl ein, das nun schon ein Jahr des Lackenschusters Hausfrau war. Ob sie wohl noch manches Mal an mich dachte? – Ob es ihr wohl gut erging beim Anderl? – Und ich wurde still und nachdenklich und hörte kaum auf die Rede des alten Thomas, der mich vor den Weiberkitteln warnte und vor zu vieler Kameradschaft.

Also kam der Tag vor Maria Reinigung oder Lichtmess, und ich stand schon in aller Früh vor Taggrauen auf, schmierte meine Schnallenschuhe, nahm das feine Haarkettlein der seligen Irscherin aus dem Säcklein, darin ich es verwahrt hielt, zog meine weißen Strümpfe an und strählte mir das Haar wie ein Herrischer.

Konnte es auch kaum erwarten, bis das Tiroler Katherl angehumpelt kam, und schaute wohl hundertmal nach ihr aus, bis ich endlich ihren roten Kittel hinterm Schneefeld leuchten sah.

Der alte Vater betrachtete mit geheimer Freude meine Erregung; doch sagte er nichts und lächelte nur still in sich hinein, indes er ein Täflein ums andere in den Korb packte.

Da fielen mir meine Schnitzmesser ein, und ich steckte sie eilends in die neue Hosentasche, obgleich ich keinen Gedanken trug, länger als der Vater Thomas fortzubleiben.

Unterdessen war es Zeit geworden zum Gehen, und wir aßen noch jeder einen Topf voll Milchsuppe, banden uns ein Stück Speck und einen Scherz Brot ins Tüchl, nahmen den Gehstecken und sagten dem Katherl Pfüat Gott.

Es trug also der alte Vater seinen hoch aufgerichteten Bilderkorb am Buckel, indes ich ein leichtes Ränzel, darin mein bissel Hab verschlossen war, lustig auf dem Rücken tanzen ließ. Also verließ ich dies geruhsame Häuslein, wie ehedem der verlorne Sohn getan und seine gute Heimstatt gegen die fremde Wildnis vertauscht hatte aus reiner Mutwilligkeit und Undank.

Die Marktreise

Da wir durch Bayrischzell wanderten, war es eben um die neunte Morgenstunde; die Glocken des alten Klosterkirchleins läuteten zusammen, und gegen den Friedhof hin bewegte sich ein langer Leichenzug.

Sechs Jungfrauen in weißen Gewändern und hohen, schwarzen Pelzhauben trugen den Sarg, sechs gingen mit brennenden Kerzen nebenher; dahinter qualmte und duftete der Weihrauch; ein alter Priester las still in seinem Buch, der Schulmeister schritt gemessen hinter ihm drein, und dann folgten, gedämpft vorbetend, die Männer und Jünglinge: »Und gebenedeit ist die Frucht deines Leibes, Jesus, o Herr, gib ihr die ewig Ruh!«

»Und das ewige Licht leuchte ihr, heilige Maria, bitte für uns arme Sünder ...«, beteten die Weiber und Kinder nach und ließen ihre Rosenkränze durch die Finger gleiten und schauten mitleidig auf das alte Weiblein, welches wohl in der Abgestorbenen ihr Kind so kläglich beweinte; denn sie tat ganz trostlos und übel.

Wir nahmen unsere Hüte ab und blieben stehen, bis der Sarg schwankend durch die Gittertür des Friedhofs getragen war und die Menge dicht gedrängt die offene Grube umstand, indes der Pfarrer mit dem Schulmeister die Grabgebete absang.

Dann gingen wir schweigend unsern Weg weiter.

Ringsum leuchteten die schneebedeckten Berge in der Sonne, feine Eisstäublein flogen in der kalten, klaren Luft, und der fest gefrorne Schnee gurrte und knarrte unter unsern Tritten.

Bald lag das Dorf mit seinen niedern Holzhäusern, Schneedächern und leise rauchenden Kaminen weit hinter uns, das Glockengeläute drang nur noch wie ein Hauch im Wind ganz verloren in das Waldtal herüber, und endlich waren wir einsam und weit weg von allem und stiegen langsam empor zum Ursprung der Leitzach.

Ein kleiner Bergsee lag hier mit einer Fischerhütte am jenseitigen Ufer; eine dünne Eisdecke spannte sich darüber und knisterte und krachte leise unter der Wärme des Sonnenlichts; aus der Ferne schallte das Schlagen der Holzfälleraxt, eine Schar Raben flog erschreckt von ihrem Fraß auf, als wir uns näherten, und wir sahen ein totes Reh im Gestrüpp liegen.

»Das ist erfroren«, meinte der alte Vater, »ist ein harter Winter, das; denk lang keinen solchen mehr, der so jäh gekommen wär und so grausig und streng gewütet hätt!«

Wir stiegen weiter und waren bald bei der Stockermühle und dem Stockersee, aus dem die Leitzach ihre Wasser schöpft. Ein paar Häuslein standen darum, und aus den mit tropfenden Eisblumen überzogenen Fenstern schauten neugierige Gesichter.

Grüßend nickte eins oder das andere; aus der Mühle aber lief ein kleines Büblein und rief uns zu: »Wart ein bissl! Zu meiner Mutter kommen!«

Da hielt der Alte lächelnd inne, wandte sich gegen das Haus und meinte: »Ei, tausend, tausend! Is vielleicht gar etwas Wunderliches vorkommen bei der Mutter?«

Indem trat die Müllerin aus der Tür und rief: »Grüß dich, Thomas! Ein Votiv brauch ich auf Birkenstein! Zwei Buben haben wir! – Und so gut gegangen! – Ganz ohne Kindlweib! – Wie der Müller kommen ist mit der Wunsiedlin, bin ich schon fertig gewesen! – Na, Gott sei Dank und Unserer Lieben Frau!«

Sie bestellte also ein Täflein, gab dem Vater zwei Gulden dafür und bat ihn, dass er's gleich in den nächsten Tagen machte und ihrem Knecht, wenn er hinabkäm, mitgäbe.

Danach wünschte sie uns noch eine gute Zeit und

Gottes Hut und ging hinein, indes wir uns wieder auf den Weg machten.

Wir gingen also weiter, vorbei an der Bäckeralp, und gelangten zu einem einsamen Wirtshaus bei Ursprung.

Da kehrten wir ein, aßen ein wenig von unserm Speck, und der alte Vater ließ ein Krüglein roten Wein auftragen, nannte ihn Tiroler und tat, als hätte er süßen Met, dieweil er mir doch schier wie eine Essigbrühe vorkam; doch wollt ich nicht als ein Schleckermaul gelten und nahm herzhaft etliche Schlucke von diesem Schindertrank.

Indem kam die Frau Wirtin und setzte sich zum alten Thomas, fragte dies und erzählte das und kam am End auf ihre beiden Töchter zu reden.

»Ach, dass ihnen Gott gnädig sei!«, jammerte sie; »hast sie ja recht gut gekannt, alle zwei! – Habs bei den heiligen Frauen gehabt, zu Chiemsee. – Ja. – Und hat die Erste schon die Profess gemacht, und die andere ist im Noviziat gestanden. – Ach, dass es Gott erbarm! Alle zwei hab ich sie da! – Ach, über den Frevel! Alle Klöster zusperren, die heiligen Leut vertreiben und das schöne Klostergeld einschieben! – Thomas, mich deucht, es is nimmer weit zum Antichrist!«

So klagte die gute Seele; der Thomas aber schüttelte den Kopf und meinte: »Glaub's nicht! Es langt noch nicht! Die Welt muss noch viel schlechter werden!«

»Ja, was denn gar!«, schrie die Wirtin auf. »Noch schlechter! – Gibt's vielleicht noch etwas Schlechteres als wie des, wenn der Kini und der Kaiser schön still zuschaut und sein Pfeiferl raucht, währenddem dass die andern alle Klöster zusperren, die Kirchen zusperren, die Messgewänder stehlen und die allerheiligsten Sachen, und nicht amal unsern lieben Herrn selber verschonen! – Is das nicht schlecht, wenn so ein armes Mädel, des wo nix kennt hat als wie ihre Klosterzelle, ihren

Herrgott und ihren Rosenkranz, wenn das jetzt auf einmal in der sündhaften Welt heraußen herumkugeln muss, die heilige Unschuld verliert und etwa gar noch Kinder kriegt! Wenn das nicht traurig genug is und net schlecht genug is, Thomas, dann weiß ich nimmer!«

Sie hatte einen brennroten Kopf aufgesetzt, die Wirtin, und stand wild vor dem Vater, der nachdenklich trank, sich ein Pfeiflein stopfte und dazu bedächtig die Achseln zuckte.

Da ging die Tür auf, und herein traten zwei liebliche Jungfern in schwarzen Wollgewändern; die eine mochte ein paar Jährlein älter sein als die andere, die ich auf etwa zwanzig schätzte.

Die Ältere hatte ein gar schmales, weißes Gesichtlein, große Augen, die ängstlich und scheu von einem zum andern sahen; um die kurz geschnittenen Haare trug sie ein feines Netz, das über der Stirn mit einer samtenen Schleife geziert war.

Die Jüngere aber, ein rotbäckiges Mädlein mit lustigen Augen und lachendem Wesen, hatte den Kopf ganz voll dunkler Ringellocken; sie lief sogleich an den Tisch, begrüßte uns freundlich, indes die andere sich schweigend in eine Ecke setzte, und sagte: »Grüß euch Gott beieinander! – Seids auch schon so weit heroben heut! – Wo geht's denn hin, wenn die Frag erlaubt ist?«

»Auf Kufstein«, erwiderte der Thomas lächelnd, und auch ich brachte ein halblautes Grüß dich Gott heraus.

Das Mädel gefiel mir so gut, dass ich in alle Ewigkeit hätte so sitzen mögen und sie anschauen, indes die Wirtin und sie mit dem Vater schwatzten, über den Handel, über die Märkte, über die Leute und über die Zeit.

Frisch gab die Jungfer auf alles Antwort; und da der alte Thomas sie unversehens fragte, ob sie denn nicht Sehnsucht hätte nach dem Kloster, da lachte sie gar hell und rief: »Nein, Vaterl, gewiss net! – Kommt mir viel schöner vor daheim bei der Mutter jetzt; viel schöner wie zuvor!«

Und sie tat so lieblich mit der Wirtin, dass diese ganz stolz sagte: »Ja, meine Rosl hat mich alleweil schon mögen! – Die hält zu ihrer Mutter, da fehlt sich nix!«

Dann warf sie einen finstern Blick ins Eck, wo die andere Tochter still in einem Buche las, und fuhr fort: »Die hat sich auch gleich wieder eingewöhnt daheim, meine Rosl; die hilft mir in allem und hängt nicht so brütend herum wie die gluckende Henne da hinten, die Resli! – Alles zu seiner Zeit! – Das Beten und das Faulenzen is ganz schön – im Kloster –; aber da heraußen in der Welt, da muss man sich rühren, da muss man anpacken! – Sagst es nicht auch, Thomas?«

Der Vater war um die Antwort verlegen; er richtete unaufhörlich an seiner Pfeife, trank bedächtig und sagte schließlich, indes die bleiche Dirn gedrückt aus der Stube ging: »Sie wird halt nimmer recht taugen für die Welt, denk ich. Musst sie halt wieder wo reinstecken ins Kloster! – Wird schon irgendwo eines sein, wo du sie reingeben kannst!«

Die Wirtin wollte auffahren, da legte die Rosl ihre Hand vor den Mund der Mutter: »Nicht schimpfen, Mutter! – Der Bilderthomas hat schon Recht; sie sollt halt wieder wo hin in ein Kloster; ich bleib ja da bei dir!« Ich hätte wohl auch haben mögen, dass mir das Mädel hätt so schön getan!

Aber der alte Thomas warf mir jäh einen Stein in mein Glashaus: »Was is meine Schuldigkeit?«, fragte er, zog den ledernen Geldbeutel mit dem Wieselgebiss an der Ziehschnur aus der Hosentasche und legte seine Kreuzer hin, nachdem ihm die Wirtin geantwortet: »Des weißt ja eh, Thomas; das Krügl einen Sechser!«

Es hieß mich also der Alte austrinken, klopfte seine Pfeife aus und schob sie ein, nahm seine Kraxe auf den Buckel und sagte den zwei Frauen Pfüat Gott.

Nun musste ich wohl oder übel ein Gleiches tun; tat aber noch mehr und drückte dem saubern Mädel noch gar fest die Hand zum Abschied, wozu sie freundlich lachte, und ich sagte mit großem Ernst zu ihr: »Wir werden uns wohl amal wieder sehen! Pfüat Gott derweil!«

Ich hatte auch einen gar heißen Kopf bekommen bei solchem Abschied; nun ich aber vor die Tür trat in die frische, kalte Winterluft, da wurde es mir bald wieder kühl in meiner obern Stube; ich tat einen hellen Juchzer und trabte munter hinter dem alten Vater drein, bis wir hinab ins Landl kamen.

Nun mag ich auch nicht versäumen, zu melden, dass wir unsere Sachen durchsuchen lassen und unsre schuldige Zollabgabe entrichten mussten, als wir das österreichische Land betraten; da dann der alte Thomas aus der linken Hosentasche einen neuen Lederbeutel zog und dafür den alten hineinsteckte.

Denn jetzt hieß es mit anderer Münze zahlen denn daheim im Bayernland.

Ich muss aber sagen, dass mir die Füße nicht schwerer wurden im Tirolischen; ging ja auch allweil bergab auf der Straße ins Landl, wo es mir gar wohl gefiel. Stand ein schönes Jagdschloss auf einem Hügel, ein kleines Kirchlein darunter und etliche Holzhäuser, deren Fachwerk fein geschnitzt und bemalt war, und konnte man auch eine gar schöne Inschrift lesen über der Tür eines Wirtshauses, die also hieß:

»Ich leb, weiß nicht, wie lang,
Ich sterb, weiß nicht, wann,
Ich fahr, weiß nicht, wohin,
Mich wundert, dass ich fröhlich bin.«

Es hat mich wohl ein gelindes Schauern erfasst beim Lesen, und muss auch heut, da ich doch schon fast betagt bin, dieser Worte gedenken und manches Mal mein Lachen dämpfen, wenn ich gleich mitten in der Lust bin.

Der alte Vater spürte kein Gelüsten, in diesem Ort zu verweilen; er schnitt sich bloß ein Stücklein von seinem Brot ab und aß es unterm Gehen, indes uns aus den niedern Fenstern die Leute neugierig nachsahen.

Nun war's ein gar schönes Wandern zwischen den schneeglänzenden Bergen; uns zur Seite rann ein klares Bächlein, das bald hüben, bald drüben mit einem Bergwässerlein zusammenkam, bis es endlich als breite Ache zu unserer Linken hinter den Bergen verschwand, indes wir uns mehr gegen Mittag hielten.

Hier wurde das Tal breiter, und wir kamen etwa ums Zwölfuhrläuten an den Schröcksee, wo wir ein gastliches Haus fanden, von einer alten Base des Bilderthomas geführt, die uns sogleich mit einem Gericht von Hammelfleisch und Rübenkraut bewirtete, einen Krug Wein auf den Tisch brachte und des Langen und Breiten von der ganzen Sippschaft des Alten schwatzte.

Darüber verging die Zeit, und ich wurde in der dunklen, heißen Stube bald müde und schläfrig, legte den Kopf auf den Arm und duselte schön still dahin, bis mich am End der Alte weckte und zum Weitergehen mahnte, zumal wir noch ein gutes Stück bis Kufstein zu wandern hatten.

Da beutelte mich der Frost, und ich klapperte mit den Zähnen, da wir uns auf den verschneiten Weg machten und gegen das Endziel unserer Reise zuhielten.

Die Sonne war lang hinter einem dichten, grauen Nebelberg hinabgesunken; die Mondsichel stand bleich und hoch in einem kleinen, klaren Himmelsfleck, und der Nordwind zog beißend und rau durch mein Gewand.

Der alte Vater war nun ganz schweigsam worden, ging gesenkten Haupts dahin und sah nicht mehr nach mir um; mochte wohl allerhand aus frühern Tagen im Sinn tragen, das die Base wieder ausgegraben hatte aus dem Vergessen. So kamen wir denn ohne viel Lärm und lautes Wesen nach Kufstein, da mir die Mauern und Zinnen der Stadt und die Festung auf dem hohen Felsen gar wunderlich vorkamen in dem Dunkel des Abends.

Hab auch mein Verwundern gehabt an den vielen Häuslein, darin überall die Lichter brannten wie bei einer Kirche; und es hatten auch die Gassen alle Lichter und glänzten da und dort feine Schilder und Wirtshauszeichen im Schein von roten Laternen.

Und indem wir so dahinstapften, kam aus einem alten Torbogen eine gelbe Kutsche gefahren; zwei feiste Schimmel trabten davor, und ein Postillon saß hoch am Bock und spielte auf seinem Horn eine schwermütige Weise und neigte dazu den Kopf bald rechts, bald links, dass der schwarze Buschen auf seinem hohen Hut wie ein Schilfrohr schwankte.

Hab ihm eine gute Weile noch nachgeschaut, da er so traurig spielte, indes die Schimmel gemächlich über die steinige Straße trabten; aber da war das Lied zu Ende, der Postillon knallte lustig mit der Geißel, und in frischer Fahrt bog der Wagen um die Ecke und rollte dahin und aus der Stadt.

Der alte Thomas war derweil immer weitergegangen, ohne nach mir zu schauen, und ich musste lange Füße machen, ihm nachzukommen. Erwischte ihn auch grad noch, ehe er hinter dem Torbogen verschwand, daraus zuvor die Postkutsche gekommen.

Nun war es gar seltsam in diesem Städtlein, dass die Wege nicht wie in andern Orten eben dahingingen zwischen den Häusern, vielmehr stark bergauf führten, so dass wir, da wir auf dem Platz standen, wo den andern Tag der Lichtmessmarkt sollt gehalten werden, das Horn des Postillons gar weit unter uns im Tal verklingen hörten.

Noch eine Weile lauschte ich, indes der Thomas sich unter den aufgeschlagenen Holzständen umsah und nach einem Platz suchte, da er möcht am besten von den Marktbesuchern ersehen werden. Endlich hatte er ein Flecklein gefunden, das ihm günstig schien, und er sagte halblaut zu sich selber: »Alsdann. – Wird schon was gehen. – Das Plätzchen ist nicht übel – gar nicht übel.«

Dann wandte er sich nach mir um, wies nach einem hochgiebeligen Haus, über dessen erleuchteter Tür ein grüner Reifen hing mit einem goldenen Stiefel darin, und sagte: »So, Bübl, jetzt wissen wir unseren Stand. – Jetzt gehen wir in das Wirtshaus und schauen uns wegen der Schlafstatt um; wird schon noch was haben, der Stiefelwirt!«

Und er wandte sich gegen das Haus und stampfte hinein, als hätte er die Schuhe voll Schnee.

Ich folgte ihm müde und frierend in die rauchige Gaststube, da er dann seine Kraxe abnahm, zum Wirt an die Schenke trat und wegen des Quartiers verhandelte; danach schob er mich an einen voll besetzten Tisch und rief: »Alsdann! Da wären wir. – Grüß Gott, beieinander! – Gibt's noch ein Plätzchen oder zwei vielleicht?«

»Ah, der Bildermacher!«, schrien da die Männer. »Freilich gibt's Platz! Freilich! – Setzts Euch nur her!«

Und sie rückten ganz eng zusammen und schoben ihre Krüge und Gläser vor sich hin, indem sie sich neugierig über mich, den Neuling, hermachten: »Was habts denn da für einen dabei, Thomas? – Wo habts denn das Kerlchen aufgeklaubt? – Is des schon ein Sohn?« Bis der alte Vater, der erst eine Weile schmunzelnd hingehört und sich seine Pfeife hergerichtet hatte, unwillig wurde und ihrem Gefrage wehrte: »Nur gemach, Leutln; nur gemach! – Nur nicht so wild tun! – Kommt alles noch mit der Zeit!«

Dann ließ er sich einen Krug Bier bringen, hieß mich antrinken, fragte mich nach meinem Hunger und sagte, da ich nur nach einem Strohsack verlangte aus übergroßer Müdigkeit: »Hat wieder einmal einer die Augen größer gehabt wie das Maul! – Mich dünkt, für heut is dir die Welt schon groß genug gewesen! – Wirst nicht gar zu weit rumkommen, wenn dir die Füß nicht länger wachsen, denk ich! – Da darf unser Herrgott schon einen Zaun rumsetzen um des Fleckerl, des wo du Welt heißt, damit dass du nicht irr gehst auf deiner Wanderschaft! – So, und jetzt gehst mit der Stasi rauf, dann zeigt sie dir deine Lagerstatt!«

Ich musste also diese spöttische Rede über mich ergehen lassen, darüber die Männer gar lustig lachten; ich sagte aber nichts drauf als: »Gute Nacht beieinander!« und ging hinaus, fragte nach der Stasi und ließ mich von der feisten Kucheldirn mit den klappernden Holzpantoffeln und dem fettglänzenden Gesicht hinaufführen unters Dach, wo in einer niedern Kammer mit winzigen Guckfenstern etwa zehn Strohsäcke auf dem Boden lagen, auf jedem ein dünnes Hauptpolster und eine raue Zudecke ohne Federn.

Wies mir also die Stasi den letzten Strohsack hinten im Eck an, wünschte mir eine glückhafte Nacht und ging.

Da trat ich an eins der vereisten Fenster, öffnete es und tat noch einen Blick hinaus auf die hohen Giebel und schneebedeckten Dächer, schaute noch hinauf zu der hohen, dunklen Festung und zu dem stillen Nachthimmel mit seinen flimmernden Lichtern und legte mich danach müde und ohne Nachdenken aufs Stroh, da ich alsdann nach wenigen Augenblicken schlief und keinen von den andern Nachtgästen mehr kommen hörte, als sie nach langer oder kurzer Weile ihren Tag beendeten und sich hinlegten: der Lebkuchenbäcker zum Seifensieder, der Leinweber zum Kräuterkrämer und der Holzschuhmacher zum Nagelschmied, ohne Brotneid und ohne Argwohn, auf die Treue des Nachbars bauend und sein Handwerk achtend nach rechter Weis; indes draußen der Nachtwächter durch die Gassen stapfte und sein Stundenlied sang, das ich aber erst vernahm, als er grade vor dem Wirtshaus die vierte Morgenstunde anblies und dazu sang:

»Hört, ihr Herrn, und lasst euch sagen:
Unsre Glock hat vier geschlagen!
Vierfach ist das Ackerfeld,
Mensch, wie ist dein Herz bestellt,
Auf! Ermuntert eure Sinnen,
Denn es weicht die Nacht von hinnen!
Danket Gott, der uns die Nacht
Hat so väterlich bewacht!«

Allerhand um fünf Kreuzer

Allmählich wurde es nun in unserer Herberge auch lebendig; der eine hustete, der andere räusperte sich, der dritte seufzte, und der vierte drehte sich raunzend um. Vor der Kammertür ging's trab-trab die Stiege auf und ab, und die Stasi klopfte nach einer Weile und stellte eine Laterne herein, indem sie rief: »Auf in Gottes Namen! Tagen tut's!«

Schob also einer nach dem andern die Zudecke zur

Seite; der eine seufzend, der andere fluchend, wie es halt grad in der Natur eines jeden lag, und fuhr jeder in die Hose mit viel Gebrumme und Gestöhn.

Der alte Thomas hockte schon auf einem Bänklein und mühte sich mit Schelten und Schnaufen, die Füße in seine langen Schaftstiefel zu zwängen, als mir einfiel, dass ich jetzt wohl auch aufstehen müsse.

Ich kroch also fröstelnd unter meiner Decke heraus, streckte mich gähnend und schlüpfte dann eilends in meinen Habit, fuhr mit den Fingern durch die Haare und ging schließlich den andern nach, die grade mit dem Anziehen und Aufbetten fertig waren und nun aus der Kammer traten; und es liefen alle die Stiege hinab und hinaus in den Hof, da einer aus dem Ziehbrunnen einen Eimer voll Wasser wand. Daraus schöpfte sich jeder die beiden Hände voll, schüttete sich's ins Gesicht und rieb sich gehörig ab; danach musste man die feiste Kucheldirn um das rupfene Handtuch bitten, woran sich jeder sein Gesicht und die Hände wischte und der Magd einen Kreuzer verehrte.

Ich tat auch wie die andern und griff in die Hose, denkend, dass ich ja ganz ohne Geld wäre; aber da zog ich einen kleinen Beutel heraus und fand ihn gefüllt mit lauter Silberkreuzern, dass ich erschrak. Gab also der Stasi ihre Lohnung und lief eilends hinauf in die Kammer, dem Vater zu danken für seine gütige Vorsorge; doch fand ich ihn nicht mehr droben und machte nachdenklich mein Bett. Dann öffnete ich ein Fenster und sah hinaus und horchte auf das Brüllen des Viehs, das auf den Markt getrieben wurde und nach seinen Stallgenossen schrie, indes die Treiber fluchten und mit der Geißel knallten.

Allmählich verblassten die Sterne, und ein gelblicher Streif am äußersten Himmel kündete den Tag an; drunten leuchteten Laternen auf, Lichter bewegten sich hin und her zwischen den Marktständen, und ein Hammer dröhnte in festem Schlag. Bald wurde es lebendiger, Männer schwatzten, erbrachen Kisten, nagelten an den Ständen; Weiber liefen hin und wider, hingen Tücher um die nackten Holzgestelle und Schautische, und ein wunderlicher Wagen, der einem fahrenden Häuslein glich, hielt auf dem Platz. Eine Drehorgel ertönte, und ein paar Kinderstimmen riefen: »Der Prater kommt! Heut wird Prater gefahren!«

In diesem Augenblick hörte ich den alten Thomas hinter mir rufen: »Ei, tausend! Da steht er ja! – Was hängst denn lang da rum? Dein Milchbrei wird kalt!«

Ich wandte mich nach ihm um und dankte ihm für das schöne Geld, dabei er aber abweisend mit beiden Händen fuchtelte und rief: »Meine Ruh! Meine Ruh! – Wirst sie schon anbringen, die paar Gräten; und wennst nicht auskommst damit, nachher sagst es, dass ich dir noch was geb!«

Ei! So gut hätt er's mit mir gemeint, der alte Vater! Aber mir deuchte allein mein Beutel voll schon ein Heiratsgut in diesem Augenblick, und ich wies seine Lieb gar heftig ab, so dass er lachen musste über meinen Eifer.

Nun gingen wir hinab in die Wirtsstube, da schon allerhand Gäste bei der Frühmahlzeit saßen: die einen bei der Brennsuppe oder Milch, andere bei Schnaps und Käse oder Wurst und Bier.

Ich aß mit gutem Hunger und hing danach mein Ränzel wieder um; alsdann folgte ich dem Thomas, der etliche Bretter von seinen Genossen erbat und nun an dem Platz, den er sich ausgesucht hatte, seinen luftigen Stand aufrichtete.

Zu seiner Rechten hatte er den Messerschmied als Nachbarn und zur Linken den Lebkuchenbäcker; die gaben ihm gern ein Gestell ab, worauf er seine Bretter legte und ein rotes Tuch darüberbreitete.

Ich half ihm noch beim Auspacken und Aufstellen der Täflein und ließ mir danach Urlaub geben; denn inzwischen war es heller Tag worden, und mich gelüstete es, die Stadt zu besehen und die hohe Burg.

Der Alte zwinkerte mit den Augen, als er meine Red hörte, und meinte: »Trau dir nur nicht zu weit! Könntest am End nimmer zurückfinden zu mir! – Aber – wie dir halt ist! Ich red dir nix ein!«

»Ich komm bald wieder!«, sagte ich. »Und wenn ich allein nimmer zurückfinde, wird mich schon einer zurück weisen! Gute Geschäfte derweil!«

Und ging also; beschaute mir erst den Platz und die Häuser beim Markt und machte mich danach weiter auf den Weg, den Burgfelsen zu ersteigen.

Kam aber nicht weit; denn da standen ein paar wilde Soldaten und plärrten mich an, dass ich sollt schleunigst umkehren, wenn ich nicht als ein Landspion wollt verhaftet und erschossen werden!

Hei! Da wandte ich meine Füße gar schnell und lief, als hätten sie mich schon beim Genick!

Hätte bald ein altes Männlein über den Haufen gerannt bei solchem Stürmen; der schaute mich verwundert und voll Schrecken an und rief, indem er ein großes Kreuz schlug: »Um Christi Blut! – Sind sie vielleicht schon wieder da beim Brennen und Schießen?«

Und da ich ihm nichts erwidern konnte, schüttelte er die Faust gegen das flache Land und grollte: »Da sind sie draußen, die Teufeln! Haben uns alles zu Grunde gerichtet um und um, die französischen Hund! – Aber kriegt haben sie uns doch nicht! – Ha, ha, ha! – Aber der Bayer wenn kommt – Bua – der Bayer –«, er fasste mich an der Schulter und wisperte mir das Letzte ins Ohr und sah sich scheu um – »da – glaube ich – hilft's nix mehr! Da nutzt keine Stadtmauer und keine Burgmauer – der frisst uns mitsamt unserer Geroldsburg da droben! – Bua, ich sag dir grad so viel: Der Napoleon und der Teufel – die zwei sind eins. Die haben Arm, so lang, dass sie die ganze Welt umfangen können – und Kufstein auch!«

Und da er dies gesagt hatte, steckte er den Kopf nachsinnend zwischen die Achseln und ging weiter.

Ich aber hatte nun genug von meiner Reise und betrachtete nachdenklich die himmelhohen schneeigen Bergwände und Zacken, die aussahen wie eine unbezwingliche Mauer, die unsere zeitliche Welt von der andern, so man das Jenseits nennt, scheidet.

Leichtes Gewölk hing um die Zinken und Berggipfel, und darüber schien die Sonne mit blendend hellem Glanz und löste mit ihrer Wärme die Nebel in den Tälern und Schluchten, dass sie wie Spinnweben wurden und verflogen.

Allmählich wandte ich mich um und schaute nieder ins weite Land über die grauen Mauern und Zinnen der Stadt, da der breite Innfluss wie ein silbernes Band durchs Gau floss, wo mancherlei Örter zwischen bewaldeten Hügeln und beschneiten Fluren lagen und ringsum hohe Felswände gen Himmel ragten.

»Ist gar ein schönes Stück, dies Land!«, dachte ich bei mir; »wäre schad, wenn's der Feind etwa verwüsten möcht!«

Und ging wieder zurück und dem Markt zu, da die Händler hinter ihren Ständen hockten, über schlechte Zeiten jammerten und in die Finger hauchten, um sich zu erwärmen.

Auch der Vater Thomas stand blasend und die Hände reibend da, trippelte und stampfte auf dem hart gefrornen Boden und rief mich an: »He, Bürschl! Hat die

Weltreise schon ein End? Kribbeln dir die Füße vor Kälte, gelt; brauchst was zum Aufwärmen, wie ich!«

Dabei griff er mit seinen erstarrten Fingern in die Hosentasche, gab mir etliche Kreuzer und wies nach dem mit roten Tüchern gezierten Stand einer Schnapsbrennerin: »Schau! Da vorn hat die Enzianlies ihren Stand! Is eine gute Kameradin von mir und säh es gar nicht ungern, dass ich sie zur Bilderthomassin machen tät; also, sagst ihr einen Gruß von mir, und ich hätt das Aufwärmen vonnöten!«

Dazu lachte er lustig und schaute mir nach, indes ich durch die Reihe der Händler schritt.

Fand also die alte, wunderlich aufgeputzte Schnapslies, da sie grad ein Sträußlein Rosen aus Goldpapier auf ihren turmhohen, spitzen Hut steckte und dazu mit rauer Stimme das Lied sang:

»Duftendes und Rosenblüt
Steck ich an den Hut, an den Hut,
Die Henn hat ein Ei ausbrüt,
Des is nix für gut!
Der Gockl hat keinen Mut gehabt,
Hat sich nix traut, nix traut,
Sonst wär des Ei was worden,
Und ich wär eine Braut!«

Ich blieb vor ihren Flaschen und Fässlein stehen und hörte zu, bis sie sich nach mir umwandte und geschäftig fragte: »Kleiner, was fehlt dir? Nicht ein Glaserl gefällig von meinem selber gebrannten Enzian?«

Da verlangte ich meine Sache und entbot ihr auch den Gruß vom Alten, darüber sie eine närrische Freud zeigte und sogleich dickbauchige Steinkrügel aus einem besonderen Fässlein füllte und dazu sagte: »Freut mich schon recht, sagst ihm, dass er noch an mich denkt, der

Beham! Soll sich nur gut aufwärmen, mein alter Kamerad, sagst, und ich dank ihm viel und oft für den Gruß!«

Und da sie mir die Krügel in die Hand gab, rannen ihr ein paar dicke Tränen über die faltigen, blau gefrorenen Wangen, und sie fragte mit ängstlicher Stimm: »Bist etwa gar schon ein junger Beham? – Hat er vielleicht gar schon ein Weib, der Thomas? – Des wär mein Tod, Bua!«

»Nein, nein!«, sagte ich lachend; »der is noch alleweil allein in seiner Hütte; jammern tut er ja schon hie und da um eine Hausfrau – aber –«, ich hielt inne, um die Alte nicht noch närrischer zu machen; denn sie konnte die Augen fast nimmer von meinen Lippen wenden, dieweil ich so redete; »was kostet mein Schnaps?«, fragte ich und hielt ihr meine Münzen hin.

»Fünf Kreuzer für meinen Kameraden, sagst!«, erwiderte sie mir mit fröhlicher Miene; »und einen Gruß tust mir bestellen an den Thomas, und dass der Lies das Warten nicht zu lang wird, und sollt's nochmal zwanzig Jahrl anstehen, bis er kommt! …« Das andere hörte ich nimmer; denn ich lief, ihr ein kurzes Pfüat Gott zurufend, mit meinen Krügeln davon.

Der Thomas schaute schon nach mir aus und empfing mich halb lachend und scheltend: »Gar schon! – Hab gemeint, du bleibst gleich dort! – Hat dich wohl schon als ihren Ziehbuben protokolliert, dass du so lang zu schwatzen gehabt hast mit ihr!«

Ich hatte wohl Lust, dem alten Schelmen sein Getue mit einem losen Wort zu schlagen; sagt's aber lieber nicht, indem ich bedacht, der Alte möcht schon seinen guten Grund haben, dass er der liebestollen Schnapslies so spottete.

Und da er mir zu trinken bot, tat ich es willig und trollte mich danach wieder davon, den Markt weiter zu besehen.

Da standen und lehnten allenthalben die Handwerker und Handelsleute, hatten die Hände im Gewand vergraben und schrien einander ihre Klagen über die unruhigen, schlechten Zeiten zu, lobten, kaum ich an einen Stand trat, ihre Ware mit vielen Worten und machten, dass ich, noch ehe man von der Sankt-Veits-Kirche drüben zum Mittag läutete, meine Taschen gefüllt hatte mit verschiedenen Dingen, indes mein Beutel allmählich um vieles lockerer ward.

So hatte ich fünf Kreuzer gezahlt für ein karmesinrotes Halstuch aus florentinischer Seide, und sagte mir der Händler im Vertrauen, dass der Kaiser von Ninive das nämliche von ihm um zehn Kreuzer gekauft hätte. Fünf Kreuzer gab ich für ein zierliches Besteck, das man in ein ledernes Behältnis schließen und in der Hosentasche verwahren konnt; fünf Kreuzer für ein feines Büchlein, darin von einem jungen Abt zu lesen war, der eine tiefe Lieb zu einer Maid gefasst und zum End sich selber den Tod gegeben hatte aus übergroßem Leid, da sie einen andern nahm zum Ehemann; dabei ich wieder in heftigem Schmerz an mein liebes Kathreinl denken musst.

Konnte auch nicht anders – musste mich auf eine einsame Steinbank hinter dem Friedhof Sankt Veit setzen und das Büchlein vom Anfang bis zum Ende lesen, und kam unversehens dabei ins Brüten und Sinnieren, bis mich plötzlich ein lustiges Lachen daraus aufscheuchte und ein abenteuerlich gekleideter Bursche einen roten Zettel in mein Büchlein fallen ließ, worauf eine wunderliche Anzeigung stand: Im Wirtshaus zum Hirschen sollt denselben Abend ein ergötzliches und feines Theaterstück aufgeführt werden, das den Titel trug: Kätherlein, die schöne Kupferschmiedstochter, und der Teufel. Als besonderer Glanzpunkt der Vorstellung waren hervorgehoben und angepriesen: die wunderseltsamen Zauberkunststücke des Magister Zaranka, der als Teufel die Jungfer Kätherlein auf offener Bühne verzaubern wollte. Jedermann war dazu gar höflich eingeladen gegen ein Eintrittsgeld von fünf Kreuzern, und jeder Gast sollte nach der Vorstellung vom Direktor ein artiges Andenken zum Geschenk erhalten.

Ich überlas die Anzeigung etliche Male, und es kam mich ein Gelüsten an, die so gepriesene Komödie zu sehen und zu hören.

Ich lief also eilends auf den Markt und zum Vater, ihm von meinem Begehren zu sagen; der aber, da er meine Rede vernahm, lachte wieder still vor sich hin, blinzelte lustig mit den Augen und meinte: »So, so! Nach der Komödie verlangt dich! – Is schon recht, geh nur. Ich geh nicht hin; ich bin lieber bei meinen Leuten; bin nicht so drauf aus auf die Tausendkünstler und die Komödienspieler!«

Danach suchte er umständlich in seinem Geldbeutel und reichte mir endlich fünf Kreuzer, indem er weiter sagte: »Da, schau her! Nicht, dass du denkst, ich gönn dir's nicht! Kommt mir nicht drauf an, auf die paar Gräten, wennst eine Freud hast an dem Geplänkel.«

Und da ich meine Hände nicht aus der Tasche zog und trotzend vor mich hinsah, wurde seine Rede schier bittend, und er sagte: »Geh nur hin, wenn's dich gelüstet! Hab sie schon reichlich verdient und profitiert, die fünf Kreuzer, mit deinen Rahmen. – Zwanzig Taferl gibt's wieder zu machen für die Kirch von Ebbs, dass kein Krieg nimmer ausbrechen sollt. – Alsdann! – Vielleicht helfen sie so viel, dass der Napoleon seine Verlangen aufs Tirolerland verliert!«

Damit steckte er mir das Geld in die Jackentasche und fragte mich, wo ich schon überall gewesen sei; doch kam ich nimmer zum Antworten, denn die dicke Stasi vom

Stiefelwirt kam mit einem dampfenden, kupfernen Kessel daher und schrie: »Heiße Würst! – Wer mag eine heiße Kreuzerwurst?«

Ei, da ging's! »He, Stasi! Mir ein Paar!« – »Ich krieg auch zwei Stück!« – »Halt, Mädla! Mir auch ein Paar Würschtle!«

Und auch der Thomas gab nochmals fünf von seinen Kreuzern hin und erstand vier von den langen Würsten und einen weißen Wecken dazu und teilte es mit mir als Mittagsmahl; danach tranken wir ein Schlücklein Enzian, und ich machte mich gemächlich wieder durch die Marktreihen, besah mir dies und erhandelte das und wartete mit großem Verlangen auf den Abend, da die wundersame Aufführung sein sollte.

Komödie

Gemach ging der Tag hin; um die Berge zogen dichte Nebelschwaden, und die Marktgäste zündeten ihre Laternen an und trieben ihr Vieh heim mit schwankendem Tritt und fröhlichem Sinn, da nahezu ein jeder vermeinte, er hätte allein den besten Tausch und wohlfeilsten Kauf gemacht auf diesem Markt, und also in solcher Freud gut und gern seine sieben, acht Krüge hinabgoss, bis der Wirt eine qualmende Öllampe auf den Tisch stellte, die schwarze Holztafel an das trübe Licht hielt und jedem werten Gast mit großem Bedauern seine Strichlein abzählte und in Münze umrechnete. Darauf dann einer um den andern den gefalteten Geldbeutel zog und fluchend und stöhnend die paar Kreuzer herausklaubte, den hagelbuchernen Stecken mit dem gefüllten Tuch dran unter der Bank hervorholte und nach dem

Stall schwankte. Also sein Stück Vieh mit Wohlgefallen belastete und tätschelte in dem Bewusstsein, seinen Hof damit um ein Gutes größer und ansehnlicher gemacht zu haben.

Mittlerweile hatten auch die Händler und Handwerker angefangen, ihre Ware wieder einzupacken und die Stände abzubrechen; und ich ging zum Platz des alten Thomas, diesem dabei ein wenig zur Hand zu gehen.

Doch der war schon lang fertig und weg, und sein Nachbar, der Lebkuchenbäcker, rief mir zu, indem er einen Arm voll süßer Herzen in eine Kiste legte: »Der Alte sitzt schon lang beim Stiefel drüben! Wohl schon seit zwei Stund! – Der kann lachen! – Hat alles verkauft bis auf ein paar Bilder!«

Da machte ich ihm meinen Dank für die Botschaft und ging danach eilig hinab zum Hirschen, da schon ein feister Mensch mit blau gefrornem Gesicht und lustigen Augen unter der Haustür stand und jeden, der vorbeiging, anrief: »Treten Sie ein, Euer Gnaden! Kommen Sie herein zu dem weltberühmten und wunderbaren Komödienspiel!«

Und derselbe Bursch, dem ich die Anzeigung des Theaters verdankte, lief in einem vielfarbigen Fleckerlgewand auf mich zu, klapperte mit zwei blechernen Schüsseln, die mir reich mit Geld gefüllt schienen, und schrie: »Herein, wer noch Platz will! Der letzte Sessel ist nur noch frei! Treten Sie ein, Herr Graf! Die Komödie beginnt!«

Ja, sie begann wohl und gewiss in diesem Augenblick! Eilends zog ich meine fünf Kreuzer aus der Tasche und hielt sie dem Bengel hin, der sie mit einer Miene und Gebärde annahm, als seien's lauter Goldstücke gewesen.

Darauf schob er mich in den Hausgang; der Dicke wies mir eine Tür, und im nächsten Augenblick fand ich mich in einem dunklen Saal, darin wohl gut und gern fünfzig Bänke in Reihen aufgestellt waren; doch konnte ich keinen Sterbensmenschen ersehen und wollt fast an der Schwelle wieder umkehren, als ganz vorn im Saal, da ich im Dunkel einen mächtigen Vorhang erkannte, lautes Schimpfen und Schreien, Trampeln und Hämmern vernehmlich wurde.

In diesem Augenblick brachte ein Knecht etliche Öllampen und hing sie rings an die mit papiernen Girlanden, Rehgeweihen und Schützenscheiben gezierten Wände; den fragte ich, wo denn die Leute alle wären, welche hier die Komödie anhören wollten. Doch der Kerl lachte und sagte: »Die gehen draußen noch ein wenig Luft schnappen, bis dass es losgeht!«

Woraus ich gut ersehen konnte, dass der Fleckerlnarr mich angeschmiert hatte mit seinen Sprüchen. Doch machte ich mir nun, da ich die Sache bei Licht betrachten konnte, nichts mehr draus, sondern setzte mich in eine Bank und besah die grell gemalten Nixen und Teufel auf dem Vorhang und hing dabei meinen Gedanken nach.

Da öffnete sich die Saaltür, und es kamen etliche Gäste: Zwei junge Burschen mit ihren Mädeln, ein Bauer und eine alte Schmuckmacherin vom Markt, die den Tag über wohl manchen Kreuzer von den Verliebten und Versprochenen gelöst hatte für ihre Ohrgehänge und Fingerringe, Silberschnallen und Halsketten.

Nun kam auch ich wieder hervor und setzte mich ganz in die Mitte der ersten Bank und sah unverwandt auf ein dunkles Loch im Vorhang, durch das von Zeit zu Zeit ein glühendes Aug auf die Bänke starrte.

Allmählich füllte sich der Saal, und ein lebhaftes Reden und Diskutieren entspann sich auf allen Plätzen, bis plötzlich hinter dem Vorhang eine misstönende Musik erklang, die Lichter verlöscht wurden und die Nixen und Teufel sich quieksend um eine hölzerne Rolle an der Decke des Saales wanden.

Alles war still, und ich schaute staunend in eine Landschaft aus gemalten Leinwandstreifen, darin sich seltsam gekleidete Menschen in magisch rotem Licht bewegten und eine wunderlich geschnörkelte Sprache redeten.

Alsbald begannen etliche, sich zu schlagen und mit ihren Degen zu durchbohren, dabei dann der leibhaftige Teufel auf die Bretter sprang, einen Juchschrei tat und die Leichen packte, mit denen er verschwand.

Nun erschien ein alter, feister Ritter und sagte, er wäre der Kupferschmied und so stark, dass ihm kein Mensch widerstehen könnt; tat auch gar gewaltig und schrie nach der Weinkanne.

Da kam eine liebliche Jungfrau in himmelblauem Gewand, mit langen, goldroten Haaren, trug eine schwere Zinnkanne und reichte sie dem Ritter mit zierlichen, sittsamen Worten.

Es war das schöne Kätherlein; mich aber dünkte es in demselben Augenblick, meine Kathrein stünde mit Leib und Seele da vor mir auf den Brettern; und ein Seufzer stieg in mir herauf.

Da blickte mich die Jungfrau an, und es schien, als lächle sie ein wenig, worüber ich plötzlich rot und bleich wurde, auf meinem Sitz hin und her rückte und nicht geringe Lust verspürte, aufzuspringen und die Jungfrau an mich zu ziehen und zu halsen.

Doch ging derweil das Spiel seinen Gang; der berühmte Magister Zaranka erschien als Teufel mit einem roten Federhut und begann mit dem Kupferschmied ein Geplänkel und dessen Kraft zu spotten.

Die schöne Jungfrau ging hinaus, und der Kupferschmied geriet durch die spitzen Reden des Teufels so in die Hitze, dass er mit lauten Worten einen Eid schwor, er wolle mit ihm seine Kraft messen und ihn durch Sonn und Mond werfen; ja, er verwettete seine eigene Tochter, das Kätherlein, dass er mit dem roten Ritter wollt fertig werden.

Dabei mir ein kalter Schauer den Rücken hinabging; denn ich vermeinte nicht anders, als gält es nun in Wahrheit um Leib und Leben des Mädleins, das meiner Kathrein so sehr glich.

Der Rote nahm den Kampf wirklich an, und bald ging's ans Ringen und Werfen, dass die Bretter krachten, die gemalten Bäume schwankten und die Weinkanne in den Saal herabkugelte, worauf ein lautes Lachen, Trampeln und Beifallschreien in den Bänken anhub, das erst verstummte, als der Teufel plötzlich einen wilden Fluch ausstieß, einen Zauberspruch sagte und mit den haarigen, rot beschuhten Füßen auf den Boden stampfte, worauf ein weißes Gespenst erschien, einen dicken Rauch und Dampf machte und hinter demselben mitsamt dem laut schreienden Kupferschmied verschwand.

Nun begann Zaranka allerhand Zauberkunststücke zu vollbringen und verwandelte schließlich auf offener Bühne, freilich wieder hinter einer undurchdringlichen Rauchwolke, einen dünnen Stab in den Kupferschmied.

In diesem Augenblick erschien wieder das schöne Kätherlein, gefolgt von einem alten, gelb und rot gekleideten, dicken Weib, das sich ihre Mutter nannte und mit keifender Stimme bald den roten Ritter, bald ihren Gemahl, den Schmied, anplärrte.

Hab nicht sehr aufgepasst auf ihr Getue; vielmehr waren meine Blicke starr auf die Jungfer gerichtet, und mein Geist verglich sie Spanne um Spanne mit der jungen Lackenschusterin, meiner Kathrein.

Und immer mehr Bekanntes, immer mehr Wesensgleiches fand ich an der goldroten Jungfer; meine Sinne hingen an ihr, und mein Herz schlug laut vor Erregung.

Und da nun das Spiel zu Ende war und die Gäste lärmend den Saal verließen, da schlüpfte ich behände unter den mächtigen Kachelofen und hielt mich still, bis alle Lichter verlöscht und hinter dem herabgelassenen Vorhang alles ruhig geworden war.

Nun kroch ich langsam hervor und tastete mich an den Bänken entlang bis zur Bühne, da noch die Kanne am Boden lag und im Mondlicht glänzte.

Ich griff mit zitternder Hand und klopfendem Herzen an den Vorhang; er gab dem Druck nach, und ich hielt mein Ohr lauschend an den Spalt.

Nichts regte sich. Da schwang ich mich eilig hinauf, schlüpfte hindurch und stand also bei stockdunkler Nacht an der Stelle, da zuvor die schöne Spielerin gewandelt war.

Noch hielt ich nach jedem Tritt inne und horchte; doch nichts war zu vernehmen als mein eigenes, ungestümes Atmen.

Da tastete ich mich an den gemalten Bäumen weiter und fiel im nächsten Augenblick von den Brettern hinab in einen knisternden, krachenden Korb, der ganz mit Kleidern und Stoffen gefüllt schien.

Ich hatte beim Sturz erschrocken nach einem Halt gegriffen und hielt nun einen dicken Strick in Händen, während es hinter mir plötzlich licht war. Und da ich mich in heftigem Schreck umwandte, sah ich, dass ich den Bühnenvorhang in die Höhe gerissen hatte.

Ich zog also, nachdem ich ängstlich gelauscht, ob niemand meinen Fall gehört hätte, bedächtig am Strick weiter, dabei das Quieksen und Klappern der Rolle geisterhaft wie das Schreien der Nachteulen durch den matt erhellten, leeren Raum hallte.

Die großmächtige, bleiche Mondscheibe ließ ihren Schein durch die gefrornen Fenster über die weiß gescheuerten Bänke auf die gemalte Landschaft des Hintergrundes und die zerlumpten Teppiche der Bühne fallen und hob die Schatten der Gegenstände gespenstisch von der Helle ab.

Ich stand starr und hielt krampfhaft das Seil in den Händen, indes mich ein plötzliches Grauen schüttelte; und als es im selben Augenblick vom Sankt-Veits-Turm zwölf Uhr schlug und der Wächter draußen die Mitternacht anblies, da ließ ich so plötzlich los, dass der Vorhang schallend herabsauste.

Ich hatte genug von dem Abenteuer, und es verlangte mich zurück zu dem alten Thomas. Herrgott! – Was mochte der sich derweil über mein Ausbleiben denken!

Vergessen war der ganze Rausch und die feine Jungfer, und ich suchte nach einem Ausgang.

Doch alles war fest verschlossen, die Tür des Saales, die neben der Bühne und auch die Fenster.

Vergebens wandte ich alle Kraft an, lief bald im Saal von Fenster zu Fenster, sprang auf die Bühne und schlüpfte durch den Vorhang: Ich konnt's nicht ändern.

In meiner Not begann ich zu rufen und zu schreien; aber kein Mensch hörte oder erschien.

Am End ward ich müde vom Schreien, ein Frost packte mich, und ich verlangte nach dem Schlaf.

Und da mein Fuß eben wieder an den Korb stieß, suchte ich nach einem warmen Stück, wickelte mich darein und legte mich in den hintersten Winkel der Bühne, da ich mir aus dem Inhalt des Korbs ein notdürftiges Lager bereitete.

Also ließ ich den Schlaf über mich kommen, hüllte mich fest in das weiche Stück, von dem ich glaubte, dass es der himmelblaue Mantel des schönen Kätherleins wäre, und sagte nur noch gähnend: »Gute Nacht, Himmelvater!«, wie ich es von meiner seligen Ziehmutter gelernt hatte.

Dann schlief ich ein.

Falsche Lieb

Ein harter Schlag von der Pratze des Bären, der auf dem Markt getanzt hatte und mir nun in meinen Träumen die liebliche Jungfer aus der Komödie, da ich sie eben in meinen Armen hielt, rauben wollt, schreckte mich aus meinem tiefen Schlaf auf, und ich wehrte mit beiden Händen ab, indes mich eine scheltende Stimme noch vollends munter machte.

Da blickte ich in das zornrote Gesicht des Burschen, der mich zuvor zum Besuch der Komödie verführt hatte und mir nun seinen Fuß grimmig in die Seite stieß, so dass ich mit einem Schrei in die Höhe fuhr und nicht übel Lust hatte, ihm etliche zu wischen.

Der aber plärrte: »Hat einer so was schon erlebt! – Liegt der Wicht am helllichten Nachmittag da auf den kostbaren Gewändern und schnarcht wie eine Baumsäge! – Ob er wohl auf und davon gehen will, bevor ich ihm Füße mach, dem Halunken! – Hat wohl stehlen wollen, he! – Ha! – Gewiss hat er stehlen wollen! – Aber wart, Bürschlein! Mein Alter wird dir's austreiben, das Stibitzen!«

Sprachlos stand ich da und wusste nur, dass er vom Nachmittag gesprochen hatte. –

Ja, Himmel! – Es war doch wohl noch nicht schon am andern Tag? – Aber – die Nacht fiel mir ein – es war ja schon zwölf Uhr gewesen, da ich ans Fortgehen gedacht hatte! – O, die verfluchte Komödie! – Was mochte der gute alte Thomas jetzt von mir denken! – Dachte wohl, dass er Recht gehabt hätte mit seiner Meinung, ich wollt von ihm weg für immer! – Wie konnte nur dies einfältige, rothaarige Weibsbild, diese Theatermamsell, meine Sinne so verwirren!

Aber indem ich noch so dachte, trat das Mädchen eben durch die niedere Tür ein und sah mich verwundert an.

»Ei!«, rief sie aus; »hast du einen Besuch hier, Joschka?«

»Was, Besuch!«, erwiderte da der Bursch grimmig; »wäre mir ein sauberer Besuch, das! Schleicht sich bei Nacht und Dunkel ins Haus und will stehlen!«

Und da ich auffahren wollte, plärrte er mich an: »Was! Willst es noch leugnen? – Hab ich dich nicht erwischt mit dem teueren Mantel der Donna hier!«

Erschrocken fragte diese mit einem entsetzten Blick auf mich: »Wie sagst du? Meinen blauen Mantel hat er …!«

»Glaubt es doch nicht, Jungfer!«, sagte ich bittend mit einem giftigen Blick auf den Kerl. »Er lügt Euch aufs Maul, so wahr Ihr hier steht! – Ich wollt ja nur bloß …« – Da hielt ich inne, indes mir eine heiße Flamme übers Gesicht fuhr: Ich mocht es doch nicht vor diesem Flegel sagen, dass ich bloß aus närrischer Lieb für sie hier geblieben war!

Der andere aber schrie sogleich, kaum er mich erröten und stocken sah: »Ha! – Fällt's dir nimmer ein, jetzt! – Hat dir wohl die Red verschlagen, he! Seht Ihr's nun, Donna! Es ist so, wie ich sagte: Stehlen hat er wollen. – Aber ich will ihm schon Mores lernen! Gleich geh ich jetzt zum Alten! Gleich! – Auf der Stell!«

Wirklich ging er, indes die Jungfer ganz erstarrt dastand, das dunkelrote Samtkleid, in dem sie prangte, fest an sich raffte und ihre schwarzen Augen voll Verachtung über meine armselige Gestalt wandern ließ. Da nahm ich mir einen Anlauf und sagte ihr ganz wahrhaftig und einfach, dass sie mir viel gälte, weil sie meiner verlornen Kathrein so ähnlich sei, und dass ich sie in der Nacht gesucht hätte und dabei nicht mehr aus dem Saal gekonnt und also, da ich müde ward, auf ihrem Mantel geschlafen hätt. Bat sie auch gleich, sie möge für mich bitten, dass ich um sie bleiben dürft; denn ich konnt nimmer von ihr lassen.

Ganz still hatte sie auf meine Red gehört und mir so den Mut gegeben, ihr mein Herz zu offenbaren.

Nun lachte sie leise vor sich hin und sagte zwischen Spott und Mitleiden: »So, so; seine Kathrein hat er verloren! – Der arme Bub!«

Dazu maßen mich abermals ihre Blicke, dass ich mich unwillkürlich auf die Zehen stellte und meinen verkrüppelten Leib streckte, so gut ich's vermochte.

Nach einer Weile fragte sie: »Wem gehörst du denn?«

»Ich gehör gar niemand«, erwiderte ich; »Vater oder Mutter weiß ich keine, und die mich aufgezogen haben, sind tot.«

»Und wo kommst du jetzt her?«, forschte sie weiter, indem sie mit einem ihrer langen Zöpfe spielte.

»Von Bayrischzell. Vom Bildermacher Beham«, sagte ich.

Und plötzlich fiel mir's ein: Der hatte ja einen Haufen Aufträge für Votivtafeln erhalten! – Ich hätt ja wieder Rahmen schneiden sollen! –

Aber in mir sagte eine Stimme gar trotzig: »Das macht nichts. Der hat zuvor auch niemanden gehabt – also wird er jetzt auch fertig werden, allein.«

Und ich fuhr fort: »Aber ich bin mein eigener Herr

und kann hin, wo ich mag. – Und jetzt möcht ich halt gern bei Euch bleiben, wenn ich Euch nicht zuwider bin.«

Indem ich noch redete, kam der Kerl schimpfend wieder zurück, gefolgt von dem erzürnten Herrn des Theaters und der keifenden Alten.

»Hat ein Mensch noch Worte!«, schrie diese keuchend, und ihre Brust wogte unter dem schmierigen, zerschlissenen Seidenkittel, »kann man da noch reden! – Das ist ja eine himmelschreiende Bosheit! – Wo ist denn der Teufelsbraten!« Und sie fuhr wütend und mit den Armen fuchtelnd auf mich los, packte mich bei den Schultern und schüttelte mich, dass mir grün und schwarz vor den Augen wurde und ihr die aufgesteckten künstlichen Locken zu Boden fielen.

»Karnalje!«, zischte sie dazu; »unverschämte Karnalje! Töten werd ich dich, wenn du nicht Buße tust für die Büberei!«

Da fiel ihr die Jungfer bittend in den Arm: »Lasst ihn doch, Frau Direktorin! Er hat eigentlich gar nichts Schlimmes vorgehabt, der Kleine! – Er hat mir's gesagt: Die Liebe zur Kunst hat ihn getrieben – ein Spieler wollt er werden!«

»Wer's glaubt!«, mischte sich der lose Schelm bissig drein und spuckte in weitem Bogen auf die Bühne.

Aber der Direktor sagte, kaum er die Rede des Mädchens vernommen, geschwind, indem er mich lauernd ansah: »Liebe hat er, sagst du? – Zur Kunst, sagst du? – Wohl, wohl! – Soll nur mitfahren mit uns, wenn er will! – Kann ihn schon brauchen, den Kleinen!«

Langsam ließen mich die Fäuste der Alten los, langsam beruhigte sich ihre wogende Brust; sie griff nach ihrer Frisur und hob eilig die Locken vom Boden und steckte sie wieder zu dem eigenen, dünnen, schwarzen

Haar, indem sie sagte: »Wenn du dich nur nicht täuschst, Fritz! – Wenn er nur nicht wieder so ein Galgenvogel ist wie der Heinz!«

Sie steckte eine Haarnadel zwischen die Zähne und wand ein herabhängendes Flitterband um den Schopf.

»Wo bist du her, und wie heißt du?«, fragte sie mich scharf, die Zähne fest zusammenbeißend, dass ihr die Nadel nicht entfiel.

»Mathias Bichler aus Sonnenreuth«, sagte ich tonlos.

»Was sind deine Eltern?«, forschte der Direktor weiter.

»Das weiß ich nicht. Hab sie nicht gekannt. – Hab nie was gehört über sie. Mein Ziehvater, der Messner von Sonnenreuth, hat wohl vermutet, es könnten Vagabundierende gewesen sein oder Gaukler. Aber nix Gewisses weiß niemand drüber. – Bin ja grad ein Balg!«

»Wie ich gedacht hab – ein Balg!«, höhnte der Rotzlöffel hinter mir; aber die Mamsell verwies ihm sein Schmähen, und auch der Alte sagte: »Halt den Schnabel! – Der Bursch bleibt da!«

Die Frau Direktor aber starrte mich eine Weile wie entgeistert an, ihre Brust begann mit einem Mal, sich wieder stürmisch zu bewegen, und dann breitete sie plötzlich die Arme aus, zog mich an sich und rief unter Tränen mit schmelzender Stimme: »Er ist's! ... Mein Sohn! ... Mein süßes Kind!«

Ei, Teufel! Hab mich wohl grausam gewunden wie ein Wurm, den eine alte Bruthenne aufgepickt hat und verschlingen will; hab auch eine Haut wie ein getupfter Gänserich an mir überlaufen verspürt vor Grausen und Abscheu. Aber die Alte ließ mich nimmer los und drückte meinen Kopf fest an ihren nach alter Lederschmiere riechenden Kittel, bis der Herr Direktor und die Jungfer sich von ihrem Erstaunen so viel ermannt hatten, dass sie wieder Worte fanden und also ausriefen: »Sie ist verrückt! – Sie ist vom Verstand kommen!«

Da ließ sie mich seufzend los, die Alte, und schaute mit schwimmenden Augen zum Himmel, indem sie mit bebender Stimme sagte: »Redet nicht! ... Ich hab mein Kind wieder! ... Es ist kein Traum! ... Er ist wahrhaftig mein Sohn!«

Und erzählte also eine gar abenteuerliche Geschichte von meiner Herkunft.

»Ach!«, sagte sie und setzte sich auf einen Schemel hinter der Bühne. »Es ist furchtbar traurig gewesen. – Du hast ihn ja gekannt, den Alessandro – nicht wahr, Fritz! – Also, ich war leider damals noch seine Frau; allerdings auch nicht mit dem Segen der Kirche – nur so durch die Umstände des Lebens bedingt; denn ich war zur selben Zeit seine Partnerin auf dem hohen Turmseil. – Ach ja! Damals war ich noch eine Schönheit! Die Männer liefen mir nach wie die Katzen der Maus! – Weißt du, Fritz – wenn ich so mit der größten Grazie ...«

Sie stand auf und balancierte kokett auf dem Schemel.

»... so mit Noblesse auf der einen Seite des Seiles stand und Alessandro auf der andern – und wir dann elegant und sicher aufeinander zukamen – aneinander vorbeiglitten – und wieder auseinander gingen über die schwankende Schnur, als wär's ein Spazierweg über die Wiese – Fritz – ich sage dir – da waren die Leute alle hin vor Verwunderung, und ein rasender Beifall erhob sich! – Ach ja! – Damals! ...« Sie hockte sich wieder breit auf ihren Sitz.

»... Aber er war brutal! – Und er hat mich verführt! Und als ich dastand im Elend, da wollt er nichts mehr wissen von mir und dem armen Würmlein.«

Sie brach in Schluchzen aus und tupfte sich die Augen mit einem Zipfel ihres Kittels.

»... O! – Es war entsetzlich! – Er nahm mir das Kind aus meinen Armen – er riss es von meiner Brust und trug es fort! ...«

Sie sprang auf, indes die andern wortlos dastanden, umschlang mich abermals mit theatralischer Gebärde und rief in Verzückung aus: »Aber nun hab ich dich wieder! Mein Engel! Mein Kind! Mein liebster Sohn! – Nun wird dich keine Erdenmacht mehr von mir trennen können!«

Ich litt große Pein, machte mich von ihr los und wollte was erwidern; da aber die andern immer noch wie angenagelt auf ihrem Fleck standen und nicht wussten, wie sie sich verhalten sollten, blieb ich still.

Die Alte aber fasste sich schnell wieder und fragte nach einer Weile lauernd: »Leben sie noch, deine Zieheltern?«

Darauf ich stumm den Kopf schüttelte.

»Sie sind beide schon tot?«, fragte sie. »Haben sie dir was vermacht? – Sie waren doch reich ...«

Wieder schüttelte ich bloß den Kopf.

»So bist du ganz ohne Hab und Gut?«, kam's forschend von ihrem Mund.

»Nein«, sagte ich, ohne recht zu wollen; »ich hab schon ein bissl was.«

Da wollte sie mich abermals umarmen, indes mich die andern wie ein heiliges Bild begafften und die schöne Jungfer ganz nah zu mir trat und mich lieblich ansah; aber ich fuhr fort und sagte: »Drüben beim Stiefelwirt hab ich meine Sachen. Ich geh und werd sie holen.«

Und hörte also auf nichts mehr und lief geraden Wegs zur Tür hinaus auf die Gasse.

Ein wüstes Durcheinander von Gedanken stürmte durch mein Hirn; ich rannte ohne Besinnen dahin und fand mich schließlich vor dem Tor des Stiefelwirts.

Da kam es über mich: Kehr um und geh wieder zum Vater Thomas! – Geh nimmer zurück zu der Komödiantenbrut! – Es ist ja unmöglich, dass diese grausliche Alte deine leibhaftige Mutter sein sollt!

Und schon war der Entschluss, wieder zum Bildermacher zurückzukehren, nahezu in mir fest worden, als mich ein silbernes Lachen aufschreckte, ein weicher Arm sich in den meinen schob und die Theatermamsell mit süßer Stimm sagte: »Ich bin dir nachgelaufen, ohne dass es die Alten wissen! – Ich möcht ein wenig allein sein mit dir! – Ich hab dich sehr lieb!«

Ei! Da fuhr ich herum! – Fasste sie bei den Händen, verdrehte meine Augen und war vor Seligkeit und Glück ganz närrisch!

Vergessen war der gute Thomas, vergessen die schreckliche Alte, die sich meine Mutter nannte – ich hatte nur noch einen Gedanken: Mit ihr zu gehen – bei ihr zu bleiben!

Und ich sagte mit vor Freude zitternder Stimm: »Dirndl! – Gern haben tust mich! – Ja, Himmel Herrgott! ... Geh! Wart nur grad eine Weile, bis ich mein Ränzel hol; nachher gehör ich dir, so lang als du mich magst!«

Ich lief also eilends hinein zum Wirt und fragte um mein Ränzlein. Der aber gab mir auch noch ein verschnürtes Päcklein und sagte: »Das hat dir der Beham noch zurückgelassen; wirst es wohl brauchen können, meint er! – Und einen Auftrag soll ich dir noch ausrichten von ihm: Wennst wieder kommst, hat er gesagt, bist da. Und was ihm gehört, das gehört auch dir. Und viel Glück zu der Wanderschaft!« Ach, zu jeder anderen Zeit meines Lebens hätt ich eine solche Red wohl anders hingenommen denn jetzt! – wär wohl mit beschämtem Herzen wieder eilends zurückgelaufen zu dem herzguten alten Vater und hätt gesagt: »Da bin ich wieder. Nimm mich wieder auf!«

Aber leider Gottes war in diesem Augenblick der Heilige Geist samt allen seinen Gnaden von mir gewichen, und ich, so voller närrischer Lieb zu der Mamsell, konnt dem Wirt nicht einmal einen gerechten Dank geben für seine Red, geschweige denn ein verständiges Werk vollbringen.

Mein Sinnen und Trachten ging nur noch auf den Besitz der feinen Jungfer, und ich gab mich schon dem Traum hin, mit ihr bald ein liebliches Eheleben zu führen.

Also nickte ich bloß etliche Male mit dem Kopf, schob das Päcklein geschwind in den Ranzen, hing mir diesen um und lief mit kurzem Gruß hinaus zu dem Mädchen, das mich verwundert ansah und fragte: »Ist das alles, was du hast?«

»Nein, nein!«, lachte ich voll Lust. »Hab schon noch was anders auch! – Dich!«

Und wollt sie also gleich auf offener Gasse an mich reißen.

Aber sie schien gar nicht mehr so liebreich wie zuvor und wehrte mir meine Narrheit mit gemessenem Ernst; doch folgte sie mir nach langem Sträuben zu der Steinbank hinter dem Friedhof, daselbst ich ihr sogleich das karmesinrote Seidentuch und auch das Büchlein als Verehrung gab.

Sie dankte mit kargen Worten und sah kaum drauf hin; und nach einer Weile fragte sie, ohne mich anzusehen: »Bist du bloß ein Handwerksbursch? Hast du kein Geld?«

»Was? Kein Geld?«, rief ich da protzig. »Geld grad genug hab ich!«

Und zog meinen Beutel und ließ die Kreuzer scheppern. »Mir langt's leicht, was ich hab, und für dich verdien ich schon was, wennst mitgehst mit mir!«

Damit steckte ich das Geld wieder ein und kramte in dem Ranzen.

Da griff ich das Päcklein vom Thomas und zog es eilig heraus, indes die Mamsell neugierig fragte: »Was ist denn da drin?«

»Ah, nix Besonderes!«, erwiderte ich; denn obgleich ich mir selber gar nicht denken konnt, was es sei, so wollt ich mir doch nicht anmerken lassen, dass es ein Geschenk des Bildermachers wär.

Doch öffnete ich es mit Hast und hatte im nächsten Augenblick harte Müh, einen lauten Schrei zu unterdrücken; in dem Päcklein lagen Gulden und Kreuzer, österreichische und bayerische Münzen, ein reichlicher Batzen, und dabei ein Zettel, darauf stand: »Segne dir's Gott und komm bald wieder.«

In meine Augen stieg es brennend heiß. Ich starrte auf das Geld und auf das Blättlein Papier und spürte ein Würgen im Hals. Da fuhr die Mamsell kichernd mit der feinen Hand in das Häuflein Münzen und jubelte: »O, wie hell das klingt! – Wie ich mir so was wünschte! – Schenk mir doch ein paar von den herrlichen Stücken!«

Gedankenlos sah ich ihr zu und gab ihr etliche Gulden; dann schob ich alles seufzend in den Ranzen, indes ein Gefühl der Scham in mir heraufkroch.

Die Jungfer aber schlang plötzlich in heißer Zärtlichkeit ihre Arme um meinen Hals und schmiegte ihre weichen Wangen an mein Gesicht, gab mir allerhand Koseworte und tat so lieblich, dass ich gar bald alle Reue und Scham vergaß und mir wie verzaubert vorkam.

Und so hab ich leider Ursache, jene Zeit zu beklagen und ihrer mit Scham und Bitterkeit zu gedenken als einer Zeit der Schande und Untreue gegen meinen herzensguten alten Vater, den Thomas, gegen das Andenken meiner allerliebsten Zieheltern und gegen meine alleinige Lieb, die Kathrein.

Denn jene Dirn erschien mir so holdselig und tat so zärtlich mit mir, dass ich ihr willig folgte, als sie mich mit sich nahm zu ihren Leuten. Und also lebte ich gleich den Zigeunern in einer wilden Ehegemeinschaft mit dem Weibsbild, das mir gemeinsam mit jenem Ungeheuer, das sich meine Mutter nannte, meine Kreuzer bis zum letzten aus dem Sack zog und mir alle Ehr und alle Scham raubte.

Da wurde gezecht und gewürfelt Tag um Tag; wurde gewerkt und gelumpt in dem niedern Wagen, der dieser wandernden Komödiantenbrut Heimat und Besitz, Obdach und Elysium bedeutete; und hatte der Herr des Theaters den Segen eines Pfarrers nicht vonnöten gehabt in seiner Ehe, so schien mir dieser noch weit weniger notwendig in meiner Liebschaft, die gegen fleißige Lohnung und Geschenke an die Alten von diesen stillschweigend geduldet wurde, bis mein Beutel endlich leer und damit meine Freigebigkeit zu End war.

Bis dahin aber galt ich überall als ein Mitglied der Komödie und hatte auch etliche leichte Rollen eingelernt, um bei vorkommender Untersuchung durch die Obrigkeit bestehen zu können; denn ich besaß weder einen Pass noch sonst Referenzen, die mich hätten nötigenfalls ausweisen oder empfehlen können.

Im Übrigen aber war ich jetzt der Sohn des Theaterweibs und passierte als solcher unangefochten die Tore der Städte, darin wir spielten.

Somit kam ich also in dieser Zeit gar weit umher und lernte viele Orte kennen, wie: Linz, Innsbruck, Salzburg, Rosenheim, Wasserburg und andere; daselbst wir aber überall nur kurze Zeit verweilten und stets nur drei

Komödien aufführten; die vom schönen Kätherlein, eine andere, die den Titel hatte: Bodo und Sieglinde, oder das Zauberbild, und eine vom armen Heinrich und der Goldelse.

Nun mocht ich also gut ein halbes Jahr in solchem Lumpenleben zugebracht haben, als meine Buhlin eines Tags in der Früh, da wir eben zu Rosenheim im Wirtshaus zur Sonne den Tanzsaal in ein Theater umwandelten, nicht wie sonst lachend und scherzend um mich herumtanzte, vielmehr sich missmutig über meine traurige Gestalt, meine Mittellosigkeit und bäuerische Art beklagte, endlich hinauslief und den Tag über kaum mehr sichtbar ward.

Und da wir abends vor dicht gefüllten Bänken wieder das schöne Kätherlein spielten und also die Stelle kam, wo sie nach den Zaubereien des Zaranka mit ihrer Mutter wieder auf den Brettern erscheinen sollte, da warteten sie alle vergeblich: die Mutter, der Kupferschmied und die Zuschauer. Das Kätherlein oder, wie sie sonst hieß, Liane, blieb verschwunden; Zaranka aber verschwand gleichfalls zu dieser Stund.

Mit Müh und Not brachten wir einen kläglichen Schluss der Komödie zu Stande und durchsuchten danach alle Winkel des Wirtshauses und des Wagens nach den beiden, doch vergebens.

Und den andern Morgen fand der Direktor auch den Platz in seinem Strohsack, da sonst seine Geldtruhe lag, leer.

Eine furchtbare Aufregung folgte, und nachdem er und die Alte, die Mutter zu nennen ich noch heute nicht vermag, genugsam getobt und geplärrt hatten, verlangten sie von mir zwanzig Gulden als Notgeld.

Und da ich ihnen nicht beispringen konnte aus dem einen Grund, weil ich selber nichts mehr hatte, so fielen sie beide mit groben Schmähreden über mich her, und die Alte schrie: »Bist du auch noch ein Sohn deiner Mutter! Lässt mich im Unglück hängen wie jener Hund, dein Vater! – Marsch, sag ich! Fort aus meinen Augen! – Entweder du bringst das Frauenzimmer wieder, oder aber zwanzig Gulden! – Möcht doch wissen, wofür ich einen Sohn habe, wenn er mir nichts zu Lieb tut!«

Ich musste also mein Ränzel wieder umschnallen und nach dem Stecken greifen, dabei mir aber trotz aller Traurigkeit ein gar kurzweiliges Sprüchlein einfiel:
»Lustig ist's auf der Welt,
Haben die Herrn auch kein Geld,
Is es für mich auch keine Schad,
Wenn ich keins hab!«

Auf der Landstraße

Also stand ich an jenem Tag, es war im Erntemonat des Jahres 1804, nachdenklich auf der Innbrücke und wusste nicht, wo hin und was tun, als drei Handwerksburschen die Straße daherzogen und fröhlich sangen:
»Steh auf, steh auf, du Handwerksgesell,
Die Zeit hast du verschlafen!
Die Vöglein singen im Grünen,
Die Fuhrleut tun schon blasen.

Was kümmert mich der Vögelein Sang
Und auch der Fuhrleut Blasen!
Ich bin ein fröhlicher Handwerksmann
Und ziehe meiner Straßen.

In der Schlossergassen im Roten Hahn,
Da ist eine Herberg zu finden.
Da wollen wir singen und lustig sein,
Da wollen wir singen und trinken!«

Und da sie an mir vorüberkamen, tat einer einen hellen Juchuschrei, eilte auf mich zu und schloss mich in seine Arme.

»Mathiasle!«, schrie er; »ja, wie kommst denn du da her? – Willst etwa gar ins Wasser hüpfen, dass du so sinnierst?«

Eine heftige Freude durchfuhr mich: Es war mein Ziehbruder, der Fritz; und er lud mich ein, mit ihm und seinen Genossen durchs Bayernland und gegen die Münchnerstadt zu wandern.

Voll Verwunderung fragte ich ihn, wie er zu solcher Wanderschaft und in diese Kameradschaft käme – als Bauernknecht; da lachte er und sagte: »Wegen der Kost, Bruderherz! Wegen der Kost! – Allweil eine Suppe frisst der Bauer nicht, des weißt ja selber! – Na ja – und des ewige selbst gebackene Brot – des wächst einem am End auch zum Hals raus! – Das Zunftbrot schmeckt auch nicht schlecht, sagt mein Freund, der Laibschmied!«

Zugleich rief er seinen zwei Genossen, die derweil langsam weitergegangen waren, nach: »He, Laibschmied! – He, Magister! – Geh, wartets ein wenig!«

Und indessen diese zögernd auf uns zukamen, hatte ich ihm mit wenig Worten meine Abenteuer berichtet und gesagt, dass ich gern mit ihm ginge, wenn ich nur irgendwelche Referenzen oder einen Pass hätte.

Da ließ sich der Älteste von den dreien, ein dicker, glatt rasierter Mensch mit feinen Manieren, den sie Magister nannten, vernehmen: »Was? – Er möcht ein Pfiffges sein und durch die Märtine holchen und hat keine Flebbe?«

Ich sah ihn wie ein blaues Wunder an und konnt mir gar nicht denken, was er meinte; doch der andere, der Bäcker oder Laibschmied, half mir drauf: »Ob du auch als Handwerksbursch durch die Märkt laufen willst, ohne dass du Briefe oder Papiere hast?«

Da sagte ich: »Ich hab noch nie ein Papier besessen; hab auch keins vonnöten gehabt auf meinen Reisen. – Wo kann man denn so was bekommen?«

»Auf der Polizei halt!«, erwiderte mir der Fritz.

Der Magister aber wollt nicht viel davon wissen und brummelte: »Narr, einfältiger! Lässt den Hinterwäldler zur Schmiere laufen! – Dass die grünen Hunde von mir Wind bekommen und mich einkasteln! Bist wohl verrückt – he!«

Dabei tat er ganz scheu und sah bald hinter sich, bald vor sich, ob nicht schon ein Scherge käme.

Die andern aber lachten und spotteten über seine Furcht, so dass er wieder munter wurde und mich, nachdem er gefragt, ob ich nichts auf dem Kerbholz hätt, ebenfalls einlud, mitzugehen; für meine Papiere wolle er schon sorgen.

»Holch nur mit, Kotem!« sagte er; »brauchst nicht so grantig Bauser scheften! – Wir holchen jetzt durch die Mokum, fechten danach in die Fede, achlen und schwächen grantig und josten uns danach aufs Rauscher, bis die Glanzer unterholchen!«

Ich konnte ihn wieder auf keine Weise verstehen und fragte den Fritz, was der Geselle damit gemeint hätt und was das für eine seltsame Sprache wär.

»Das ist Welsch«, sagte mein Ziehbruder. »Das versteht bloß der, welcher uns wohl gesinnt ist; für die andern ist die Sprach ausländisch. Ganz ausländisch. – Also, dass du's weißt: Er meint, du sollst nur mitgehen, Kind, und nicht so viel Angst haben! – Wir gehen in die Stadt, betteln, und danach in die Herberge, essen und trinken tüchtig und legen uns danach aufs Stroh, bis die Sterne untergehen. – Ich versteh ihn ganz gut; aber selber komm ich noch nicht besonders zurecht mit dem Zeugs!«

»So ist's auch bei mir«, fiel ihm der Bäcker ins Wort; »verstehen tu ich ihn gut, den Magister – aber mit dem Nachsagen – da hat's seinen Haken!«

»Nur Geduld!«, sagte da der Magister väterlich. »Ihr lernt's noch bald genug. Aber vor dem Bürschl da will ich wieder eine Weile deutsch parlen. – Wie heißt er denn, der Hinterwäldler?«

»Mathias«, erwiderte ich; »Mathias Bichler.«

»Seine Profession?«, fragte er weiter.

Ich konnt ihm nichts antworten; denn was verstand ich zu der Zeit von solchen fremd klingenden Namen!

Dafür gab ihm der Fritz die Antwort, dass ich gleich ihm bei den Bauern gearbeitet hätt und zuletzt bei einem Maler gewesen wär.

»Das ist schon eher was Zünftiges«, meinte auf diesen Bericht hin der Magister; »als Malergesell kann er die ganze Welt durchplatteln! – Kein Teufel schert sich drum! – Bloß muss er hie und da so tun, als möcht er gern hart arbeiten. – Braucht ja nicht lang bei einem Meister zu bleiben, wenn ihm grad ein Haar oder sonst was Unlustiges in die Suppe käm. – Aber jetzt wollen wir wieder eins singen, dass die Leute ein gerührtes Herz kriegen für uns arme Kerle!«

Damit stimmte er ein frisches Burschenlied an, und wir zogen alle vier durch die Gassen dahin und walzten also den ganzen Tag bis zum Abend durch die ganze Rosenheimerstadt als vier arme, reisende Handwerksburschen und sprachen bald hier, bald da um Arbeit vor; darauf dann die Frau Meisterin oder der Meister in die Tasche griff und einen Zehrkreuzer hervorzog.

Waren eine saubere Gesellschaft, wir vier: der bleiche Laibschmied mit seiner mehlbestäubten Ballonhaube und dem fadenscheinigen Habit – der Fritz in seinem blauen Fuhrknechtskittel und dem federgeschmückten Spitzhut – der gut seine vierzig Jahr alte, feiste Magister in seiner städtischen Gewandung, seidenen Strümpfen und dem abgeschabten Dreispitz, den er weit ins Gesicht setzte, ein feines spanisches Rohr in der Hand und einen mageren Rucksack umgehängt – und dazu ich armseliger, kurzgestiefelter Dreikäsehoch, der in der gleichen Zeit, da die andern einen Schritt machten, nahezu seine drei trippelte.

Wo wir gingen, liefen Kinder hinter uns drein und reichten uns kleine Päcklein mit Kupfermünzen; Männer nickten uns wohl wollend zu, und die Weiber und jungen Mädchen sahen neugierig aus den Häusern und blickten uns lange nach.

Abends machten wir endlich vor einem grauen, verwitterten Hause Halt, und der Magister führte uns durch einen dunklen Gang in ein niederes Lokal, das von Rauch und Qualm, von Lärmen und Geschrei erfüllt war.

Bei unserm Eintreten wandten sich die meisten der an langen, schmutzigen Tischen sitzenden Gäste blitzschnell nach uns um; etliche zogen sich eilends in einen dämmerigen Winkel hinter dem mächtigen Ofen zurück und blickten scheu und forschend nach uns.

Der Magister aber begann sogleich, diesen oder jenen in seiner welschen Sprache zu begrüßen, schob uns eine Bank zurecht und verlangte vom Herbergsvater befehlend Speis und Trank.

Er warf auch gleich einen Gulden auf den zinnernen

Teller am Schanktisch und begehrte ein Nachtlager für alle vier. Der Wirt, ein buckliger, alter Kerl mit rinnenden Augen und langen Krallen an den Fingern, kam schlurfend in einem schmierigen Leinenkittel aus seinem Verschlag und stellte jedem von uns ein Glas Branntwein hin, langte einen Brotlaib aus dem Wandschrank und sagte: »Was is gefällig, meine lieben Leut? – Frisch Geräuchertes hab ich, oder Fleischknödel; ein Voressen oder ein Bröckerl Käse is auch noch da. – Geht wohl so alles auf eine Rechnung, Herr Magister?«

»Aber freilich, Vater Kaspar!«, rief da der Gesell; »solang wir grandig Kis scheften, ist jeder unser Brissger!«

Da stieß mich der Bäcker an: »Hast es gehört, Hiasl! Solange er hübsch Geld hat, sagt er, ist jeder sein Bruder! – Alle Hochachtung vor unserm Kameraden! – Alle Hochachtung!«

Mein Ziehbruder, der Fritz, aber sagte gar nichts, betrachtete die Gesichter der Burschen, die hier herumsaßen und standen, aßen und tranken, schwatzten, würfelten oder sich sonst unterhielten, und aß danach mit gutem Hunger etliche Würste.

Also tat ich auch desgleichen, nachdem ich noch jedem gesagt hatte, dass ich ganz ohne Kreuzer Geldes wär; darauf aber alle drei nur ein lustiges Lachen hören ließen und mich ermahnten, gut zuzugreifen.

Nach solchem Mahl reckte der Magister behaglich seine Beine unter den Tisch, zündete sich eine kurze Pfeife an und schloss die Augen; doch entging ihm kein Wort der Unterhaltung, und er gab jedem, der über den Tisch was fragte, sogleich Antwort.

Da schwirrten die welschen Reden durchs Lokal, dass selbst meine Kameraden Mühe hatten, sie zu verstehen und mir zu verdeutschen.

Endlich aber wurden wir müde und ließen uns das

Nachtlager zeigen, wobei uns der Magister noch wohl ermahnte, nichts von Wert unverwahrt liegen zu lassen; so ein lakerer Koluf hätt seine Scheinling die ganze Zeit über bei uns herüben gehabt. Was so viel bedeuten sollte, als dass so ein falscher Hund seine Augen auf unsere Ranzen geworfen hätte.

Also legte jeder seine Sachen unters Haupt, und ich konnte nicht umhin, einen Stoßseufzer zu Unserer Lieben Frau vom Birkenstein zu schicken, ehe ich die Glieder streckte und einschlief.

Hab nicht gar besonders wohl geruht, die selbige Nacht; denn da wimmelte es in meinem Strohsack von allerlei Getier, so dass ich den andern Morgen am ganzen Leib voller Binkel und roter Flecken war und mir vor Jucken und Beißen kaum mehr zu helfen wusste.

Ich wäre auch gern in ein Schaff kaltes Wasser gesprungen, um mich darin eine Weile zu baden, ehe ich wieder in mein Habit schlüpfte; was aber leider nicht geschehen konnte, weil bloß ein armseliges Näpflein für alle Gäste bereitstand zum Waschen.

Waren ihrer nicht allzu viele, die sich in der trüben Brühe wuschen, und der Magister riet mir, auch damit zu warten, bis wir unterwegs irgendwo einen Bach fänden; denn für Krätze und Läuse sei ich noch zu jung. Die wären besser für die älteren Lumpen und Strolche.

Danach gab er mir insgeheim ein schmales Büchlein und ein Päcklein Papiere, indem er sagte: »Hab gut Acht drauf und weis sie nur vor, wenn's gar nicht anders geht! Ich hab sie gestern noch für dich eingehandelt!«

Ich besah mir die Papiere danach an einem geheimen Ort und erschrak nicht wenig, als ich las, dass ich der zwanzigjährige Malergeselle Johannes Schröckh aus Traunstein sein sollt.

Ging also hinein und sagte zum Magister: »Ihr müsst

Euch geirrt haben! Ich heiß Mathias Bichler und bin aus ...«

Aber der alte Spitzbub hielt mir sogleich das Maul zu und fuhr mich halblaut an: »Haarbogen, dummer! – Halt dein Bonum! – Sei froh, dass du überhaupt was bist! – Ohne Referenzen kommst du nicht weit im Land herum, das merk dir! – Da werden sie dich bald krank schlagen, und du kannst etliche Wochen hinter Schloss und Riegel brummen. – Oder sie fegen dich aus und schieben dich nach dem Nest ab, aus dem du stammst! – Die werden ja schauen, wenn du wiederkommst als ausgefegter Pfiffges!«

Damit ließ er mich stehen, ordnete seinen Rucksack und mahnte den Bäcker und meinen Ziehbruder, die eine braune Zwiebelsuppe auslöffelten und Branntwein dazu tranken, zum Aufbruch.

»Avanti!«, sagte er. »Schmust nicht lang; holcht, dass wir bald aus dem Bais und ins Flach stieben! – Mir ist's, als sei die Schmier im Anzug! Ich hab's nicht mit der kistigen Kontrolle!«

Da machten sich die beiden geschwind fertig, indessen ich einen harten Kampf mit mir ausfocht, ob ich sollt unter falschem Namen weiterwandern oder aber als der, welcher ich wirklich war, in Not und Elend kommen, von den Schergen aufgegriffen und nach Sonnenreuth abgeschoben werden.

War mir gar nicht wohl bei solchem Überlegen, und ich hätt gern gewünscht, dass ich wieder bei dem alten Fegfeuer in dem Zigeunerwagen gesessen wär als ihr Sohn.

Aber in dem Augenblick fasste der Fritz meinen Arm, schüttelte mich und sagte: »Also, Hiasl, wennst mit willst, musst gleich gehen! In einer Weile ist's schon zu spät – die Wache kommt um sechs zum Visitieren!«

Da raffte ich mich auf, schnallte mein Ränzel um und folgte ihnen, ohne mich noch viel zu bedenken; darüber der Magister sehr erfreut schien und mir bei allen Zufällen seine Hilfe versprach.

Also zogen wir hinaus zum Tor und dahin durchs Gau, kamen in allerlei Ortschaften, da man uns misstrauisch betrachtete, die Häuser verriegelte oder aber uns scheltend von der Tür jagte; besuchten Dörfer und Märkte, daselbst einer oder der andere auf eine Zeit Arbeit und Lohnung fand oder von guten Bauern mit Zehrung reich versehen wurde, und hielten dabei fest zusammen als gute Kameraden, die gern und willig miteinander teilen, was sie haben; sei's nun Geld oder Speis, Quartier oder Unterstand oder den mageren Inhalt des Rucksacks.

Der Magister insbesondere tat mit uns gar brüderlich; hatte auch immer Geld, oder, wie er es nannte, Kies, obgleich er am wenigsten sich plagte oder lange wo arbeitete.

Doch dacht ich auch über dies nicht viel nach und vertraute ihm als einem weit gereisten und welterfahrenen Mann, der mir zwar als ein Vagabundus, niemals aber als ein wirklicher Spitzbub vorkam und grad für mich eine schier zärtliche Neigung hegte.

Er stammte aus gutem Hause und war der Sohn eines rheinischen Gutsbesitzers. Die harte Zucht im elterlichen Haus ließ ihn schon als vierzehnjährigen Knaben den Entschluss fassen, heimlich davonzuziehen. Er packte also einen Anzug, Geld und sonstige notwendige Dinge zusammen, versteckte den Packen in einem alten Boot am Rheinufer und ließ nach solchen Vorbereitungen noch einige Zeit verstreichen, ehe er verschwand.

Man glaubte, dass er im Rhein beim Baden ertrunken

wäre, weil man nachher seine alten Kleider daselbst gefunden hatte, und ließ ihn aus der Liste der Lebenden streichen, dieweil er mit einem Kaufschiff rheinaufwärts fuhr und schließlich in Basel längeren Aufenthalt nahm, ein Student wurde und durch seine Geniestreiche bald unter der Burschenschaft großen Ruhm und Ansehen genoss.

Er lebte also flott und in Saus und Braus, machte Schulden, bis ihm kein Mensch mehr borgte, und kehrte schließlich im Jahr 1790 als ein etwa fünfundzwanzigjähriger Studiosus der schönen Wissenschaften Basel den Rücken; doch nicht, ohne noch seine Hauswirtin, eine mannstolle Witwe, durch das Märchen, er sei als Hofrat zu der Fürstin von Taxis nach Regensburg beordert worden und brauche dazu Geld und anständige Kleider, um ein schönes Sümmchen Geldes zu prellen. Sie gab ihm willig fünfhundert Gulden, nachdem er sie seine liebe Braut genannt und ihr versprochen hatte, sie zur Frau Hofrätin zu machen.

Danach zog er lange Zeit in der Welt herum, tat gar fein und anmaßend, so dass man ihn überall als einen großen Herrn mit Hochachtung und Ehrfurcht behandelte, bis er eines Tages unter Rücklassung großer Schulden und etlicher trauernder Mädchen wieder verschwand.

Im Jahr 1800, da er eben ohne jeden Kreuzer Gelds in der ärmlichen Dachstube einer Vorstadt Wiens saß, fiel ihm ein Gedicht in die Hände, das auf einem Fetzen Papier stand, darein ihm die Mamsell vom Krämerladen sein Stück Speck gewickelt hatte. Es war eine Lobhymne auf den großen Fritz, den Preußenkönig.

Sogleich ging er nun daran, etwas Ähnliches auf einen österreichischen Herzog zu machen, widmete es »Seiner Durchlaucht alleruntertänigst« und erhielt dafür von dem alten Herrn, der sich durch den schwülstigen Lobgesang nicht wenig geschmeichelt fühlte, ein ansehnliches Geldgeschenk, ein huldvolles Handschreiben und eine silberne Dose mit fürstlicher Widmung.

Da ihm also solches so wohl geglückt war, machte er das Lumpenstück sogleich auch in Deutschland und dichtete bald diesen, bald jenen hohen Herrn an; doch folgte dieser einen großen Auszeichnung leider keine zweite mehr, und die deutschen Fürsten hatten höchstens einen Ordensstern oder ein paar trockene Dankesworte für ihn.

Noch einmal kehrte er nach Wien zurück, empfahl sich aber nach verschiedenen Streichen bald wieder, und schließlich erwischte ihn die Polizei, als er eben ohne Bezahlung seiner Zechschuld aus einem Gasthof zu Nürnberg verschwinden wollte.

Im Polizeigewahrsam hingen sich bald etliche zünftige Gauner an ihn; er lernte ihre welsche Sprache, und nachdem er wieder in Freiheit gesetzt war, zog er mit allerhand reisendem Gesindel durch die Gaue, um sich schließlich doch wieder von ihnen zu trennen.

Und so war er am End bis in die Berge gekommen und hatte in der Gegend von Kufstein den Bäcker und meinen Ziehbruder getroffen, mit denen er nun der Münchnerstadt zu wollte, um daselbst als Schreiber irgendwo unterzukommen.

Also tappte ich mit ihm und den beiden andern dahin, indes die Felder kahl wurden, die Obstbäume überall voll schwerer Früchte hingen und ein scharfer Wind durch die Äste der fahlen Buchen und Birken strich und auch uns durch die leichte Kluft fuhr.

Aus den Scheunen aber erklang wieder das gleichmäßige Lied des Dreschens und gemahnte mich an jene glückhaften Tage im Weidhof, so dass ich allmählich immer stiller wurde und im Innersten meines Herzens ein tiefes Weh nach jener Zeit verspürte.

Da schickte es sich, dass wir eines Abends so um Kirchweih durch ein größeres Bauerndorf nahe bei Ebersberg zogen und daselbst um Speis und Nachtquartier herumbettelten, als ein großer Planenwagen aus dem Schuppen eines Wirtshauses gezogen, mit allerhand Kisten, Körben und Säcken beladen und mit zwei starken Rössern bespannt wurde.

Der Magister war sogleich zu dem Fuhrknecht hingegangen, sah ihm eine Weile zu und fragte ihn dann herablassend: »Wo hin noch mit der Fuhre, lieber Freund?«

Darauf der Bursch, ohne aufzuschauen, erwiderte: »Auf München. – Des is das Botenfuhrwerk.«

Nun stand der Magister noch eine Zeit, ohne ein Wort zu reden, sah dem andern beim Eingeschirren zu und wandte sich danach an uns, die wir gleich ihm um das Fuhrwerk herumstanden.

»Ihr wollt wohl auch nach München?«, fragte er uns scheinbar neugierig.

»Freilich wohl!«, erwiderten wir frisch und lachten, dass uns der Knecht plötzlich erstaunt und misstrauisch ansah.

»Nix da!«, sagte er unwirsch; »da könnt jeder kommen und mitfahren wollen! – Hab's nicht mit solchen Gästen, wie's ihr seid!«

»Das kann ich mir denken«, meinte der Magister halb lächelnd, halb mitleidig; »Ihr wollt halt auch nicht grad umsonst jeden fahren, der kommt. – Jawohl. – Da habt Ihr auch nicht so Unrecht, lieber Mann! – Aber – wie wär's, wenn Ihr – natürlich gegen gutes Fahrgeld – mich mitnehmen würdet? – Ich habe droben beim Herrn Pfarrer amtshalber zu tun gehabt und hab leider die Post versäumt.«

Er tat, als sähe er auf seine Taschenuhr, dabei er doch nur eine Zwiebel an dem Band hängen hatte, und wiederholte: »Jawohl. – Leider. – Viel zu spät!«

Der Knecht schirrte ruhig weiter an, indes er ab und zu einen schnellen Blick auf den Magister warf und gleichmütig sagte: »So – beim Herr Pfarrer, sagts! – Mhm. – Ja, müssts halt aufsitzen, wenn's Euch nicht zu hart is. – Mhm. – Des kostet nachher nicht viel für Euch ... Des wißts ja selber! ...«

Da zog der Magister mit vornehmer Gebärde einen Gulden, den letzten, den er noch hatte, aus der Hosentasche und hielt ihn dem Knecht hin.

Der aber wollt von solchem reichen Fuhrlohn nichts wissen: »Nein, nein, gnädiger Herr!«, sagte er; »so machen's wir nicht! Um des fahr ich ja den ganzen Pfarrhof bis auf München! – Nein, so viel nehm ich nicht an! – So viel schon überhaupt nicht!«

Da blinzelte der Magister zu uns herüber und meinte gutherzig: »Ihr seid ein braver Kerl. – Aber ich will Euch was sagen: Ich geb Euch den Gulden, und dafür erbarmt Ihr Euch der armen Brüder da und nehmt sie um Gottes willen mit in die Stadt. – Ich werde nicht versäumen, dem Herrn Pfarrer von Eurer Gutherzigkeit zu schreiben! ...«

Da lag er drin – der Gimpel! – »Na ja«, sagte er wieder langsam und gleichmütig; »nachher lass ich sie halt aufsitzen, die drei. – Aber ich hoff, dass sie Euch keinen Unmut nicht machen!«

Und er wandte sich an uns: »Also – nachher könnts schon aufhocken!«

Gab ihm also der Magister den Gulden – der Knecht bedankte sich untertänigst –, und wir stiegen fröhlich ein und freuten uns über die Keckheit des Magisters.

Der aber ließ sich fein »Gnädiger Herr« titulieren,

setzte sich auf die weiche Decke, die ihm der Knecht noch gegeben hatte, und wünschte sich und uns eine gute Reise, indes der andere draußen den Handgaul beim Zaum fasste, lustig mit der Geißel knallte und aus dem Dorf fuhr.

Unterwegs, da die Pferde gemächlich in der einbrechenden Nacht dahinstapften und der Knecht pfeifend und singend daneben herschritt, lachten wir noch viel über diesen wohl gelungenen Streich und lobten die Schlauheit des Magisters.

Der aber erwiderte schmunzelnd: »O, das ist noch gar nichts! Da hab ich früher schon feinere Stückeln geliefert!«

Und er erzählte uns also die verschiedensten Streiche, die er als Studiosus, als Reisender und als Vagabund schon ausgeführt.

So ging er einmal bei Sturm und Regen, ohne einen Knopf in der Tasche, hungrig und durstig der Stadt Wien zu und dachte darüber nach, wie er es anstellen möcht, dass er sich ohne größere Ausgaben einmal wieder ordentlich satt essen und seinen äußeren Menschen ein wenig vorteilhafter gestalten könnt, als ihm etwas einfiel.

Er lief also eilends zum Tor hinein, indem er dem Wächter eins jener huldvollen Handschreiben aus fürstlicher Feder unter die Nase hielt und sagte: »Es eilt, mein Lieber! Seine Durchlaucht wollen mich sprechen!«

Er war also glücklich drinnen in der Stadt und begab sich sogleich in einen Gasthof, daselbst er ein Zimmer begehrte, den Brief mit dem herzoglichen Siegel vorwies und sagte: »Wenn Seine Durchlaucht nach mir senden sollte, dann meldet, dass ich momentan unpässlich sei. Ich werde in zwei, drei Tagen kommen!«

Fragte auch gleich, wann die Wechselbank geöffnet

sei, und befahl, man möchte sofort nach einem Schneider und zwei Schustern schicken; denn er sei unterwegs in den Platzregen gekommen und hätte im Augenblick kein Gepäck bei sich.

Man beeilte sich sogleich respektvoll die Wünsche »Seiner Gnaden« zu erfüllen, wies ihm ein nobles Zimmer mit Kabinett an und bewirtete ihn reichlich; ja – der Besitzer des Gasthofs ließ ihm sogar ein Paar feiner Staatshosen, neue Strümpfe und trockene Wäsche bringen, damit dem »Herrn Baron« nichts Unpässliches zustoße.

Nacheinander kamen nun die Meister, und er ließ sich einen feinen Anzug nebst zwei Paar Schuhen anmessen, sagte, dass er die Sachen bestimmt in zwei Tagen haben müsste, holte aus dem alten Rock die Briefe der Fürstlichkeiten und legte sie offen auf den Tisch; sein altes Gewand aber schenkte er einem Armen.

Am übernächsten Tag kam zur bestimmten Stunde erst der Schneider; der Magister probierte die feinen Stücke und bemerkte, dass ihn die Hosen ziemlich spannten; darum sagte er: »Ich glaube, Ihr müsst die hintere Naht seichter nehmen, lieber Freund! Bedenket doch, dass ich als Gast des Herzogs viel Komplimente machen muss! – Aber bringt mir die Hosen ganz bestimmt um sechs Uhr wieder! – Den Rock und das Leibstück könnt Ihr hier lassen – das passt.«

Mit tiefen Verbeugungen verschwand der Schneider.

Nun trat der erste Schuster ein.

Sogleich probierte der Magister die vornehmen Staatsschuhe und fand, dass ihn die linke kleine Zehe schmerze.

»Ach«, sagte er zu dem devot vor ihm knienden Meister; »schlagt ihn doch noch zwei Stunden über den Leisten, den linken! – Und um drei Uhr bringt Ihr ihn wieder; der andere passt wie angegossen!«

Unter vielen Entschuldigungen ging der gute Mann, und gleich darauf erschien der andere Schuster.

Wieder probierte der Magister und gab den rechten Schuh mit dem Wunsch zurück, dass er noch ein wenig ausgeweitet werden sollte; denn beim Auftreten steche ihn ein Stift in die große Zehe. Doch müsse er den Schuh bestimmt bis zwei Uhr wieder haben, da er beim Herzog zur Tafel geladen sei.

»Gewiss, Euer Gnaden! – Euer ergebenster Diener!«, sagte der Meister und ging.

Nun begab sich der Magister wohl ausstaffiert hinab zum Wirt und fragte, ob die Bank jetzt offen sei, er müsse sich Geld holen.

»Jawohl, Herr Baron! Gerade geht's noch!«, sagte der Wirt; »aber ich will Euer Gnaden doch lieber ein Pferd geben. Reiten geht schneller denn gehen, und der Bankportier kann ihn ja derweilen halten, den Gaul, bis Euer Gnaden fertig sind!«

Er ließ also einen sauberen Fuchsen satteln – und der Magister ritt fröhlichen Herzens zum Tor hinaus und bedauerte nur, dass er die Gesichter der Geprellten nicht mehr sehen konnte, wenn sie es merkten, dass der Vogel ausgeflogen war mit ihren Federn. –

Unter solchen Erzählungen des Magisters waren wir schier die halbe Nacht gefahren, als uns endlich der Schlaf überfiel und wir uns auf die harten Kisten und Säcke streckten.

Da gab es dem Wagen plötzlich einen Ruck. Wir rissen die Augen auf, sahen uns schlaftrunken an und krochen dann neugierig unter der Plane hervor.

Da stand das Fuhrwerk vor dem Haus des Zolleinnehmers, und der Knecht klopfte eben ans Fenster des Beamten.

»Holla!«, sagte da der Magister halblaut; »jetzt ist's

aber Zeit, dass wir verschwinden; sonst kommt's auf, was ich für ein Vogel bin!«

Damit sprang er vom Wagen und rief dem Knecht zu: »Die armen Kerle suchen Arbeit; nun will ich sie einmal schnell zu meinem Vetter, dem Pfarrer von Maria Hilf, führen; der hat hübsch Holz zu machen. – Also adieu, guter Freund! – Ich werde nicht versäumen!«

Der Knecht zog ehrfürchtig seine Haube und grüßte den Magister devot; wir aber liefen frisch dahin.

Es war ein schöner Morgen; über den Fluren und Wiesen lag ein glitzernder Reif, feine Nebel stiegen auf und nieder, und unter uns in einem Tal lag die Münchnerstadt wie ein Schattenriss mit ihren Türmen und Giebeln, Mauern und Zinnen.

Ein breites, dampfendes Wasser, das der Isarfluss war, floss rauschend zwischen herbstlich bunt gefärbten Bäumen und Büschen dahin, und aus dem Nebelschleier ragten die mächtigen, grünlich schimmernden Kuppeln der Türme vom Dom Unserer Lieben Frau.

Glockengeläut tönte zu uns herüber, das Rufen und Juchzen der Flößer drang vom Fluss herauf, und allerhand Fuhrwerke und Leute bewegten sich auf den zwei Brücken, die unter uns über die Isar nach dem Tor der Münchnerstadt führten.

Also trabten wir den Rosenheimer Berg hinab, vorbei an niedern Häusern mit kleinen Gärten und geraniengeschmückten Fenstern, und schritten über die Brücken, darunter der Fluss mit wilden, grüngelben Wassern dahinfloss.

Vor dem Tor waren überall noch grüne Wiesen mit Schafherden; Gänse und Enten tummelten sich in Bächen, aus einer Kaserne ritten bunte Soldaten, im Wirtshaus zum Postgarten blies ein Postillon etliche Landlermelodien, und unter dem Isartor hobelte und schnitzte der Stadtwagner an der Deichsel einer fürstlichen Karosse; der Messerschmied daneben ließ die Funken von seinem Schleifstein sprühen, und ein Schlosser stieß eben seine glühende Eisenstange ins kalte Wasser und schlug und hämmerte sie zur kunstvollen Schnecke.

Vor dem Zollwächterhaus aber stand ein alter Soldat der Polizei, fragte nach unsern Papieren und machte, dass ich mich in diesem Augenblick elender fühlte als zu jener Stund, da ich alles verloren hatte.

Johannes Schröckh

Mit zitternden Fingern und großer Kümmernis und Angst im Herzen schnallte ich mein Ränzel ab und holte umständlich die Referenzen und das Wanderbuch heraus, Unsere Liebe Frau wieder einmal inbrünstig um Hilfe angehend und den Magister, der grad anstandslos als Karl Ludwig Harold, Geheimschreiber aus Darmstadt, das Tor passierte, in alle Höllen und Verdammnisse verfluchend.

Eben gab der Bäcker seine Papiere hin, sagte, dass er Philipp Leber heiße und in München Arbeit suche, und folgte darauf ebenfalls ohne Hindernis dem Magister; danach kam mein Ziehbruder, der Fritz. Der Beamte las laut: »Friedrich Glotz, Stallknecht aus Sonnenreuth – Ihr sucht Arbeit? – Wird schon was geben. – Könnt passieren.«

Nun war also die Reihe an mir, und ich stand allein und verlassen von der ganzen Welt vor dem gestrengen Gendarm, darauf gefasst, dass er im nächsten Augenblick die Häscher rufe, mich in Fesseln lege und in den nächstbesten Turm sperre als gemeinen Betrüger.

Aber er sagte bloß: »Stimmt. – Könnt passieren.«

Und gab mir den üblichen Gegenschein für meinen Reisepass.

Noch umständlicher, als ich meine Judasfetzen zuvor ausgepackt, tat ich den empfangenen Wisch jetzt hinein in den Ranzen, sagte dem Alten mit bebender Stimme Pfüat Gott und ging mit schlotternden Knien hinein durchs Tor in die Stadt und ins Tal Mariä.

Lachend standen meine Gefährten vor dem Haus eines Bäckers und empfingen mich mit üblem Spott, worüber ich mich so stark erzürnte, dass ich von ihnen weglief.

Der Magister aber eilte mir nach und redete mir zu, bis ich wieder umkehrte und also mit ihnen beriet, was wir nun anheben wollten.

»Ich weiß schon meinen Teil!«, sagte der Bäcker; »ich geh jetzt zu dem Weckerlmeister da hinein – vielleicht hab ich Glück!«

Und trat also ins Haus, über dessen Tür ein fein geschmiedeter Kranz mit dem Zunftzeichen der Bäcker hing und ein Schild: »Zum Dirnbäcker«.

Indessen er drinnen verhandelte, gingen wir heraußen langsam auf und ab und spähten dabei verstohlen durch die Scheibe des Schiebefensters, dahinter der feiste, mehlbestäubte Meister neben seiner himmellangen Hausfrau stand und dem Philipp seine Referenzen abverlangte.

Es dauerte eine geraume Weile, ehe der Kamerad wieder aus dem Haus trat; da er aber endlich erschien, lachte er voll Freude und nahm von uns Abschied.

»Bin schon gedungen!«, sagte er. »Ist ein guter Herr, der Meister. – Drei Tage Probe ums Essen – danach fix auf drei Jahr, wann ich mich gut halte. – Herrgott, bin ich froh drüber! – Ich wünsch euch das gleiche Glück! – Und …«

Er griff in die Hosentasche und zog alle seine hart erkämpften Groschen und Kreuzer hervor: »Da – teilts sie fröhlich miteinander! – Und jetzt behüt euch der Himmel!«

Wir wünschten ihm alles Glück und nahmen sein Geschenk gern an. Dann versprachen wir ihm, zum nächsten Sonntag vor dem Haus zu stehen und auf ihn zu warten.

Und also gingen wir, indes er seine Ballonhaube schwenkte und wieder ins Haus trat.

Im Tal Mariä war schon lautes Leben und Treiben, da wir so durchmarschierten. Schwer beladene und mit feisten Ochsen bespannte Bierwägen kamen aus einem Brauhaus, aus der Hufschmiede daneben drang beißender Rauch und das Fluchen der Gesellen. Vor der Werkstatt eines Sattlers hielt eine Staatskarosse, während daneben aus der Hochbruckenmühle die weißen Mahlburschen mit schweren Säcken aus dem Tor keuchten und einen Wagen beluden. Kraxenweiber und feine Kochmamsellen, alte Bauern und junge Gecken liefen durch die Gassen; prunkvoll in Samt und Seide gekleidete Bürgersfrauen und silberstrotzende Männer kamen aus einer Kirche. Ein Tändler stand unter seiner Ladentür, hatte eine riesengroße Brille auf der Nase und stäubte und blies an einem alten Ministerrock und schimpfte nebenbei grimmig auf den Gestank, welchen der Weißgerber mit seinen Häuten und Fellen um sich verbreitete, da er sie vom Karren hob und ins Haus trug. Ein Fuhrwerk mit feinem weißen Sand zum Fegen der Böden und Bänke stand vor dem Wirtshaus zum Löffelwirt, und der Lenker des alten, hinkenden Schimmels schrie in lang gezogenen Tönen: »Weiß Saand!« Dabei er aber von einer bunt gewandeten Jungfer, die zwei Fässlein in einer Kraxe am Rücken trug, überschrien wurde;

denn sie lockte die Frauen und Kochdirnen ringsum aus den Häusern mit ihrem Ruf: »Rührmilch und Butter!«

Ein alter, zusammengeschrumpfter Salzstößler mit erfrornen Backen und tröpfelnder Nase stand hinter der trüben Scheibe seines Ladenfensters und sah neidig auf die schweren Kisten und Ballen, die daneben vor dem Tor des reichen Handelsmannes und Seidenhändlers abgeladen wurden, indes ein Gendarm dabei Wache hielt, dass nichts gestohlen wurde. Zwei Diener liefen mit einer Sänfte, darin ein steinaltes Männlein mit langstieligem Monokel und gepuderter Perücke saß, dem Ratstor zu und stießen dabei schier einem Burschen seine zwei großen Käselaiber vom Kopf, die er eben aus einem Gewölbe trug.

Vor dem Haus eines Branntweinbrenners hielt der Magister an und sagte: »Jetzt gehen wir einmal zuerst da hinein auf ein Glas Bitter. Und dann reden wir weiter!«

Also traten wir ins Haus, das man den Heiliggeistbranntweiner hieß, und darin schon jede Menge Leute beieinander saßen und standen: Alte und Junge, Bauern, Händler, Handwerker und Bürger, ihren Schnaps tranken oder etliche Krüge füllen ließen und daneben sich mit jedermann anließen und unterhielten.

Und da wir also unsere himmelblauen und grünen Pressgläser nahmen und auf gutes Glück anstießen, trat einer zu uns, ein aufgeblähter, rotköpfiger Mensch mit schweren Silberknöpfen an seinem braunen Rock, und fragte leutselig, wo wir herkämen.

Sagten wir: »Von den Bergen – Arbeit suchen.«

Darauf er unser Gewerbe wissen wollt und jeden darum fragte.

Der Magister aber nannte ihm willig statt unser alles: »Der ist ein guter Stallknecht für Ochsen und Kühe, Rindvieh und Ross«, sagte er vom Fritz; »der da ist ein

Maler oder Anstreicher – zwar nicht groß, aber ein fixer Geselle«, rühmte er von mir und meinte dann von sich selber: »Und ich bin ein alter Schreiber, Sekretär und Botengänger.«

Der andere betrachtete uns eine Weile prüfend; dann fragte er meinen Ziehbruder: »Kann er melken?«

»Freilich!«, sagte der Fritz; »melken und buttern, füttern und Stall ausmisten. Und in der Feldarbeit, da fehlt sich auch nix.«

Worauf sich der Alte noch ein Glas Schnaps einschenken ließ und die Papiere des Bruders zum Durchschauen verlangte.

»Ich bin Milchhändler«, sagte er danach; »ich könnt dich schon ganz gut brauchen – was verlangst denn?«

»Was halt der Brauch ist«, erwiderte der Fritz; »ich mach meine Sache richtig und lass nix über mein Vieh kommen. – Was zahlt Ihr denn?«

»Na ja«, meinte der Milchhändler bedächtig und trank; »na ja. Ich geb dir, was recht is: vierundzwanzig Gulden im Jahr und ein Paar Schuhe. Nach zwei Jahren vier Gulden mehr, und als Drangabe einen Gulden extra.«

»Jawohl«, sagte der Fritz; »so, wie es halt der Brauch ist. Um das möcht ich schon anfangen bei Euch!«

»Na ja, nachher is ja alles recht und richtig!«, erwiderte der Alte und zog einen gestrickten Geldbeutel aus der Hose. »Nachher geb ich dir also gleich deine Drangabe, und du gehst auf der Stelle mit.«

Also war auch der Fritz gut unter Dach. Der Magister aber sagte: »Kann man vielleicht erfahren, wo Euer Anwesen ist, Herr? – Er bekümmert mich, der junge Kerl!«

»Des könnts schon wissen«, erwiderte ihm der Alte. »Ich bin in der Salzgasse und hab ein schönes Sacherl. Bei mir heißt man's zum Fischer Simmerl; könnts schon amal kommen auf die Nacht nach Feierabend.«

Ach Gott, wie war mir in dieser Stunde elend in meinem Gewissen! Denn ich gedacht mit Angst und Grausen des Augenblicks, da auch an mich die Frage käme: »Wer und was – woher und wohin?«

Er kam leider nur zu schnell, dieser Augenblick! Denn der Milchhändler wandte sich an einen hageren, weißhaarigen Mann, der hinter dem Schanktisch beim Branntweiner stand und ein gemaltes Schild in Händen hielt, mit den Worten: »Behringer! – He, Behringer! – Geh amal her! – Hast nicht du gesagt, dass dir ein junger Geselle mangelt in deiner Werkstatt?«

Der Angeredete ging auf uns zu und fragte: »Warum? Hast vielleicht einen?«

»Jawohl, Euer Gnaden!«, rief da geschwind der Magister und nahm mich bei den Schultern: »Wenn Euer Gnaden geruhen wollten, den Burschen auf eine Probe zu dingen! – Er ist ein Vetter von mir – versteht sein Sache von Grund auf – kann bloß mit den Leuten nicht recht umspringen. – War ja auch sein Lebtag immer bei den eigenen Freunden – gewöhnt sich aber schon noch an die fremden Leute. – Welchen Zweig der edlen Malerei pflegen Euer Gnaden, wenn man fragen darf?«

»Wir tun vergolden und Figuren von den Herrn Bildschnitzern bemalen«, erwiderte der Meister; »der Dreßler in der Hackenstraße und ich – wir sind die Einzigen von dem Fach. Ich hab halt zwei Altgesellen und vier Junggesellen in der Werkstatt, ohne die Lehrbuben. – Wie heißt er denn, der Schlawiner? – Hat er Referenzen?«

»Schröckh, Euer Gnaden!«, beeilte sich der Magister statt meiner, der ich dastand wie Sankt Sebastian mit den fünfzig Pfeilen im Leib; »Johannes Schröckh. – Hallo – geschwind deine Papiere, Bursch! – Nur nicht so verdattert mein Lieber! – Der Meister wird bald genug Respekt vor dir kriegen!«

Langsam, als tät ich mein Halstüchl ab, damit mir der Scharfrichter den Kopf leichter abhauen könnt, holte ich die verfluchten Papiere heraus und gab sie dem Magister hin, denkend, es wäre wohl das Beste, wenn mir unser lieber Herr in dem Augenblick geschwind einen sanften Tod schenkte.

Aber ich blieb lebend und gesund und hatte eine Weile danach einen brennenden Dinggulden in der Hand.

Der Magister aber bedankte sich mit geschraubter Rede bei dem Meister und fragte, ob er mich einmal aufsuchen dürfte mit Verlaub Seiner Gnaden.

»Aber gewiss!«, sagte dieser. »Kommts nur, wenn's Euch beliebt! – Ich hab's gar nicht ungern, wenn hie und da eins von der Verwandtschaft ein bissl dahinter steht mit der Fuchtel! – Sie schlagen dann nicht so leicht über die Stränge, find ich!«

»So ist's!«, sagte der Erzgauner, der scheinheilige. »Und wo sind Euer Gnaden zu finden, wenn man fragen darf?«

»Ja so«, erwiderte ihm mein Meister; »also, wenn Ihr Euch merken wollt: Christian Behringer is mein Name; Mal- und Vergolderwerkstatt – gleich da drüben im Hackenviertel – Brunngasse. Das erste Haus linker Hand, wenn man von der Hundskugel reinkommt. – Unsere Liebe Frau steht groß über der Haustür in der Nische.«

Da bedankte er sich noch einmal, der Magister, gab mir gute Lehren und schöne Worte und versprach, mich am Sonntag nach dem Essen zu besuchen, mit Verlaub.

Ich aber wusste nicht Rede noch Antwort, fühlte nicht Schmerz noch Lust und stand auf meinem Fleck, indes in meinem Hirn der eine Gedanke umging: »Aus ist's! Aus ist's! – Du bist ein Lump!«

Mittlerweile hatte sich der Milchbauer mit dem Fritz

auf den Weg gemacht, und der Magister nahm nun ebenfalls von uns Abschied, trank sein Glas aus und ging.

Da gab ich mir einen Ruck und dachte, wenn ich erst einmal eine Weile bei dem Meister wär und er keine Klage über mich hätt, dann könnt ich ihm ja leicht alles erzählen.

Und bis dahin würde es schon gehen mit der Hilfe Gottes.

Ich ging also mit ihm und trat hinaus in die sonnenbeschienenen Gassen und folgte meinem Meister durch das fein bemalte Ratstor über den Marktplatz mit der Lieben Frau auf der Säule, vorbei an den Ständen der Händler und hinein in schmale Gassen und enge Winkel, bis wir endlich zu dem Haus mit der großen Madonna kamen.

Aufrecht ging ich durchs Tor und hinein in die Werkstatt, da der Meister mir meinen Platz neben einem Altgesellen anwies und sagte: »Also, Hans, probieren wir's halt in Gottes Namen.«

Nun hatte ich also eine Arbeit, einen Meister, einen Platz beim Altgesellen – aber kein Gewand, wie es die zünftigen Maler gemeiniglich bei ihrem Schaffen tragen.

Sagte also deswegen zum Meister: »Es wäre mir lieb, Meister, wenn ich gleich meine Kluft ablegen könnt und ein anderes Gewand anziehen. Auch hab ich mir noch um keine Logis geschaut.«

»Die kannst im Haus haben«, erwiderte der Meister; »bei mir logieren alle im Haus, die bei mir arbeiten! – Hab's nicht mit den Auswärtsschläfern! – Hängt sich leicht allerhand an! Und – was ich sagen will – Kittel und Schurz findest da hinten, in dem Kasten, was du brauchst.«

Also suchte ich mir mein Habit aus und folgte danach dem Meister hinauf unters Dach, wo drei niedere Kammern für die Gesellen hergerichtet waren mit sauberen Betten, blechernen Waschschüsseln und steinernen Wasserkrügen.

Vor jedem Bett standen ein blank gescheuerter Hocker und eine niedere Truhe, und an der Wand hing ein einfacher Herrgott, mit Palmbüscheln und einem Kränzlein geschmückt. In den geblümten Vorhängen steckten allerhand Zunftzeichen und Anhängsel, Blumensträußlein und bunte Bänder, und auf einem Fensterbrett stand allein ein magerer Rosmarinstock.

Der Meister hatte derweil seine Ehefrau gerufen; und die lächelnde, rundliche Meisterin mit ihrem blonden Haarschopf, darin ein großer, geschnitzter Hornkamm steckte, rief mit heller Stimme, indem sie eilig ihre blumenbestickte Leinenschürze zurückschlug und glättend über die Kissen eines Bettes strich: »Ja, was is des, Vater! – Haben wir schon wieder einen! – So, so! – Na, des is recht. – Wie heißt er denn? – Is er auch brav und ordentlich? – Und gesund? – Kennt er unsern Herrgott noch? – Geht er schön in die Kirch? – Er hat doch hoffentlich keinen Schatz? – Gewiss nicht? – Also – dann ist's recht. – Acht geben aufs Bett! – Keinen unnützen Dreck machen! – Das Bettzeug nicht zerreißen! – Öfters beichten gehen! – Den Boden nicht vollspucken und das Waschwasser nicht in die Dachrinne gießen! – Und nicht streiten! – Und im Haus Filzpantoffeln tragen! – Also.«

Und sie nickte mir freundlich zu, ließ die Schürze wieder fallen und lief die Stiege hinab, dass ihr Schlüsselbund rasselte.

Da zog ich mich eilig um, tat einen Stoßseufzer und folgte danach dem Meister wieder in die große, lichte Werkstatt, in der überall Engel und Heilige, Madonnen und Wandherrgotte herumlagen und -standen; bald aus

Holz, bald aus Gips, alabasterne und steinerne, bemalte und vergoldete.

Hier strich einer frisch an dem lichtblauen Mantel der Himmelskönigin, dort malte einer die Schuhriemen des heiligen Florian; der rieb auf einer gläsernen Platte emsig die Farbe an, und jener setzte eben goldene Sterne auf das Gewand eines Cherubs.

Der Altgeselle aber, dem ich zur Hilfe zugeteilt ward, malte kunstvoll das Antlitz eines Herrgotts am Kreuz; bleich, mit bläulichem Unterton, die halb offenen Augen voll Schmerz und Leid im Ausdruck.

Etliche Lehrlinge liefen geschäftig mit Farbtöpfen und Goldlackhäfen herum, wuschen Pinsel, trugen den Gesellen Öle oder Paletten, Töpfe oder Näpfe zu und machten dabei ihre Späße und Umtriebe.

Der Meister holte derweil einen Pack leerer Wandkreuze, legte sie vor mich hin und sagte: »So, die müssen sauber schwarz gestrichen werden. – Der Benno soll dir das Farbhaferl bringen und Pinsel! – Gregori, schaust ihm halt hie und da auf die Finger, dass er's recht macht, seine Sache!«

Mein Altgeselle nickte, und ein Lehrbub brachte mir alles, was ich brauchte.

Also begann ich meine Arbeit, die ich wohl begriff; denn ich hatte schon beim Bilderthomas viele Rahmen bemalt, gestrichen und vergoldet.

Der Gregori brauchte kein Wort zu reden und war mit dem Anfang so sehr zufrieden, dass er am Mittag zum Meister sagte: »Arbeitet gar nicht schlecht, des Bürscherl! – Ich denk, wir lassen ihn morgen bei den Birchmayer-Aposteln das Grundieren anfangen.«

Was mir einen wohlgefälligen Blick vom Meister eintrug.

Um die Essenszeit begann es in der stillen Werkstatt plötzlich lebendig zu werden, und die schweigsamen Gesellen fingen an zu scherzen und zu singen, zu lachen und zu pfeifen, bis es ringsum von den Kirchen und Kapellen zum Mittag läutete.

Da stellten sich alle auf einen Haufen zusammen, wandten sich gegen Aufgang der Sonne, wo in der Ecke ein mattes Öllicht vor einem dornengekrönten Herrgott an der Säule brannte, und beteten laut den Angelus Domini und das Tischgebet.

Danach rief einer dem andern einen guten Tag zu, wünschte ihm einen gesegneten Appetit und wusch sich in einem Schaff voll Lauge die Hände, worauf man sich der Arbeitskleider entledigte und zum Tisch ging.

Da trat man zu ebener Erde in eine geräumige Stube, darin in der Mitte ein riesiger Tisch aufgedeckt war. Ringsum standen schwarze Lederstühle, und an der Wand neben dem Kachelofen war ein ledernes Kanapee, darauf der Meister saß und in der Zeitung blätterte.

Ein Kommodenkasten, darauf eine Standuhr, ein Christkind unter einem Glassturz, ein Arbeitskorb und ein Zinnkrug standen, ein Wandschränklein und ein Spinett machten die Einrichtung fertig.

Man wünschte also dem Meister guten Appetit und setzte sich, nachdem er zuerst Platz genommen, rings um die Tafel.

Lächelnd trug die Frau Meisterin eine riesengroße Schüssel voll mit Schmalz aufgegossener Brotsuppe mitsamt Zwiebeln auf, wünschte, man möcht sich's schmecken lassen, und schöpfte sich danach ein wenig in einen zinnernen Teller, während der Meister mit uns gleich aus der Schüssel aß.

Da ging's in schönem Takt und guter Ordnung: erst der Meister, dann der Gregori; danach der zweite Altgeselle, die Junggesellen, dann ich und darauf die Lehrbuben. Den letzten Löffel hatte noch der Meister.

Nun brachte die Meisterin jedem einen hölzernen Teller und stellte eine Schüssel voll Knödel, eine Platte mit dünnen Fleischschnitzeln und einen Topf voll Kraut auf den Tisch.

Dazu gingen der Brotlaib und der Wasserkrug die Runde, und schweigend hielt man seine Mahlzeit, bis der Meister das Wort ergriff und etwas über den Tisch fragte. Da durfte ein jeder schwatzen und wohl auch einen Spaß machen, bis die Hausfrau an ihren Teller klopfte, aufstand und mit singender Stimme den Dank für Gottes Gaben betete.

Nach diesem sagte ein jeder »Vergelts Gott« und begab sich gemächlich wieder in die Werkstatt, da dann gearbeitet wurde bis um drei Uhr. Darauf wurde gevespert und danach der Tag mit fleißigem Tun beendet.

Nach Feierabend ging's an ein großes Waschen und Kämmen; denn die Meisterin als eine adrette Frau liebte nichts Ungepflegtes und hätte gewiss jeden, der unsauber zum Nachtkaffee gekommen wäre, vom Tisch gewiesen.

Mein Altgeselle, der Gregori, hatte gleich Freundschaft mit mir geschlossen und schlug mir nun einen kleinen Spaziergang vor, wozu ich gern Ja sagte.

Noch etliche waren dabei, und so gingen wir unter heiteren Gesprächen ein wenig hinters Haus, durch einen schönen Garten mit barocken Sandsteinfiguren, Brunnen und Bänken, vorbei an einem kleinen Pavillon mit einem Eisengitter um den Balkon, wie Filigran so fein und durchsichtig; über einen schmalen Fußweg durch eine Wiese und zu einem Bach, wo wir die Füße ins eisige Wasser hingen und die andern mein bisheriges Leben und Treiben aus mir herausfragen wollten. Da wurde leider mein eingeschlafenes Gewissen wieder geweckt, und ich gedachte mit großer Trauer meines Leichtsinns, diese Schwindelfetzen vom Magister angenommen zu haben.

Konnte auch in der Folge nicht gar froh werden trotz aller Lieb des Meisters und der Freundschaft meiner Kameraden; denn es bedrückte mich, dass alles dies nicht mir, sondern einem Fremden galt, der vielleicht in Wirklichkeit irgendwo am Galgen baumelte oder noch gar nicht zur Erde geboren war.

Und ich nahm mir wohl hundertmal vor, dem Meister alles zu beichten; dazu es aber leider Gottes niemals kam aus feiger Furcht, es möcht mich die Achtung der andern und die Lieb des Meisters kosten.

Zudem arbeitete ich mich täglich besser ein in mein Handwerk und tat es schier dem Gregori gleich. Hatte auch wieder angefangen zu schnitzen und schenkte bald dem einen, bald dem andern ein geschnittenes Schächtlein, einen Rahmen oder eine Figur.

Und da ich einst mit dem Gregori zu einem Bildhauer in der Hundskugel kam, betrachtete ich mit heißer Gier die Werkstatt und die Geräte, die Modelle und Zeichnungen und bat schließlich den Meister Birchmayer, der eben aus einem Haufen Lindenstöcke etliche aussuchte, er möge mir doch ein Scheit schenken, weil ich auch diese Kunst probieren möchte.

Worauf mich der Künstler einen Augenblick streng prüfend ansah, danach lächelte und sagte: »Gerne! – Wenn du glaubst, du kannst es, so mach nur einmal was Rechtes! Aber ich fürcht, es wird dir doch nicht so fein von der Hand gehen, wie du es im Kopf hast!«

Damit gab er mir verschiedene weiche Hölzer, fragte, ob ich auch Werkzeug hätte, und meinte zum End: Sehen möcht er's aber doch schon ganz gern, was ich zu Stande brächt.

Heißa! Da saß einer von nun ab jeden Tag nach Feierabend bei seinen Klötzen, schnitzte und schabte, linste und passte und hielt sein Werk alle Augenblicke prüfend vor sich hin, ob alles recht würd!

Und nach Verlauf etlicher Wochen stand ich mit klopfendem Herzen wieder beim Meister Birchmayer und hielt ihm das Tuch hin, darein ich meine Schöpfungen sorglich gewickelt hatte: eine Statuette der Madonna, einen Christus am Kreuz und zwei Leuchter.

Starr sah mich der Meister an, schüttelte nachdenklich den Kopf, betrachtete die Dinge lange und sagte schließlich, indem er den Christus in der Linken hielt und leise mit den Fingerspitzen der Rechten darüber strich: »Wer hat dich denn das gelehrt?«

»Niemand«, erwiderte ich ihm; »ich hab schon als kleiner Bub geschnitzt – und mein Kathreinl ...«

Erschreckt hielt ich inne, und eine heiße Röte stieg mir ins Gesicht. Der Künstler aber sagte lachend: »So, so! Auch schon verliebt! – Na – ist ja deine Sache! – Also – dein Kathreinl ...?«

Voller Verlegenheit sagte ich ihm nun, dass die schon einen Haufen solcher Dinge von mir hätte und dass ich schon oft gedacht hätte, ich möcht einmal auch was ganz Großes, Gutes zu Wege bringen.

Da legte der Meister meinen Christus wieder hin und sagte: »Ich will dir dabei helfen. Lass die Stücke hier liegen, bis mein Freund Boos hier war, dann sehen wir weiter. Und komm am Sonntag wieder. – Übrigens: Wie heißt du denn eigentlich, und wer sind deine Eltern?«

Mir war, als hätte mich ein Schlag getroffen bei dieser Frage. – Starr und hilflos blickte ich auf meinen Herrgott und die Madonna – und dann kam's mir plötzlich wie Wasser von den Lippen: »Eltern hab ich keine. Mathias Bichler heiß ich und aus Sonnenreuth bin ich.

Meine Zieheltern waren die Messnersleute von Sonnenreuth. Weidhofer hat man sie geheißen. Und mein Kathreinl ist jetzt die Lackenschusterin von Sonnenreuth. Bei der hätte ich als Viehbub dienen sollen und bin davon.«

Und erzählte ihm meine Schicksale bis dahin, wo ich die Komödiantenbrut kennen gelernt hatte.

Aber da kam ein hoch betagter Herr mit einer ältlichen Mamsell, ein Freund des Meisters, wie es schien, und ich musste gehen.

Mit herzlichen Worten reichte er mir noch die Hand und sagte zuletzt: »Komm ja wieder! Du freust mich. – Und nimm dir wieder ein paar Holzklötze mit!«

Er band mir also etliche in mein Tuch und geleitete mich hinaus.

Leichten Herzens lief ich heim und tat, was ich seit langem nicht mehr getan – sang und jodelte, juchzte und pfiff aus übergroßer Freude.

In den nächsten Wochen aber schnitzte ich meiner Meisterin eine zierliche Madonna und dem Meister einen feinen, verschnörkelten Rahmen zu seinem Bild, das ihm der Gregori als Silhouette geschnitten hatte; worüber groß Lob und eitel Freude im Hause herrschte.

Es mochte jetzt so ein halbes Jahr sein, dass ich in dem Haus des Malers lebte und die Heiligen anstrich; hatte auch eine fröhliche Weihnacht dort gefeiert und mich gut eingewöhnt.

Da rief mich eines Sonntags der Bildhauer Birchmayer zu sich und erklärte, ich könnt bei ihm ohne jedes Lehrgeld als Jünger eintreten, sobald ich wollte. Seine Freunde Muxl und Kobell sowie der alte Professor Boos, der neulich mit seiner Tochter gerade dazugekommen wäre, als ich ihm meine Werke überbracht hätte, seien gern bereit, mich zu unterstützen, damit was Ordentliches aus mir würde.

Mit Tränen in den Augen erfasste ich seine Hände und brachte doch kein Wort des Danks hervor.

Und dann lief ich davon und eilte heim, meinem Meister sogleich die Botschaft zu bringen und ihm zugleich die Wahrheit über meine Person zu sagen.

Aber es war leider kein Mensch zu Hause, und ich musste es bleiben lassen.

Ging also langsam durch die Stadt, bis mir mein Ziehbruder und die andern zwei Gesellen einfielen; denn der Magister hatte sich noch nicht einmal bei mir blicken lassen, und auch ich war die ganze Zeit über niemals mit einem oder dem andern zusammengekommen aus eben der Ursache, mein wirklicher Name möcht dadurch an den Tag kommen.

Und so überlegte ich grad vor dem Kaffeehaus zum schönen Turm, ob ich nicht einen von ihnen – etwa den Fritz – aufsuchen sollt, als mir unser Gregori auf die Schulter klopfte und sagte: »He, Hansl! – Bist auch allein? – Magst nicht mitgehen in die Tanzschule? – Menuett und Deutsch lernen? – Kostet bloß zwei Gulden fürs Jahr!«

Es war mir nicht besonders angenehm, dass ich sollt da mitgehen; aber ich fragte doch, wo es wäre, worauf der Gregori sagte: »Drunten beim Kosttor – in der Arche Noe. – Gibt allerhand Leute und Mädeln dort: Bäcker, Müller, Knechte und Mägde, Köchinnen, Näherinnen und halt allerhand. – Is ganz lustig dort – der Gerstenegger Hiasl, ein Schustergeselle, hat die Geschichte über sich. – Also, was ist's? – Gehst mit?«

Und er schob also seinen Arm in den meinen und nahm mich mit durch die Stadt, da wir hinab zur Kosttorkaserne mussten, wo auch der Falkenturm, ein hartes Zuchthaus, und die kurfürstlichen Hofställe standen.

Auch hier floss ein Wasser durch, der Kainzmüllerbach geheißen; eine Brücke führte grad vor dem Wirtsgarten darüber, und über eine kleine Stiege hinab kam man in das Haus, auf dessen Fassade eine gut gemalte Arche Noe prangte.

Wir begaben uns erst in die voll besetzte, allgemeine Wirtsstube, einen dunklen, verräucherten Raum, über dessen Wände sich uralter Efeu hinspannte und den vielen Heiligenbildern samt dem Gemälde des verstorbenen Kurfürsten Carl Theodor eine feine Zierde gab. Vom Plafond hingen an Ketten etliche Glaskästen, darin die Wahrzeichen verschiedener Zünfte in überaus zierlicher Darstellung prangten. So sah man in dem einen die getreue Nachbildung eines kurfürstlichen Prunkwagens samt Pferden und Kutschern, Dienern und Lakaien. In einem andern waren eine Menge winziger Hüte aller Zeiten und in allen Formen und Farben aufgeschichtet, und wieder ein anderer enthielt einen ganzen Bienenkorb aus Wachs, mit feinen wächsernen Blumen verziert, worauf Bienen von der gleichen Materie saßen.

Rings an den Wänden waren Rehköpfe aufgemacht, daran die Gäste ihre Hüte und Hauben hingen.

An einem der niederen Fenster saß ein kleiner Affe mit einer Miene wie ein alter, verkümmerter Schulmeister, wiegte sich auf der schaukelnden Stange und klopfte dazu, so oft er draußen jemand kommen sah, an die Scheiben.

Ab und zu sprang er von seiner Stange, kletterte, so weit ihn seine Kette ließ, am Efeu entlang und schaute neugierig und interessiert hinüber zum andern Fenster, da wohl gut und gern an die dreißig Vögel in einem geschnitzten, mit Türmen und Fähnlein gezierten Flughaus sangen und lärmten.

Plötzlich stieß er einen quieksenden Schrei aus und kehrte hastig wieder zurück auf seinen Platz.

Indem ich den wunderlichen Burschen noch betrachtete, zupfte mich der Gregori am Ärmel und sagte: »Gehen wir wieder – es ist niemand da, den ich kenn.«

Und er führte mich also hinauf über eine Stiege in den Tanzsaal, wo jeder beieinander stand, fein in Paare gerichtet und auf den Beginn der Musik harrend.

Nun gab der Tanzmeister mit seinem langen, bandgeschmückten Stab ein Zeichen in die Ecke, wo auf einem Podium zwei Bläser und ein Geiger saßen, zählte: »Eins – zwei – drei – eins!«, und der Reigen begann.

Wir drückten uns unbemerkt in einen Winkel und sahen zu, indes die Paare stampfend oder schleifend, wirbelnd oder drehend an uns vorübertanzten und der Meister bald diesem, bald jenem Paar einen Wink gab.

Nach beendetem Reigen rief der Lehrmeister etliche Tänzer beim Namen und sagte: »Oh! Oh! – Was war das für ein Gehopse, Jungfer Gertraud! – Sag ich Euch nicht immer, Ihr sollt nicht so konfus herumhüpfen! – Und Ihr, Monsieur Engelbert! – Wo habt Ihr denn Euern linken Arm wieder hinplatziert! – Mamsell Kuni! – Nicht doch – nicht doch! – Ihr verdreht ja die Augen beim Walzen, als seien sie Wagenräder! – Und Ihr da hinten – Monsieur Benno! Nicht so stampfen, sag ich! – Muss denn wirklich alle Welt wissen, dass Ihr ein Bräuknecht seid! – Eleganter, sag ich – eleganter! – Nun noch einmal!«

Und der ganze Reigen wurde wiederholt.

Diesmal ging's zur Zufriedenheit des Meisters; denn er lächelte freundlich, nickte beifällig bald diesem, bald jenem Paar zu und rief entzückt: »Charmant! – Ich applaudiere! – Admirable! – Grandios! – Es ist gut – wir wollen pausieren!«

Während der Pause stellte mich der Gregori dem Meister Gerstenegger vor und sagte, dass ich die Absicht hätte, bei ihm das Tanzen zu lernen; darüber der Geck schier krumm wurde vor lauter Katzbuckeln und sagte: »Ah! Charmant! – Ich habe die Ehre, Monsieur, Herr Baron! – Meine Referenz! – Freut mich, freut mich! – Mit Vergnügen zu dienen, Euer Gnaden! – Aber – pardon – für heute, bitte ich, bloß gefälligst zuzusehen! – Pardon! – Gehorsamster Diener, meine Herren!«

Er verbeugte sich noch einmal und schwänzelte danach durch den Saal an einen kleinen Tisch, wo er sich mit Bier und Käse erfrischte. Wir machten uns nun an eine der Gruppen heran, die längs der Wand auf ledergepolsterten Bänken Platz genommen hatten, aßen und tranken und sich lachend und scherzend unterhielten.

Hier packte eben eine schwarzhaarige Köchin einen feisten Gänsehaxen aus und legte ihn ihrem Tänzer mit süßem Lächeln auf die Knie; dort steckte ein Bäcker in lichtblauer Uniform seiner Partnerin eine feuerrote Nelke aus Papier an die Brust; wieder andere stießen auf ihre Gesundheit an und machten allerhand Witze, die der Gregori münchnerisch nannte.

Eine große, blasse Jungfer aber saß ganz allein bei einem Gläslein Met und hatte niemand, der sich mit ihr unterhielt.

Zu dieser setzte ich mich nun und wünschte ihr einen guten Tag.

»Seid Ihr ganz allein da, Jungfer?«, fragte ich.

»Jawohl«, erwiderte sie; »meine Freundin, die sonst immer mit mir hergeht, ist leider Gottes krank.«

»Lernt Ihr auch tanzen – mit Verlaub?«, kam ich wieder.

»Ei, freilich!«, lachte sie; »sonst wäre ich wohl nicht da!«

»Ganz richtig«, meinte ich verlegen; »darf man vielleicht wissen – wer und was? ...«

»Ei, sieh da!«, rief das Mädchen auf solche Red hin aus. »Wie kommt Ihr mir vor, Monsieur! – Hat einer schon so was erlebt! – Fragt mich der Gimpel um meine Privatsachen und sagt nicht einmal, wie er heißt! – Ein sauberer Kavalier!«

Und machte also, dass ich vor Verlegenheit nicht mehr aus noch ein wusste.

Aber mein Kamerad war derweil wieder zu mir getreten und half mir aus der Klemme: »Oho! Jungfer Lisbeth! Nicht so aufbegehren! – Der Jungherr ist mein Kamerad – ist ein ordentlicher Künstler und ein feiner Bursche! – Der kriegt andere auch noch, wie so eine allein stehende Flickmamsell! Gell, hat dich dein Schorschl heut versetzt! – Da drüben hockt er – schau! – Bei der schönen Christl – bei deiner Freundin!«

Nun erbarmte sie mir doch; denn sie wurde erst rot, dann bleich und sagte bloß halblaut: »Geh zu – boshafter Mensch!«

Worauf sie der Gregori noch einmal spöttisch ansah und dann zu einer der Gruppen trat, bei denen es am lautesten zuging.

Ich aber blieb nun bei der traurigen Jungfer, setzte mich neben sie und fing ein Gespräch mit ihr an.

Sie war nun recht freundlich, und wir unterhielten uns gar gut, indes ihre bleichen Wangen langsam wieder Farbe bekamen.

Und ehe der Tanz wieder begann, fragte ich sie noch schnell um ihre Häuslichkeit und versprach, sie zum nächsten Sonntagskurs abzuholen; worüber sie gar nicht ungehalten war. Mittlerweile wurde es allmählich Zeit, dass wir ans Heimgehen dachten, und der Gregori nahm meinen Arm und zog mich aus dem Saal.

Und also trabten wir gemütlich durch die matt erleuchteten Gassen und gingen heim, da schon die andern in weißen Hemdsärmeln um den Tisch in der Essstube saßen und diskutierten, bis die Frau Meisterin im Sonntagsstaat mit Locken und silbernen Nadeln, mit gesticktem Mieder und goldener Riegelhaube eintrat und eine große Platte mit Würsten auftrug, jeden fragte, ob er auch in der Vesper oder im Rosenkranz gewesen wäre, und daneben eine Schüssel voll Kraut herumreichte, indes der Meister am Kanapee lag, die Stirn in Falten zog und nach dem Bierkrug rief. Darauf ihm die Meisterin sein gotteslästerliches Saufen vorhielt und ihn zu Bett brachte.

So ging also der Tag herum, der letzte, den ich als ein Malergeselle verlebte; denn schon der andere Morgen brachte mir ein Ereignis, das die Wahrheit des Sprichworts wieder einmal klar bewies: So sich einer die Suppe einbrockt, soll er sie auch auslöffeln.

Im Turm

Die Frau Meisterin hatte mir grad noch eine extra Butterbrezel zu meinem Kaffeeweckerl gelegt, nachdem ich ihr und dem Meister als Erster einen guten Morgen gewunschen, da wurde draußen der schwere Türklopfer dreimal laut vernehmbar, und ins Haus traten zwei Gendarmen und ein Polizeidiener.

»Mit Verlaub, Meister Behringer!«, sagte der Diener, da ihnen der Meister aufmachte. »Guten Morgen. – Haben was Fatales heut – mit Respekt zu melden – ganz was Fatales. – Es soll nämlich – mit Verlaub – in Euerm Haus ein ganz gefährliches Individuum – respektive – Subjekt sein, ein Erzspitzbub, Einbrecher, Straßenräuber und – mit Respekt zu melden – ein ganz gemeingefährlicher Kerl!«

Sprachlos starrte mein Meister die drei an, indes die Meisterin einen schwachen Schrei ausstieß und mit dem Seufzer: »Heiland! Ich sterb!«, ohnmächtig mir in den Arm sank, der ich doch selber vor Schreck und Entsetzen wie ein Halm im Sturmwind schwankte; denn ich hatte es im ersten Augenblick schon gewusst: Die sind wegen dir da – jetzt kommt die Strafe Gottes!

Ganz gebrochen und mit bebenden Händen half mir der fassungslose Meister seine Ehefrau aufs Kanapee legen und brachte nur die Worte heraus: »In meinem Haus! – In meinem Haus! – Ein Räuber in meinem Haus!«

In diesem Augenblick kamen die Gesellen die Stiege herab, und einer um den andern trat in die Stube – starr und verwundert.

In jener Stunde hab ich auch das Beten vergessen und das Wünschen; denn mein Schicksal schien mir besiegelt.

Jetzt ist's aus – sagte ich mir; – jetzt geht's dahin, und der Scharfrichter misst dir jetzt umgehend eine rote Halsbinde an – anstatt dass du ein Künstler wirst und ein großer Herr!

Und ich überlegte also nur noch, wie ich meinem Meister die große Kümmernis ein wenig abnehmen und mir die Schande ersparen könnt, so vor dem ganzen Haus in Ketten gelegt und verarretiert zu werden.

Nahm also meine Kraft zusammen und wandte mich an die Gendarmen: »Verschont doch die armen Leut! – Kommts da raus – ich will euch über alles Auskunft geben!« Sie mussten mich für den Sohn des Hauses halten; denn sogleich gab der Diener den beiden Gendarmen einen Wink, befahl, dass jeder Geselle in der Stube bleibe, und folgte mir auf den Gang hinaus.

»Ihr kennt wohl alle, die hier in Arbeit stehen?«, fragte er mich alsdann.

»Ja!«, erwiderte ich bebend. »Nennt den Namen!«

Da kam's auch schon wie die Posaune vom Jüngsten Tag: »Johannes Schröckh, Malergeselle, geboren und katholisch getauft im Januar des Jahres 1786 zu Traunstein in Bayern.«

Alles Blut war aus meinem Gesicht gewichen; eine Schwäche erfasste mich, und ich musste mich an das Stiegengeländer lehnen, um nicht zu sinken.

Und sagte weiter nichts als: »Es stimmt schon; nehmts mich nur gleich mit! – Ich bin der Johannes Schröckh gewesen.«

Verblüfft sahen mich alle drei an; aber ich hielt ihnen meine Hände hin zum Fesseln und sagte: »Es ist schon so. Ich heiße zwar Mathias Bichler – aber ich bin unter dem Namen Schröckh da in Arbeit gestanden. – Warum – das kann ich euch nicht sagen!«

»Das kann man glauben und nicht glauben!«, meinte nun der Polizeidiener. »Da muss ich schon Gewissheit drüber kriegen!«

»Die sollts gleich haben!«, erwiderte ich und wollte hinaufgehen in die Kammer, meinen Passierschein aus dem Ranzen zu holen.

Aber in eben dem Augenblick trat der Meister aus der Stube, blickte wild von einem zum andern und sagte endlich grollend: »Ihr werdets wohl irr gangen sein! – In meinem Haus arbeiten bloß ehrliche Leut – keine Spitzbuben! – Und jetzt möcht ich nachher wieder eine Ruh in meiner Hütte! – Verstanden, meine Herren! – Ich bin ein Bürger! – Ein Münchner Bürger! – Verstanden!«

»Ho, ho, ho! Meister!«, ließ sich da einer von den Gendarmen hören. »Tun S' Ihnen net gar so auslassen! – Wir sind die hohe Obrigkeit – und das Gesetz – verstanden! – Mir tun ganz einfach unsere Pflicht – verstanden!«

»Jawohl – ganz richtig!«, pflichtete ihm der Diener bei. »Vor dem Gesetz und der Polizei hat jeder zu schweigen! – Wie heißen Eure Gesellen? Vor- und Zunamen!«

Der gute Meister zitterte noch immer vor Zorn, und seine Stimme klang heiser, als er sagte: »Meine Gesellen? – Des könnts gleich von jedem selber hören! – Ich sag's Euch nachher schon, ob's stimmt!«

Da sagte ich noch einmal: »Ich heiße Johannes Schröckh und bin aus Traunstein. – Meister – stimmt's?«

»Jawohl, Hansl – du bist es schon!«, erwiderte der gute Alte und sah mich schier zärtlich an. »Und was die andern betrifft, so dürfts sie grad fragen! – Ich geh!«

Und er spuckte also giftig aus, murmelte einen Fluch und ging in die Werkstatt, indes aus der Stube das laute Durcheinanderreden der Gesellen und klägliches Weinen der Frau Meisterin vernehmbar ward.

Noch einmal hielt ich meine Hände hin; die Gendarmen schlossen mich in Ketten und führten mich ab, wie ich ging und stand.

Der Polizeidiener aber rief zur Stubentür hinein: »Ihr könnt an euer Geschäft gehen! – Wir sind fertig!«

Ging und schlug das Haustor hinter sich zu, dass es krachte.

Also ward ich als ein übler Verbrecher unter großem Zulauf des Volks durch die Gassen geführt und hinter der Kirche Sankt Peter in ein Gebäude und vor den Kriminalrichter gewiesen, der mir eine Stunde lang alle erdenklichen Kreuz- und Querfragen vorlegte, ohne doch was anderes zu erfahren als die Wahrheit, die ihn aber leider als die ärgste Lüge dünkte.

»Schade!«, sagte er am Ende grimmig. »Schade, dass wir die Folter nicht mehr so gebrauchen dürfen wie vordem! – Aber du wirst schon bekennen, wenn man dich morgen einmal ein wenig auf die lange Bank legt – deine Glieder streckt und dir so zwanzig, dreißig Streiche gibt! – Ab jetzt – in die Arrestzelle! – Wir finden schon was, um dich zur Wahrheit zu bringen – Bürschlein! – Deinen Kragen kostet es dich so oder so! – Morgen kommst du in den Falkenturm!«

Worauf mich einer abführte und in die finsteren Kellerräume des Ratsturms sperrte.

Da saß schon einer auf einem Schemel, hatte den Kopf in beide Hände gestützt und rührte sich nicht, da ich eintrat; wandte auch den Kopf nicht, als der Scherge zu ihm sagte: »He, da! Brütet wohl wieder neue Bosheiten aus, der Gauner!«, und ihm dazu einen Rippenstoß gab, worauf er brummend wieder hinausging und hinter uns abschloss.

Nun erst wandte der Gefangene langsam den Kopf und sah mich an – aber da stieß ich einen Schrei aus: Es war der Magister.

Auch er starrte mich ohne alle Fassung an, packte mich an den Armen und rief dann aus: »Mathiasl! Ja, zum Teufel! Wie kommst denn du da rein?«

»Wie werd ich reinkommen sein!«, sagte ich bitter. »Wegen deinen verfluchten Malefizpapieren! – Dein Herr Johannes Schröckh ist heut aufgabelt worden! – Das hab ich bloß dir zu verdanken, dass ich jetzt da sitze in der Schand! – Der Richter redet gar schon von der Folter und dass sie mich köpfen wollen oder hängen!«

»Ach was, Unsinn! – Köpfen!«, sagte der Magister. »Wenn's bei mir weiter nichts wär, wie bei dir, so könnt ich billig lachen! – Dein Fall kann doch sofort geklärt werden! – Für was bin denn ich noch da! – Nur Kopf hoch und nicht gleich so verzweifelt sein! – Ich halt, was ich versprochen hab!«

Dies gab mir wieder etwas Hoffnung in mein trauriges Gemüt; auch war's mir trotz meines Grolls auf den Magister um vieles leichter, dass ich nicht ganz allein war in meiner Gefangenschaft; daher erschrak ich nicht wenig, als der Diener nach einer Weile wiederkam und den Magister fortholte; denn ich dachte, man würde ihn jetzt woanders unterbringen.

Eine große Beklemmung kam über mich, und ich lief ruhelos zwischen den grauen Wänden hin und her, betrachtete scheu die elende Lagerstatt im Eck und den Stein, darauf ein Wasserkrug stand.

Ein armseliges vergittertes Fensterloch ließ kaum ein wenig Tageslicht durch seine blinde Scheibe herein, und ein Unratkübel verbreitete einen bestialischen Gestank in der winzigen Zelle.

Mein Hirn brannte, und eine harte Angst schnürte mir die Brust zusammen, wenn ich der Drohung des Richters gedachte.

Nun wussten es die Gesellen und der Meister schon, dass ich der Verbrecher war, den die Schergen geholt!

Und der Meister Eberhard, der Birchmayer, erfuhr es wohl auch bald!

Ach, Gott! – Und alles bloß wegen dieses Leichtsinns! –

Wer weiß, was dieser Magister alles geliefert hatte, dass er hier saß! – Er wollt mir helfen! – Wie wollt er mir denn helfen? – Dem schenkte ja doch niemand Glauben!

Und ich dacht also dies und jenes, dacht zurück in die Vergangenheit und war schließlich am Ende, als ich in jener Nacht aus dem Haus der Lackenschusterin, meiner Kathrein, entwichen war.

Da stieg es mir heiß auf – ich ließ mich auf die hölzerne Lagerstatt fallen und weinte bitterlich.

Schäme mich noch jetzt dieser Tränen nicht, da sie doch mein Herz erleichterten und meine Sinne willfährig machten einer tiefen Reue über alle Leichtfertigkeit meines Lebens.

In solcher Zerknirschung fand mich nach einer geraumen Weile der Magister, als er wieder in das Loch gebracht wurde; und er verwunderte sich sehr darüber, da es doch gar nicht schlecht um mich stünde, wie er meinte.

»Ich glaub gar, du flennst!«, sagte er. »Möcht mich wohl schämen an deiner Stell, zu heulen! – Man hat mich geholt und mir befohlen, dich auszufragen über dein ganzes Leben, um dir die Folter zu ersparen. – Ich werde mich also noch heut Abend melden und über dich reden, wie sich's gehört. So. Und jetzt wird nimmer geheult! – Pfui Teufel!«

Er spuckte giftig an die Wand und sagte nach einer Weile vertraulich: »Hab's auch nicht gut gemacht, meine Sache; hab einem Milchbauern seiner Kuh die Maulseuche abbeten wollen um zehn Taler. – Derweil zeigt mich der Hund an! – Weil's nichts geholfen hat! – Jetzt kann ich zehn Tag brummen und danach die Staupe kriegen!«

Nach Verlauf etlicher Stunden ward ich abermals vor den Richter gestellt und mit vielen und bewegenden Worten ermahnt, doch zu gestehen: Dass ich erstens wirklich der Johannes Schröckh sei, zweitens, dass ich drüben bei Augsburg einem Handelsmann seine Barschaft geraubt und ihn durch Schläge misshandelt und drittens das Gewölbe eines Geschmeidehändlers aufgebrochen und ausgeraubt hätte.

Und da ich auf meinen alten Angaben, also bei der Wahrheit, bestehen blieb, ließ der würdige alte Herr einen Schreiber kommen, der mir den Gang der Folter von einem Bogen Pergament ablesen musste.

»Ist jemand vor dem Gesetz hinreichend verdächtig«, begann er, »ein Verbrechen begangen zu haben, und leugnet trotz aller Ermahnungen, so muss mit ihm zur üblichen Folter geschritten werden.

Diese besteht darin: Dass erstens der Verdächtige in die Folterkammer geführt werde.

Hier sind alle Wände ganz schwarz, rings mit Lichtern behangen, der Raum überall mit peinlichen Werkzeugen voll gestellt, so dass das Auge des Verbrechers keinen Ruhepunkt findet. – Nichts als Martergeräte.

Dort wird er ausgekleidet, ihm das Folterhemd, welches rückwärts offen ist, angezogen und er auf die Streckbank geworfen, Hände und Füße mit Stricken angebunden und sein Leib auf alle Weisen gedehnt und gestreckt.

Danach dreißig harte Streiche mit der Rute gegeben, dass ihm das Fleisch vom Gebein fällt.

So das nicht nützet und der Verbrecher noch leugnet, zweitens:

Den folgenden Tag Wiederholung der ersten Folter, doch diesmal sechzig Streiche mit der Rute.

Bekennt er auch dann nicht, so wird er drittens über Nacht in einen eisernen Leibring gespannt, die Hände in eiserne Handschuhe gestecket und den dritten Tag also vorbereitet in die Marterkammer geführt, vom Nachrichter in den Stachelstuhl geworfen, dass sich die eisernen Zinken ins Fleisch bohren, und danach sechzig Streiche.

Hierauf werden ihm die Daumen und großen Zehen kreuzweise mit Schnüren gebunden und eine Walze voll eiserner Spitzen unter die auf den Rücken gebundenen Arme geschoben; alsdann schnellet der Nachrichter von Zeit zu Zeit an den Schnüren, dass es den Körper heftig durchzuckt.

Dazwischen noch einmal sechzig bis siebenzig Streiche, dabei aber der Medikus Acht haben soll, ob der

Verbrecher solches ohne Gefahr des Lebens bis zum Ende vertrage.«

Also las der Schreiber dies erschreckende Schriftstück, wobei mich ein kalter Schauer schüttelte und ich für eine Weile die Sprache verlor.

In solchem elendigen Zustand fragte mich nun der Richter aufs Neue, ob ich der besagte Johannes Schröckh sei oder nicht.

Da sagte ich noch: »Bei Gott, nein! – Mathias Bichler …«

Dann fiel ich wie ein Klotz zur Erde und wurde ohnmächtig in die Zelle und zu dem Magister gebracht.

Der bebte vor Zorn, da ich wieder zu mir kam, und versicherte mir hoch und heilig, dass er mich retten wollte um jeden Preis.

Und da der Mittag kam und wir ein Schüsselchen Suppe zur Mahlzeit erhielten, sagte er zum Schergen: »Sagt dem Richter, ich hätte was zu melden.«

Dann forschte er mein ganzes Leben aus mir heraus, nannte besonders die Namen des Lackenschusters und des Meisters Eberhard Birchmayer etwa zwanzigmal und wiederholte das, was ich ihm erzählt, so lange halblaut, bis er zum Richter geholt wurde, wo er gut eine Stunde verblieb.

Hab eine harte Zeit gehabt in jener Stunde und unseres Herrn gedacht und seiner Not, da er vor seinem Sterben am Ölberg kniete und Blut schwitzte.

Und es kam mir wieder das alte Gebet auf die Lippen, das meine Ziehmutter, die Weidhoferin selig, jeden Donnerstag beim Nachtläuten gebetet hatte:

»O du liebster Herr Jesu Christ,
Traurig zum Ölberg gegangen bist;
Denn du erkanntest in deinem Herzen,
Dass du leiden müssest große Schmerzen,

> Den Vater batest mit Begier,
> Dass er nähme den Kelch von dir.
> Vor Todesangst war dir so heiß,
> Dass dir ausging der blutige Schweiß;
> Und als du solchen überwunden,
> Hast deine Jünger schlafend gefunden.
> Als sie vor Traurigkeit da lagen,
> Tätst du mit großer Liebe sagen:
> Wachen und beten sollet ihr,
> Dass keine Versuchung euch verführ!«

Nach solchem Beten setzte ich mich auf den Schemel, hielt die Hände gefaltet und überdachte noch einmal den Gang der Folter und meine Lage. Und da ich so stumpf vor mich hinstarrte, fiel mir eine Schrift in die Augen, die mit einem scharfen, spitzen Ding in das Holz der Bettstatt geritzt war. Mühselig entzifferte ich bei dem dämmerigen Licht das Gekritzel und las:

> »Drei Röslein im Garten,
> Drei Enten im See,
> Mein Everl muss warten,
> Bis ich wieder rausgeh!«

Darunter stand: »Heiliger Peterl mit den Himmelsschlüsseln, sperr meine Zelle auf und führ mich raus!«

Da ich dies gelesen hatte, wurde ich wieder gefasster; denn ich bedachte, dass auch vor mir schon mancher hier gebrummt und gezwirnt hatte, vielleicht mit noch geringerer Schuldigkeit – mit größerer Pein.

Stand also auf und suchte an Tür und Wänden überall nach Zeichen von solchen, die das gleiche Unglück wie ich oder vielleicht ein größeres gehabt.

Ach, da war schier kein Flecklein an der dicken Eichentür – kein Flecklein längs der grauen Wand, das nicht irgendein Mal, ein Zeichen oder sonst eine Inschrift gezeigt hätte!

Hier war ein Herz mit verschlungenen Buchstaben; darunter stand das Verslein:
»Du hast ein falsches Herz,
Das hab ich geprügelt,
Jetzt sitz ich voll Schmerz
Beim Wasserkrügel.«

Dort war ein Talerstück getreulich nachgezeichnet, darum die Worte standen:
»Die Taler waren gar zu schön,
Deswegen muss ich ins Zuchthaus gehn.«

Wieder eine Inschrift hieß so:
»Katherl, ich komm, wenn ich rauskomm;
Führ dich in Gansbühl Numero sieben!«

Dazwischen waren allerhand Diebs- und Gaunerzeichen zu finden sowie geheime Zahlen und Zinken.

An der Tür aber standen in Rotwelsch etliche Sätze und darunter die Worte: »Kamerusche, noppelt für den Jahrler Toni! – Heut holchts in Falkenturm, morgen zur Inne, und in drei Jumen schef ich kapore! – Memento more!«

Indem ich noch las und buchstabierte, kam der Scherge mit dem Magister wieder zurück und ließ ihn ein.

Der schmunzelte, sah nach der Tür zurück und sagte: »Haarbogen!«

Dann tat er einen Schluck aus dem Wasserkrug, streckte sich auf das hölzerne Lager, schob die Arme als Polster unter den Kopf und sah nachdenklich zum Plafond empor.

Ich war aber nun neugierig geworden, was die Inschrift an der Tür zu bedeuten hätte, und sagte: »Magister, was heißt das?«

Und las ihm den ganzen Schmarren vor, worauf er ihn mir verdeutschte und sagte:

»Das war einer von der Zunft; der klagt: Die Gendarmen haben mich gefangen, mich dummen Hund! – Jetzt bin ich Narr im Gefängnis ohne Kameraden. – Die Richter machen mir große Angst mit Stockschlägen und Folter, wenn ich nicht gestehe. – Aber ich gestehe niemals! – Wenn ich nur ausbrechen könnt! – Ich fürcht, dass sie mich hängen oder köpfen, wenn sie meinen wahren Namen in die Nase kriegen. –

Und das andere heißt: Kameraden, betet für den Waldler Toni! – heut geht's in den Falkenturm, morgen zur Folter – und in drei Tagen bin ich tot – kapore – memento more!«

Dann stand er auf, streckte sich und sagte: »Dem ist ganz recht geschehen – das war ein wilder Bursch; – der hat nicht wenig Bauern kalt gemacht und dazu genommen, was er erwischt hat. – Ist ein teuflischer Kerl gewesen – aber – hin ist hin.«

Unter solchem Reden fiel mir mein eigenes Unglück wieder ein, und ich fragte den Magister, was er ausgerichtet hätt beim Richter; doch war nicht um alles in der Welt eine Antwort aus ihm zu bringen.

Er schob die Hände in die Taschen, zuckte die Achseln und sagte bloß das eine Wort: »Abwarten!«

Also, dass ich aufs Neue in große Kümmernis kam und nichts Gutes für den andere Morgen erwartete.

Zugleich aber stieg nun mein Groll gegen den Magister, als den Urheber meines Unglücks, heftig in mir auf; ich nannte ihn im Stillen einen scheinheiligen Hund und sprach den ganzen Tag kein Wort mehr mit ihm.

Und den Abend, da von den Türmen Sankt Peters

und Heilig Geists das Angelusläuten ertönte, warf ich mich auf mein Lager, schlug die Hände vors Gesicht und würgte die heftig aufquellenden Tränen hinunter, indem ich der Schande gedachte, die meiner wartete.

Ich aß auch nichts mehr und kehrte mich gegen die Wand, gab dem Magister auch auf sein Gute Nacht keinen Dank und schlief ein, ehe ich's bedachte.

Mitten in der Nacht aber wachte ich auf – Fieber schüttelte mich, und ich sah mich im Geist schon auf der Bank ausgespannt liegen, zerschunden und zerfleischt. Die Haare standen mir zu Berge, und ich setzte mich auf, indes meine Glieder wie zerschlagen waren und schmerzten und brannten, dass ich aufstöhnte.

Und in dieser Stunde machte ich den Vorsatz, den andern Morgen, wenn man mich fortführen wollt, alles zuzugeben, dessen man mich beschuldigte.

Mochte man mich lieber als einen Fremden hängen, denn als Mathias Bichler schinden und schänden!

Nach solchem Entschluss ward ich wieder ruhiger und schloss die Augen.

Ein fahles Rot schien den andern Morgen durch die trübe Fensterscheibe, spielte um die grauen Spinnweben daran und zeichnete die starken Gitterstäbe als ein großes Kreuz an die matt beleuchtete Wand.

Und also zog der Tag herauf, den ich mit der Ruhe und Entsagung eines sterbenden Klosterbruders erwartete.

Der Scherge brachte eine Schüssel voll brauner Brennsuppe für jeden; der Magister fuhr eilig von seiner Liegestatt auf, rieb sich das Gesicht und aß sogleich mit großem Hunger.

Schweigend goss ich ihm auch meinen Teil in seine Schüssel, wozu er lachte und sich bedankte: »Wirst ja ohnehin heut was Besseres kriegen!«, meinte er; »ich wollt, ich wäre du!«

»Is schon recht!«, erwiderte ich ihm bitter, setzte mich wieder auf meine Holzpritsche und verlor mich in allerhand trübe Gedanken, aus denen mich der Scherge aufschreckte, als er kam und sagte: »He da, Schröckh Hannes! – Mitgehen!«

Wortlos, mit einem stechenden Schmerz in der Brust, folgte ich ihm in den Saal des Richters.

Der saß mit etlichen anderen an seinem Tisch und schrieb, als ich eintrat.

»Der Gefangene ist da, Euer Gestrengen!«, meldete nun ein Schreiber, worauf der Richter einen forschenden Blick zu mir herschickte, seine Feder weglegte und, sich räuspernd, in den Akten herumblätterte.

Danach fragte er einen Diener: »Sind die beiden da?«

»Mit Respekt zu melden: Ja, Euer Gestrengen!«, erwiderte dieser.

Nun ging's an mich.

»Also, Er erhebt Anspruch, dass Er nicht die Person ist, als welche Ihn seine Legitimationes signieren?«

»Jawohl – nein, hoher Herr!«, antwortete ich mit Zähneklappern; »ich geb's jetzt zu, dass ich der Lump bin!«

»Wie sagt Er? – Er ist's auf einmal! – Er wollte doch gestern noch ... äh ... Mathias Bichler heißen!«

»Jawohl, hoher Herr! – Aber heut nimmer«, sagte ich nun; »ich geb alles zu. – Es ist alles so, wie der hohe Herr meint und sagt!«

»Subjekt! – Er will uns wohl zum Narren halten!«, brüllte mich jetzt der Richter an, so dass mir vor Schreck und Angst bald schwarz, bald grün vor den Augen wurd.

»Aber nein, hoher Herr!«, meinte ich zitternd und verzagt; »ich will niemand nix zu Leide tun! – Wenn halt der hohe Herr glauben, ich bin der Schröckh – so bin ich's, – wenn nicht – dann bin ich's auch nicht.«

»Der Kerl ist verrückt geworden!«, sagte der Richter darauf kopfschüttelnd, »Ihr habt doch gestern fest und steif behauptet, dass Ihr nicht Schröckh, sondern Bichler heißt!«

»Jawohl, hoher Herr!«, bestätigte ich. »Aber heut nimmer. – Heut sag ich zu allem Ja.«

»Hirnloses Subjekt!«, donnerte nun der Richter und schlug mit der Faust auf den Tisch. »*Warum* sagt Er zu allem Ja? *Warum* heißt Er heut nicht mehr Bichler?«

»Ach Gott – weil's mir halt graust vor der Schinderei, hoher Herr!«, sagte ich. »Ich hab mir denkt, es wär doch eine Sünde, wenn ich die Herrn vom Gericht durch mein eigensinniges Neinsagen dazu treiben tät, dass sie mich foltern müssten. Da sag ich lieber Ja und lass mich gleich hängen!«

»Dummkopf!«, sagte einer von den Herren; der Richter aber führte ein langstieliges Monokel an die Augen, besah meine stotternde Jammergestalt eine Weile mit spöttischer Miene und sagte dann zum Schreiber: »Holt mir die beiden Zeugen herein!«

Der Schreiber lief hinaus und brachte die beiden, die ich aber nicht sehen konnte, da sie hinter mir Platz nahmen.

Aber wie erschrak ich, als der Richter sagte: »Meister, wie heißt Ihr?«, und eine bekannte Stimme antwortete: »Eberhard Birchmayer. Ich bin Bildhauer und logier in der Hundskugel beim Chirurgen Waltermair.«

Dann trat er vor, indes ich meinen Kopf zur Seite neigte und die Augen, wie mein geschnitzter Wandherrgott, schloss, und sagte mit mitleidigem Ton: »Ja, er ist's schon, der Mathiasl – was hat er denn angestellt?«

»Das ist noch nicht ausreichend eruieret!«, erwiderte der Richter. »Also, Ihr könnt einen Eid drauf geben, dass er Mathias Bichler heißt und aus Sonnenreuth ist?«

»Jawohl. So hat er es mir erzählt«, sagte der Meister.

»Es ist gut. – Tretet zur Seite!«, winkte der Richter ab. – »Der zweite Zeuge soll vortreten! – Wie ist sein Name?«

»Friedrich Glotz«, klang's da an mein Ohr und ließ mich mit einem Mal wieder aufschauen und für mein Leben hoffen.

»Gebürtig?«, fragte der Richter weiter.

»Aus Sonnenreuth. – Aber – mit Verlaub – das ist ja mein Ziehbruder …!«

»Wart Er, bis Er gefragt wird!«, fuhr ihn der Richter an. »Das kommt erst jetzt! – Also – Er kennt den Angeklagten?«

»Ja, freilich, Herr Richter!«, rief der Fritz aus. »Er ist ja mit mir aufgewachsen im Weidhof zu Sonnenreuth! – Is ja auf der Wanderschaft noch mit mir beieinander gewesen, der Hiasl!«

Da wandte sich der Richter an mich: »Also – Er ist der Mathias Bichler. – Wie kommt Er aber zu den Papieren des Johannes Schröckh? – Weiß Er nicht, dass es strafbar ist, wenn einer unter falschem Namen reist!«

»Ach Gott, ja, hoher Herr!«, erwiderte ich zaghaft. »Hab's ja auch nicht wollen! – Gewiss nicht! – Aber ich hab gar keine Referenzen nicht gehabt – hätte ja auch keine kriegt, weil ich daheim davongegangen bin mitten in der Nacht …«

»So ist's, Herr Richter!«, bestätigte mir der Fritz. »Er ist als Viehhüterbub vom Lackenschuster damals eingesteigert worden, wo sie mich auch so niederträchtig behandelt haben – und dass er aus dem Stall davon ist – das kann ihm kein Mensch nicht verargen! – Da sind schon mehr davongelaufen!«

»Das mag sein!«, erwiderte der Richter nun um vieles milder. »Aber wir können ihm nicht helfen. Er hat gegen das Gesetz gefehlt, da er sich falsche Papiere zulegte, und muss dafür bestraft werden. Doch gehört dies nicht in unseren Gerechtigkeitsbereich, sondern in den der Polizei. Der Angeklagte wird also nach der Arrestkammer des Polizeihauses befördert werden, wo ihm seine gebührende Strafe erteilt wird. – Und was die Geschichte mit dem ... äh ... Lackenschuster angeht, so kann dieser den Entlaufenen wieder zurückfordern, Geldbuße verlangen und dessen Einlieferung mittels Geleit beantragen. Die Gemeinde aber kann sich weigern, ihm die notwendigen Legitimationes zum Zweck der Wanderschaft auszufertigen. – Doch dies nur nebenbei. – Die beiden Zeugen sind entlassen – der Angeklagte wird abgeführt!«

Damit war das Verhör beendigt, und ich wurde in einen andern Teil des Gebäudes gebracht und in eine helle Kammer eingeschlossen, bis mich aufs Neue einer holte und in einen Saal führte, da allerhand Leute, hohe und niedere, in Uniformen und Staatsröcken beieinander saßen und standen.

Hier wurde also mein Fall noch einmal des Langen und Breiten durchgehechelt, der Magister, der Meister Birchmayer und mein Ziehbruder als Zeugen gehört und ich zu guter Letzt wegen Vergehens gegen die Landesgesetze zu einer Geldbuße von zehn Gulden verurteilt.

Worüber mich neuer Schreck erfasste, weil ich ja keinen Kreuzer bei mir hatte und mein Meister, der Behringer, gewiss einen guten Teil meiner Lohnung als Buße für mein vorzeitiges Ausscheiden zurückbehielt.

Aber da trat mein Gönner und Fürsprecher, der Meister Eberhard, vor, zog seine feine Börse und zahlte für mich die Buße; bat auch, man möge mich nunmehr freigeben, er würde schon für mein Unterkommen sorgen.

Noch war aber der Lackenschuster da; denn die Herren des Gerichts hatten sogleich ein Schreiben nach Sonnenreuth gehen lassen, und die Gerechtigkeit lief ihren Gang genau nach dem Buchstaben.

Allein, auch in dieser Not kam mir mein Gönner zu Hilfe. Er gab Bürgschaft für mich, dass dem Lackenschuster gebüßt würde, was Recht wäre; und bat zugleich um Referenzen für mich, die es mir möglich machten, in der Welt fortzukommen; worauf das Gericht nach einer Weile und nach geheimer Aussprache Ja und Amen sagte und mich freigab.

Meine Feder mag's nicht beschreiben, wie froh und glückselig ich in jener Stunde war! Konnte auch nicht anders, musste noch eine Fürbitte einlegen für den Magister, der ja die wahre Ursache meiner Befreiung gewesen.

Hab nicht an Worten gespart und damit auch eines erreicht, dass er nämlich nicht dem peinlichen Gericht übergeben, sondern nur als ein Landstreicher nach Darmstadt expediert wurde, wo er aber leider nicht lang verblieb und eines Tags zu Berlin als ein Hochstapler ins Zuchthaus wanderte.

Lehrjahre und glückliche Zeit

Ich war also nun wieder frei und ledig, brauchte nimmer einen Bauernbuben und Viehhüter, auch nimmer einen Malergesellen zu machen, sondern zog ein in das Haus des Chirurgen Waltermair als der Gehilfe, Schüler und Jünger des würdigen und herzlieben Meisters Eberhard.

Bin gut an die zehn Jahre bei ihm gewesen in der dämpfigen, niedern Dachwohnung, wo mir wohler zu Mute war denn im schönsten Palast.

Wir hatten vier Stuben samt einer Rumpelkammer,

darin alle beieinander lagen und standen: Männer, Weiber und Kinder; der heilige Michael neben der Aphrodite, der Kurfürst Carl Theodor zwischen zwei Meerjungfrauen; gipserne Engel neben hölzernen Heiligen und nackte Musen zwischen geharnischten Rittern.

Eine leichte Staubschicht lag auf allen Gestalten, und Spinnen hatten ihre feinen Netze und Fänge von einem zum andern gezogen.

In dem Schuppenhelm eines Ritters aber hatten die Spatzen ihre Heimstätte genommen und flogen eifrig durch eine zerbrochene Dachluke aus und ein.

Zu ebener Erde war die Werkstatt, darin mein Meister tagaus, tagein arbeitete und schuf, meißelte und schliff, Neues entwarf und Altes vollendete.

Hier wies er mir, den Stift zu führen und das, was mir vorschwebte, im Bilde festzuhalten; hier wuchsen aus unförmigen Holzstöcken und harten Marmorblöcken edle, feine Gestalten und gaben mir in ihrer reinen Schönheit und Vollkommenheit stets neuen Ansporn und neue Kraft zum Wirken und Schaffen.

Dabei drückte mich keine Sorge ums Tägliche; denn die liebenswürdige und vornehme Gemahlin meines Meisters hielt mich gleich einem Sohn und schaffte sich viel Plage um meinetwillen.

Sie war eine zarte Frau von schlankem Wuchs und hatte eine milchweiße Haut und den Kopf voll kohlschwarzer Locken. Ihre Gewandung war nicht in der üblichen Tracht der Bürgerinnen Münchens, sie trug vielmehr lange, schleppende Kleider aus feiner Seide und in lichten Farben und liebte keine Ketten oder Geschmeide. Ihr alleiniger Schmuck war eine aus Elfenbein kunstvoll geschnittene Rose, die sie an einer seidenen Schnur um den Hals trug.

Mein Meister hatte eine tiefe Liebe zu dieser Frau und

sah es gern, wenn sie zuweilen in die Werkstatt kam, sich in einen alten Armstuhl setzte und schweigend unserm Schaffen zusah, indes ihr einziger Sohn, ein etwa siebenjähriges Bürschlein, als ich ihn erstmals sah, sich in eine Ecke hockte und aus den Bruchstücken des Marmors Grotten und Höhlen baute und allerhand Käfer und Fliegen darin verschloss.

Also lebte ich fröhlich in diesem Hause, und mein guter Meister verfolgte mit wahrer Freude und Teilnahme meine Arbeit, bald anerkennend, bald verbessernd, wie es grad vonnöten war.

Und noch einer war mir ist diesen glückhaften Tagen meines Werdens ein treuer Berater und väterlicher Freund – der alte Professor Boos, dessen Name um jene Zeit einen guten Klang hatte.

Er war schon ein hoch betagter, greiser Mann, musste sich beim Gehen auf den Arm seiner Tochter stützen und wohl auch die leitende Hand seines Jüngers Eberhard dulden, wenn er einmal die zwei steilen Stiegen zu unserer Wohnstätte hinaufklettern wollte.

Dieser würdige Meister hatte der Münchnerstadt und dem Lustschloss Nymphenburg manches große Werk geschaffen, hatte den Marmor Tirols und den von Salzburg in herrliche Götter und Nymphen verwandelt und in mächtigen Holzblöcken die Taten des griechischen Halbgottes Herkules verkörpert.

Und also saßen wir beieinander in unserer Werkstatt und hatten nur Aug und Ohr für die edle und herrliche Kunst, indes die Straßen widerhallten vom Kriegsgeschrei und der Weltbezwinger Napoleon seinen Einzug in die Stadt hielt und in großmütiger Freigebigkeit dem Kurfürsten die Königskrone samt dem Gottesgnadentum überreichte.

Ich habe noch, Gott sei Dank, nicht brauchen mitzuschreien und ihm Salut zu geben; denn man konnte mich wegen meines armseligen Körpers nicht gebrauchen zu einem Soldaten.

Doch hat es auch in meiner Hand gezuckt und ist mir's durchs Herz gefahren, da man später die gefangenen Landsleute meines besten Freundes, des Bilderthomas, zu München schmähte und mit Kot und Steinen bewarf, dafür, dass sie um ihr Tirolerland, um ihre angestammte Heimat stritten.

Mag nicht daran denken, an die Schmach, da man den tapfern Andreas Hofer im ganzen Bayernland verfluchte und über sein trauriges Ende frohlockte, solange jener korsische Herrgott die Bayern samt ihrem König am Gängelband führte, bis endlich nach jenem furchtbaren Feldzug dreißigtausend Bayern in Russland blieben, Max Joseph plötzlich umsattelte und zu Österreich hielt und die Macht dieses Despoten bei Leipzig gebrochen ward.

Da begann man allenthalben jenes überaus klägliche Lied vom Andreas Hofer zu singen und zu plärren, darin vom heiligen Land Tirol und vom treuen Hofer gar viel geschmalzt und geredet wird; und es mag wohl in dieser Zeit, da ich schon betagt bin, kein Wirtshaus sein, daselbst nicht Bänkelsänger und Saufbrüder dies Lied im Maul haben und mit Topfdeckeln und blinden Patronen den Todesschuss vortäuschen.

Doch genug von solcherlei Geschichten! Mag nimmer daran denken und rede lieber von jener glücklichen Zeit, da ich den Endzweck meines Schaffens, jene persönliche Kraft fand, die ich an den alten Vorbildern und Meisterwerken so sehr wertschätzte und liebte.

Will einer die Werke unserer heutigen Bildschnitzer und Herrgottschneider recht betrachten, so mag er nur den Christkindlmarkt und die Dult besuchen oder den Korb eines jener von Haus zu Haus ziehenden Burschen ausräumen: Er wird bald finden, dass jene Lauterkeit und Größe der Lebensführung, die man im Allgemeinen Kultur nennt, bei dem gebildeten Städter auch in seiner Vorliebe für religiöse Bildwerke von Tag zu Tag niedriger wird, verweichlicht und verflacht.

Wo sind jene einfachen, natürlichen Linien, die so sehr die Kraft des Schöpfenden erwiesen, wo jene Unmittelbarkeit, jene Wucht, mit der die Werke früherer Tage den Beschauer packen und zur Andacht zwingen?

Weichlich und ohne Halt, kalt lassend in ihrer Glätte, oder aber durch süßliche Verlogenheit zu falscher Gefühlsheuchelei führend, so stehen und hängen sie zu Dutzenden um uns in Schulen und Wohnstätten, in den Wirtsstuben und Verkaufsläden, ja selbst in den Kirchen und Klöstern.

Fade Öldrucke wechseln mit schablonenhaften Gipsfiguren, geschmacklose Madonnenstatuetten mit sinnlich-sentimentalen Wandkreuzen, deren Anblick niemals einen Menschen aus der gleichgültigen Lauheit des Alltags reißen kann, wie uns noch die allgemein übliche Betätigung der täglichen und häuslichen Andachtsübungen gar trefflich zeigt.

Immer seltener werden jene ergreifenden Darstellungen aus dem Leben und Leiden unseres Herrn, die gerade durch die harte und scheinbar kunstlose Führung der Linien, durch die Anspruchslosigkeit und Einfachheit der Gebärde ergreifen und zum Göttlichen weisen.

Sogar die Krippe der Weihnacht mit ihren holzgeschnitzten Figuren wird von Jahr zu Jahr mehr aus dem bürgerlichen Haus verbannt und dafür süßfarbige papierene Bilder auf den Hausaltar gestellt; denn unserer bürgerlichen Zeit ist alles Lebensnahe zu roh, zu krass und nicht selten – zu unsittlich.

Wie himmelhoch stehen dagegen die Werke einfacher Bauernschnitzer, besonders der Tiroler, vor uns: ein einsames Feldkreuz – ein armseliges Bildwerk einer Votivkapelle – der anspruchlose Wandherrgott in einer Sennhütte kann uns zur wortlosen Andacht, zum Nachdenken und zu ernster Betrachtung zwingen.

Die Art, wie dieser Gekreuzigte das Haupt senkt – jener die Finger einkrallt oder die Glieder im Schmerz renkt oder im Tode streckt –, die unmittelbare Auffassung der biblischen Legende und ihre lebensnahe Verkörperung ist es, die uns armselige Erdenwandler ergreift und erschüttert.

Und diese Vorbilder waren es, an denen ich mich erbaute und sie mir zu Nutze machte; die lebendige Wiedergabe des wirklichen Lebens wollte ich von ihnen lernen.

Unter solcher Arbeit gingen die Tage hin, und die Zeit brachte in zwanzig Jahren ihres Laufs mannigfache Veränderungen – dem Land, der Stadt, den Leuten und auch mir; denn da man zählte 1826, da stand ich als schier vierzigjähriger Herrgottschneider einsam in der Werkstatt des Meisters Roman Boos, der seiner Hausmutter und Ehefrau schon im Jahr 1810 nachgefolgt war in die kühle Grabeserde und niemand hinterließ als seine Tochter Anna. Diese wurde Besitzerin seines Hauses; was noch an Bildwerken und Steinblöcken da war, erhielt Breitenauer, der treffliche Schüler des Meisters.

Mir aber hatte der Dahingegangene das Recht gesichert, sobald ich alt genug wäre, in seiner Werkstatt gleich wie in einer eigenen zu werken und zu hausen, bis ich das Glück und die Mittel hätte, mir selber eine Heimstätte zu schaffen. Also nahm ich Besitz von dem Raum als ein reifer Geselle und bezog eine stille Kammer in dem ehrwürdigen Haus des toten Gönners.

Mein guter Meister Eberhard aber zog sich immer mehr von den Menschen zurück und lebte nur noch für seinen einzigen Sohn und dessen Mutter. Er war mit der Zeit bitter und still, schier wunderlich worden, fand sich in der sich Jahr um Jahr immer mehr verändernden Stadt und unter den neumodisch gesinnten Vertretern der Künste nimmer zurecht und sah mit Wehmut ein Stück ums andere von dem alten, barocken München fallen. Dazu war die Stadt mit Fremden überschwemmt, die trefflichen Meister seiner Zeit wurden allmählich heimgeholt und neue, von einem andern Geist beseelte, traten an ihre Stelle.

Er sah mich ungern aus seiner Dachwohnung scheiden und ließ mich später noch oft durch seinen Sohn holen, wenn ihn die selbst gewollte Einsamkeit plötzlich bedrückte und beklemmte.

Noch einer fand sich alsdann in der einfachen, heimeligen Stube ein, ein gar vortrefflicher und liebenswerter Mann, ein geistlicher Herr, dem die Priesterwürde nicht gleich tausend anderen jeden Freimut und jede Duldsamkeit ertötet hatte; es war der würdige, ehemalige Hofprediger Grail.

Diesen Priester habe ich geliebt wie einen Vater; ja – er war der einzige unter allen Menschen, die mir in meinen Tagen begegneten, der meinem Herzen so nahe kam, dass ich mein ganzes Inneres, die geheimsten und verborgensten Triebe meiner Seele vor ihm eröffnete, in dem gläubigen Vertrauen, dass er mich verstünde.

Habe nicht umsonst vertraut; denn er wusste Rat und Hilfe, Trost und rechte Worte bei allem, was mich je bedrückte.

Auch er hätte billig Ursache gehabt, zu grollen und den neuen Geist der Zeit zu beklagen; denn auch er war einer jener Männer, die um ihres Freimuts und ihrer

Ehrlichkeit willen daran glauben mussten; doch er klagte nicht.

Seine Geschichte war aber die: Als Hofprediger hatte er während der Fastenzeit des Jahres 1810 in einem Vortrag gesagt, dass Christus, der Herr, seine göttliche Lehre ohne allen Lärm und ohne jegliche Absicht zu glänzen verkündet hätte, als eine Lehre, die jedermann lieben müsste, der sie hörte und verstünde. So sei auch bekannt, dass große, wahre Gelehrte, wahre Künstler ihre Werke ohne alles Geräusch, ohne jede Bemühung, zu gefallen, an das Licht stellen.

Wenige Tage nach dieser Predigt ließ ihn der Obristen-Kämmerer, Baron von Rechberg, zu sich befehlen und eröffnete ihm dieses: »Seine Majestät haben uns den allerhöchsten Befehl erteilt, den Herrn Hofprediger zu verwarnen, dass, wenn er noch einmal in solcher Weise wider den Zeitgeist predigen würde, er ohne weiteres abgedankt sein sollt!«

Und da er in seiner nächsten Predigt abermals wider die Eitelkeit und Ruhmessucht sprach, wurde es mit der Drohung Ernst – Grail musste gehen.

Aber er trug den Schlag tapfer und ohne ein Wort zu verlieren, schloss sich fester an seine Freunde, den Professor Westenrieder, den Pfarrer Darchinger von der Hofkirche und den Meister Birchmayer, an und führte ein einfaches, beschauliches Leben von den paar Groschen, die er sich erspart hatte.

Auch der alte Boos war einst sein guter Kamerad gewesen, bis sie leider der Tod voneinander schied und er dem edlen Meister die Augen zudrücken musste.

Zu meiner Zeit aber hatte er nur noch den guten Eberhard; denn der alte Westenrieder war allmählich zu einem Sonderling geworden, und für den Hof- und Leibpfarrer Darchinger war es auf die Dauer doch nicht schicklich, mit dem Abgedankten noch freundschaftlich zu verkehren.

Man hatte Beispiele genug dafür, wie zu dieser Zeit solche Dinge geahndet wurden!

Da brauchte man bloß an den Pfarrer zu Heilig Geist denken und an die drei Benefiziaten von Sankt Peter; oder an den Kaplan bei der Pfarre zu Unserer Lieben Frau: eine missliebige Kameradschaft – der gesellige Verkehr mit Leuten, die an allerhöchster Stelle nicht sehr beliebt waren – so was genügte in diesen Tagen schon, einen Mann von Amt und Würden zu bringen.

Und also blieben wir abgesondert von aller Welt unter uns und sahen nur von fern dem Wirken und Weben, dem Wandel und Treiben der Kräfte und Mächte jener Tage zu.

Es war nicht viel, was uns zum Anteilnehmen zwang; es sei denn, dass ich jenen Schreckenstag, den dreizehnten September des Jahres 1813, benenne, da wohl an die hundert Menschen in den Wassern der reißenden Isar umkamen, als diese mit wilder Gewalt die Ludwigsbrücke beim Prater in Trümmer zerbrach und mit ihren Wogen fortspülte.

Oder dass ich jener Zeit der bittern Not und Teuerung gedenke, da man schrieb 1816 und 17, in denen Tagen das Scheffel Weizen achtzig bis neunzig Gulden gekostet hatte und viele Hundert Arme Hungers starben, indes in den Palästen getanzt und geschwelgt wurde.

Oder dass ich rede von den Tagen meiner höchsten Freude, da mir die ersten Aufträge zukamen aus der Umgebung von München; bald auf Feldkreuze oder Wandherrgotte, bald auf ein Kirchenkreuz oder einen heiligen Leib für die Feier der Grablegung.

Gemach mehrten sich die Aufträge; man wollte bald

diesen, bald jenen Heiligen – bald die schmerzhafte, bald die glorreiche Madonna für Kapellen oder Kirchen; auch Werke zum Schmuck der Häuser und Treppen, geschnitzte Türen und Geländer, Rahmen und Armleuchter gab es zu entwerfen und zu fertigen.

Nicht lange, da brauchte ich einen Gehilfen, und wieder nicht lang – deren zwei.

Und also kam langsam der Segen der Arbeit in meine Werkstatt, und die Wünsche meiner liebsten Freunde und Gönner wurden zur Wahrheit: Ich setzte mich durch, hatte bald einen guten Ruf als Schnitzer und kam allmählich zu einem bescheidenen Wohlstand.

Und da nach einer Zeit und Weile die ehrwürdige Jungfer Anna Boos ihr Sterbehemd aus dem Schrein holte und sich auf den Weg zum Jenseits schickte, vermachte sie mir für Zeit meines Lebens das liebe alte Haus ihres Vaters, mit der Bestimmung, dass es, falls ich ohne Erben bliebe, später in den Besitz der Stadt übergehen sollt.

Der würdige Vater Grail gab auch ihr den letzten Trost und das Grabgeleit und zog alsdann auf mein eindringliches Bitten als mein einziger mir nahe Stehender ein in die Stube seines seligen Freundes.

Heimkehr

Nun hatte ich also, wie man allgemein sagt, meine Sache wohl bestellt, und es mangelte mir schier nichts mehr zu einem geruhsamen, glücklichen Leben.

Und dennoch konnte mein Herz nicht froh werden und mein Wünschen nicht still; denn ich gedachte grad jetzt in allem Überfluss oft wehmütigen Sinnes jener

Zeit, da ich noch als der Weidhoferbalg ein freies Leben, herzliebe Zieheltern und noch mein Kathreinl gehabt.

Und konnte also mittendrin nicht anders – musste einen Bogen Papier nehmen, eine Feder schneiden und alles, was mich bedrückte, mit meinen großen, hölzernen Buchstaben vom Herzen herunterschreiben.

Wobei mir aber doch so weh ward, dass ich vermeinte, es sei gestern erst gewesen, da ich alles verloren hatte, was ich besessen.

Also setzte ich auf das Schreiben die Adresse der Lackenschusterin, versiegelte es und trug es zur Post, da man den ersten Tag in der Karwoche des Jahres 1835 schrieb.

Ich habe oft bei meinem Wandeln in dieser Erdenzeit das Fest der Auferstehung erwartet; doch mag ich's nun ruhig gestehen: Niemals dünkte mich eine einzige Woche so lang wie diese, da ich auf eine Handschrift meiner Kathrein harrte.

Und es erfasste mich wohl ein bitterer Schmerz, wenn in stillen Nächten immer wieder der Gedanke in mir hochkam: Sie ist tot für dich – vielleicht lange schon wirklich tot – gewiss aber als Lackenschusterin für dich verloren. Mag wohl auch deiner schon längst vergessen haben! –

In dieser trübseligen und harten Zeit hat mir mein väterlicher Freund und Berater, der alte Grail, wohl manches Trostwort gegeben und meinen Geist damit aufgerichtet.

Den Tag nach Ostern aber musst er das Halleluja mit mir anstimmen; denn an diesem Tag erschien der Postbote mit einem großmächtigen Pack, darin ein Laib Osterbrot, gefärbte Eier und ein Strauß Palmkätzchen lagen nebst einem Handschreiben der Lackenschusterin, das so lautete:

»Herzlieber Mathiasle!

Musst es halt nicht in übel nehmen, wann ich dir noch jetzt diesen Namen gebe; hab's halt nicht anders im Sinn und Gedenken.

Hab also dein liebes Schreiben auf den Gründonnerstag in die Hände gekriegt als eine rechte herzliebe Ostergabe.

Und es ist mir eine große Freude, dass du gottlob gesund und wohlauf bist, wie es verbleiben möge bis zu deinem Tod. Amen.

Also, da ich dir schreibe, magst du wissen, dass ich wohl schon seit vierzehn Jahren Witwe bin und ein allein stehendes Weib, während meinen guten Eheherrn, den Anderl, das Ross geschlagen und gar getötet hat, so dass ich ihn halt eingraben hab müssen. Gott gebe ihm die ewige Ruh. Amen.

Und also steh ich ohne ein Kind und ohne einen Sterbensmenschen da und arbeite halt weiter auf dem Hof, dass die andern einstmals eine Freude haben.

Aber hab es mir nicht in übel, lieber Mathiasl, dass ich grad nur von meiner Sache red. Möcht gern wissen, was du schaffst und wie es bei dir ausschaut, seit du ein großer Herr bist worden und ein vortrefflicher Bildschnitzer.

Muss dir eben in dem Augenblick sagen, dass ich noch deine Sachen gut bewahrt hab bis auf den heutigen Tag und verschlossen in dem Schrein von der guten Irschermutter, Gott hab sie selig.

Nun mag ich dir nicht verschweigen, was eine harte und auch betrübte Zeit und Weile allhier gewesen ist, seit dass du damals so schnell von unserm Haus und aus dem Ort entwichen bist.

Blitz und Hagelschlag haben damals oft die Gaue verheert und alles zerstört, eine große Teuerung ist allhier gewesen, dass der Gulden keines Pfennigs Wert mehr hat gehabt, und ein Scheffel Getreide hat schier hundert Gulden gegolten. Nach solchem haben müssen sechsundzwanzig Kinder zu Sonnenreuth an den Pocken sterben; doch keins von mir, da der Herr meine Ehe nicht hat segnen mögen mit solcher Gabe. Hab mich halt ergeben in Geduld und Demut.

Alsdann hat hier gewütet ein teuflisches Morden und Schießen – sind bald kommen Österreichische, bald Frankreichische von dem Napoleon, haben Quartier genommen, und mussten wir unaufhörlich liefern Leute, Vieh, Pferd, Geld und Ware, mussten Weib und Kind einen Schandtod sterben und Jungfrauen ihren Kranz lassen bei den Wüterichen. Napoleon wurde überall als ein Gott angebetet – einmal mit allen Glocken geläutet, weil es geheißen hat, dass er unsern Fürsten zu einem König verbrieft – und ist danach abermals das Elend fortgegangen die Jahre, bis unser lieber Herrgott ein Ende gemacht.

Nun mag ich nicht versäumen, dass ich dich um eine gnädige Absolution bitte wegen der fünf Gulden, die der Anderl, Gott lass ihn ruhen, damals von Euch verlangt hat als Buße, dass du ihm davongelaufen bist. Hab's gewiss nicht wollen und ihm fleißig Vorhaltungen gemacht – was aber leider alles vergebens war.

Liebster Mathiasl, du fragst, ob ich einen Platz hab für einen kranken Menschen. Es wäre mir wohl der Gedanke nicht zuwider, dass etwa du dieser Mensch bist, und wollt dich schon gesund machen in unserm Gau; aber wenn du schreibst, dass du gesund bist, wird schon wer anders krank sein.

Etwa gar deine Hausfrau. – Hast ja nicht geschrieben, ob du schon ein Eheweib genommen – was mich leider ja auch nichts angehet.

Also bring mir die kranke Person und kehr bald bei mir ein.
Und nimm Gottes Gruß
von deiner getreuen Kathrein
Lackenschusterin.«

Nun lass ich es sein, von meiner Freude zu sagen; gibt wohl keinen Mann noch Frau, die nicht einmal ein Gleiches hätten erlebt.

Mein ehrwürdiger Vater Grail aber sagte: »Pack zusammen, Hiasl! – Ich versorg das Haus schon, bis du wiederkommst. Und der Eberhard ist ja auch da, wenn sich grad was fehlen sollt. – Aber – ich mein – es fehlt sich nix!«

Also machte ich mich reisefertig und fuhr den andern Tag dahin – heim.

Mag sonst wohl ein kurzweiliges Reisen sein, so durch die Gaue und durch mannigfache Dörfer und Märkte, vorüber an jungen Saatfeldern und Wiesen, an Wäldern und Ortschaften, immer die schneeglänzenden, blau schimmernden Bergketten vor Augen. Diese Reise aber deuchte mir schier wie eine Fahrt durch die Ewigkeit, obgleich ich mit der Eilpost dahinfuhr und die Landschaft mit ihren Hügeln und Tälern rasch an meinem Wagenfenster vorüberglitt.

Endlich aber wurde der Weg steiler, die Hügel wurden zu waldigen Höhen, die Bergkette wurde dunkler und rückte näher und näher.

Und da es um die Stunde war, dass der Landmann vom frisch geeggten Feld, von der Frühjahrsarbeit heimkehrte zur Abendsuppe, da ließ der Kutscher seine Geißel knallen und fuhr hinein in meinen Heimatort, durch blühende Obstgärten und helle Bauernhöfe, bis er gegenüber der Kirche vor dem Tor des Hauses hielt, worüber das Schild prangte: Postgarten Sonnenreuth.

Mit zitternden Knien stieg ich aus dem Wagen und gab meine Weisungen für die Rückfahrt.

Dann ging ich langsam hinauf zum Friedhof und suchte meine herzlieben Zieheltern heim und wünschte ihnen den Frieden.

Indes läutete man zum Rosenkranz, und ein junger Pfarrer trat ein und verschwand in der Sakristei. Danach kam ein hinkender Bursch im Messnerrock, öffnete die Kirchentür und das Friedhofsgitter und grüßte bald diesen, bald jenen aus der Gemeinde.

Und dann wandelten sie daher: alte, gebeugte Männer, weißhaarige, runzlige Mütter, etliche Jungfrauen mit niedergeschlagenem Blick und demütig geneigtem Haupt, und dazwischen die Kinder meiner Altersgenossen und Kameraden.

Noch einmal ertönte ein kurzes Zusammenläuten zweier Glocken – die Uhr schlug fünf, und die Kirchentür wurde leise geschlossen, indes der schrille Ton der Sakristeiglocke das Eintreten des Priesters zum Altar verkündete.

In diesem Augenblick erklang das feierliche Spiel der Orgel, die silbernen Glöcklein der Ministranten tönten während des Segens zu mir heraus, und nach einer Weile vernahm ich das gleichmäßig abgestimmte Beten der Absätze des glorreichen Rosenkranzes: »Der von den Toten auferstanden ist.«

Noch ein paar Augenblicke lauschte ich, dann ging ich langsam aus dem Garten der Abgeschiedenen und wandte mein Aug der Stätte zu, da einstmals der Weidhof geprangt hatte. Ein mächtiger Besitz stand nun hier und ließ nicht ahnen, welches Unglück diesen Erdenfleck vor einer Zeit heimgesucht.

Mit Bitterkeit und Trauer wandte ich meine Blicke weg und schritt weiter, dem Lackenschusterhof zu.

Der stand frei auf der mit blühenden Obstbäumen bepflanzten Anhöhe und hob sich massig aus dem bläulichen Dunkel des Abends.

Eine feine Rauchsäule stieg aus dem Kamin, und etliche Knechte und Mägde gingen geschäftig hin und her.

Ein zottiger Hund stand vor seiner Hütte und gab knurrend Laut, und eine schneeweiße Katze strich schnurrend um den Türstock, als ich mit klopfendem Herzen hineinging und mit überquellenden Augen in der Kuchel hinter sie trat: »Kathreinl!«

Als ein schmächtiges, betagtes Frauenbild stand sie da und rührte mit dem Schäuflein im Schmarren. Ihr goldrotes Haar war an den Schläfen wie Flachs gebleicht, und ihr schmales Gesicht war von der Herdhitze leicht gerötet.

Sie hatte mich nicht gehört und mein Kommen nicht weiter beachtet, so dass ich ganz nahe hinter sie trat und wieder sagte: »Kathreinl!«

Da wandte sie ganz langsam den Kopf, ihre Augen glitten wie aus weiter Ferne über mein Gesicht, blickten mich eine Weile groß an und wurden langsam trüb und nass.

Dann falteten sich ihre Hände wie zum Beten, und sie sagte leise: »Mathiasl – ja – du bist es schon. – Grüß dich Gott!«

Und sie löste ihre Hände und erfasste die meinen: »Ich hab schon gewartet auf dich. – Komm nur gleich rauf – dein Stüberl is schon gerichtet.«

Danach rief sie eine Dirn in die Kuchel und führte mich hinauf über die knarrende Stiege in eine reiche Kammer, schob mir einen Stuhl hin und setzte sich zu mir, indem sie sagte: »Lang hab ich warten müssen – aber jetzt hab ich dich doch noch erwarten können. – Jetzt bist doch noch heimkommen.«

Ja – ich war heimgekommen. Und ich wusste es jetzt: Nirgends sonst gab's noch eine Heimstätte für mich denn bei ihr.

Wohl waren wir beide betagt – hatten das Leben hinter uns – aber wir wollten noch eine geruhsame Zeit – einen frohen Feierabend und einen friedlichen Heimgang.

Und so nahm das Kathreinl mein Versprechen, dass ich bald wiederkäme und eine längere Zeit bei ihr bliebe; und später, wenn unsere Tage ins Neigen gingen, wollten wir dieselben miteinander in dem ehrwürdigen Bauernhof beschließen und in einer Erdenkammer zum ewigen Schlaf gebettet werden.

Drei Tage blieb ich bei der liebsten Frau; dann fuhr ich wieder zurück in die Stadt mit dem festen Willen, bald wiederzukommen.

Und das Kathreinl gab mir noch die Hand in den Wagen und sagte: »Bleib nicht zu lang – ich zähle jede Stund!«

Dann zogen die Pferde an, und ich winkte noch einmal zurück, indes sie still stand und, die Augen mit der Hand beschattend, mir nachsah, bis das Gefährt hinter der Kirche um die Ecke bog und aus dem Markt fuhr.

Abend

Es war im Erntemonat desselben Jahres, als mein väterlicher Freund und lieber Hausgenosse eines Morgens nicht, wie gewohnt, erschien; und da ich in seine Stube trat, lag er bleich und still auf seinem Lager und hatte die Augen für immer geschlossen.

Voll Leid und tiefer Trauer ließ ich ihn an der Seite

seines besten Freundes hinabsenken und halte sein Angedenken still in Ehren, indem ich mir sein Leben und Wandeln zu Nutz und Frommen fleißig vor Augen führe und ihm nachzufolgen trachte.

Nicht lange nach ihm ging auch mein liebster Lehrer und Gönner, mein teurer Meister Eberhard, zur Ruh, und ich stand einsam an seinem Grab und bedachte die Vergänglichkeit unserer Tage.

In dieser Zeit wurde mein Verlangen nach dem geruhsamen Haus zu Sonnenreuth und nach dem schmalen Gesicht mit den gebleichten Schläfen, nach meiner Kathrein, wieder lebendig.

Und da ich einen meiner Gehilfen als eine gute, verlässliche Kraft erkannt hatte, übergab ich ihm die Leitung der Werkstatt, die Sorge fürs Haus und eine Summe Geldes mit allen Vollmachten, dafür mir der treue Bursch von Herzen ergeben und dankbar war.

Und nach solchem packte ich meine Sachen zusammen und reiste heim.

Das Kathreinl stand schon mit zwei Mägden vor dem Postgarten, dass meine Waren gut heimkämen, und wir folgten über den Friedhof nach und redeten kein Wort.

Und da wir Hand in Hand über die Schwelle traten, sagte sie bloß: »Grüß dich Gott daheim – und sei gern da.«

Beim großen Gott – ja! Ich war gern da, ich war daheim.

Jeder Tag ließ mich aufs Neue die glückliche Ruhe und den stillen Frieden der Heimat kosten, und meine Zeit und Weile war voll reiner Zufriedenheit.

Einmal noch habe ich mich aufgemacht und bin den Weg gen Bayrischzell gewandert und zum Haus des alten Thomas. Doch das war ganz verfallen und verödet, so dass ich, einer trüben Ahnung folgend, meine Schrit-

te zu dem Friedhof lenkte. Da stand ein einfaches Kreuz in einem Winkel, und ein ärmliches Ränklein Efeu schlang sich darum und wand sich um das Täflein, darauf zu lesen stand:
»Hier ruhet der ehrsame und
tugendreiche Jüngling Thomas Beham,
Bildermacher von Bayrischzell.
Gestorben den zehnten Februar 1820.
R. I. P.«

Ergriffen stand ich vor dem kleinen Hügel, bis mein Blick nach einer Weile auf einer Inschrift des armseligen Kreuzes daneben haften blieb:
»Hier liegt das Tiroler Katherl begraben.
Sie starb den Jakobitag des Jahres 1809
im Alter von hundertundsieben Jahren.
R. I. P.«

Still verließ ich die Ruhstätte der beiden Toten und machte mich langsam auf den Heimweg.

Es war schon dunkel, als ich heimkam, und das Kathreinl saß einsam auf der alten Hausbank und wartete auf mich. Ein Schreiben meines Gehilfen war gekommen, darin er mir zu wissen machte, dass eine sieben Schuh hohe Madonna für den Frauenaltar der Kirche zu Brunnthal befohlen wäre.

Also musste ich unverhofft den andern Tag Abschied nehmen, dabei ich aber der liebsten Frau versprach, bis zur Weihnacht wieder bei ihr zu sein. Fuhr deswegen sogleich dahin und machte mich an das Werk, welches nachmals als mein bestes gepriesen ward.

Tag um Tag saß ich nun dabei, formte die hohe Gestalt der himmlischen Frau, schnitt ihr faltiges Gewand, ihr Zepter, ihre feinen, adligen Hände und stemmte und schabte, schnitzte und schliff an dem Antlitz der Jungfrau, indes meine Gedanken sich in ferne Zeiten verloren und allmählich sich in ein friedliches Glück einspannen.

Es war schon später Herbst, als ich endlich mit dem Glasplättlein den letzten Strich schabte und starr und unverwandt das Angesicht der hohen Frau betrachtete, dessen Linien mich leise an ein wohl bekanntes Frauenbild gemahnten und das Heimweh nach ihm weckten.

So dass ich mich beeilte und die Statue dem Meister Dreßler zur Bemalung übergab, der sie danach zum Fest Mariä Empfängnis in die Kirche nach Brunnthal brachte.

Und da man mir meine achthundert Gulden für das Bildwerk ausgezahlt hatte, fuhr ich fröhlichen Sinnes zurück nach Sonnenreuth, um mit meiner Kathrein die Weihnacht zu feiern.

Ein tiefer Winter war derweil gekommen, und der Schnee lag glänzend über der keimenden Saat, beugte die Bäume unter seiner Last und bedeckte die Dächer und Türme mit hohen, in der Sonne blitzenden Hauben.

Die Wege waren schuhtief verschneit, und jeder steckte den Kopf fest unter den Mantelkragen und zog die Pelzhaube tief über die Ohren.

Meine Kathrein aber kniete vor dem großmächtigen Linnenschrank und holte das feinste von den selbst gewirkten Tafeltüchern heraus für die Weihnacht, indes die Mägde am Backtrog standen und den Teig zum Früchtebrot kneteten.

Und da etliche Tage danach der Heiligabend anbrach, stellte die liebste Frau die alte Hauskrippe unter den Altar, steckte rings um den Tisch rote Kerzen auf und trug schwere Schüsseln voll Äpfel, Nüsse und Weihnachtsbrot in die Stube.

Danach stellte sie alle die armseligen Figuren und Sachen, die ich ihr als Knabe geschenkt, an ihren Platz und steckte eine große Kerze dazu.

Am End aber wies sie mir auch meinen Platz, indem sie ein Licht neben das ihre klebte und eine feine Silbertruhe, darin ein goldenes Herz und in diesem ein alter Fingerring lag, dazustellte, worauf sie hinauslief, ihre Leute zu holen.

Nun legte auch ich meine Verehrung für sie, ein goldenes Medaillon, sowie eine Statuette ihrer Patronin zu ihren Sachen und setzte mich danach still auf die Ofenbank.

Lachend und schwatzend erschienen nun alle im Festgewand, wünschten mir einen guten Abend und knieten sich danach um die Krippe.

Da trat auch die Kathrein in hohem Staat ein, trug einen brennenden Wachsstock in der Hand, lächelte leise zu mir herüber und entzündete die Kerzen, indem sie mit bewegter Stimme das Weihnachtslied begann. Da fielen alle ein und sangen:

»Was Wunder ist geschehen zu dieser Nacht,
Da uns die Jungfrau den Christ hat bracht!
Ein Jauchzen dringet vom Himmel her;
Englein tun singen: Gott sei die Ehr!
Es knieet Maria wohl auf dem Stroh
Und ist der erfüllten Botschaft froh,
Hält das Kindlein voll Lieb wohl in dem Arm
Und singet: Nun schlafe, mein Söhnelein, warm!
Ich wiege dich sanft und ich wiege dich fein,
Schlafe, mein herzliebes Kindelein, ein! –
Ihr Manne, der Joseph, das Bettlein aufmacht
In der Krippen, darein er ein Strohbund hat bracht;
Maria die legt ihren Schleier dazu
Und bettet ihr Söhnlein zur guten Ruh.

Ein Ochs und ein Eslein, die wehren der Kält
Und halten fein warm den Erlöser der Welt.
Viel Engelein fliegen durchs nächtliche Tal,
Besingen das Kindlein in Bethlehems Stall,
Frohlockend des Wunders der Heiligen Nacht,
Da Jerichos Rose das Blümlein hat bracht.«

Nach solchem Singen standen alle auf, und ein jeder nahm sein Licht vom Tisch; das Kathreinl aber reichte ihnen den üblichen Christtaler, verteilte den Inhalt der Schüsseln unter sie und nahm danach auch unser beider Verehrung vom Tisch, legte es in ihre Schürze und setzte sich schweigend zu mir, indes die Mägde aufdeckten und die Mahlzeit hereinbrachten.

Also ward fröhlich gegessen und getrunken, gelacht und gescherzt, indes das Feuer im Ofen krachte und der Kienspan knisterte.

Das Kathreinl trug nun unsere beiden Lichter samt den Gaben hinauf in meine Kammer und setzte sich danach wieder auf die Ofenbank.

Sie schien müde und abgeschlagen zu sein, so dass ich meinte, sie möge sich doch hinlegen – die Heilige Nacht ging auch ohne ihr Zutun fröhlich hinüber.

Aber sie wollte nicht.

Und da es Zeit war, zur Mette zu gehen, und das Krachen der Böller und das Geläut der Glocken durch das Tal hallte, richtete sie die Laternen her, schob den langsamen Zeiger der Uhr auf halb zwölf vor und hüllte sich in ihren großen Schal. Dann sagte sie zu mir: »Wirst wohl noch munter sein, wenn ich wiederkomm, Mathiasl – lass mir halt keinen Unhold ins Haus und krieg keine Langeweile.«

Worauf sie mich lächelnd mit Weihwasser besprengte, gute Nacht wünschte und den andern folgte.

Ich aber saß nachdenklich auf meiner Bank und dachte, dass das Kathreinl heut gar nicht wohl ausgesehen hätte, und dass sie besser tät, wenn sie den Hof verkaufte und sich zur Ruhe setzte.

Und ich hing also einsam meinen Gedanken nach, als dumpfer Lärm an mein Ohr drang und mich erschreckt auffahren ließ.

Ich lief hinaus vor das Haus – da kamen die Knechte und die Mägde – und trugen – heiliger Gott – meine Kathrein.

Sie wäre ihnen nachgekommen, erzählte der Oberknecht – sei noch eine Weile dahingegangen – hätte dann mit einem Mal ein erschreckliches Husten hören lassen – die Arme jählings in die Höhe geworfen – und sei wie ein Baum zusammengebrochen. – Und da sie voll Schrecken hinleuchteten, ist der Schnee rings gerötet.

Wir legten sie aufs Bett.

Bleich und ohne Leben lag sie da.

Wir wuschen ihr das Gesicht mit Essigwasser, und ich hielt bebend ihre kalten Hände in der meinen, indes die einen zum Wundarzt liefen – die andern zum Pfarrer.

Das übrige Gesinde war leise hinausgegangen, und ich vernahm aus der Wohnstube herauf das gedämpfte Beten für die Kranke.

Meine liebste Frau öffnete die Augen, sah mich matt und hilflos an und schloss sie wieder.

Nach geraumer Zeit kamen die andern zurück und meldeten: Der Wundarzt wäre nicht daheim – käme auch nicht heim diese Nacht – und der Herr Pfarrer hätte nicht Zeit – und der Kaplan auch nicht – die müssten jetzt die Mette singen und das Christamt halten.

Dann gingen sie hinab zu dem übrigen Gesinde.

Also saß ich allein am Bett meiner Kathrein, indes die hohe Uhr ihr langsames Tick-Tack hackte, das Wachslicht flackernd niederbrannte und das murmelnde Beten zu mir heraufdrang.

Da schlug sie noch einmal die Augen auf – sah mich an, öffnete den Mund und flüsterte meinen Namen. Ich beugte mich über sie und hielt mein Ohr an ihre Lippen, krampfhaft ein lautes Schluchzen verbeißend.

»Aufheben –«, lispelte sie.

Und ich schob leise meinen Arm unter ihr Kissen und hob sie. Da lächelte sie ein wenig – sagte flüsternd: »Gelt's – – – Gott – – – ich – – – geh – – – heim – – – o Jesus – – –«, und war still.

Ich legte sie stumm zurück – drückte die herzlieben Augen zu – und ging hinaus.

Und nun mag ich nimmer reden von meinem Leid.

Sie ward mit großem Gepränge zur Erde bestattet, ihr Hof zerteilt, wobei die herzliebste Frau auch mir einen Teil zumaß – und dann reiste ich zurück in die Stadt – suche nun Trost im Schaffen und lebe ein einsames Leben – das mir der gute Vater zu einem gnädigen Ende führen wolle. Amen.

Inhalt

Im Weidhof 5
Die Wallfahrt 11
Im Waldhaus 24
Lieb und Tod 34
Die Hexenjungfer 46
Das Vermächtnis 58
Die Herrische 67
Von Mathäi zu Laurenzi 71
Kindlnot und Brautschau 77
Kindstaufe und Einstand 92
Brautfahrt 104
Hochzeit 112
Alle Herrlichkeit des Menschen ist wie Staub 126
Um zwei Gulden 130
Der Bildermacher 135
Das Tiroler Katherl 147
Die Marktreise 156
Allerhand um fünf Kreuzer 166
Komödie 175
Falsche Lieb 182
Auf der Landstraße 194
Johannes Schröckh 211
Im Turm 231
Lehrjahre und glückliche Zeit 248
Heimkehr 257
Abend 264